第七只
眼睛

彭程——著

SPM 南方出版传媒·广东人民出版社

·广州·

图书在版编目（CIP）数据

第七只眼睛 / 彭程著 . — 广州：广东人民出版社，
2017. 11
ISBN 978-7-218-12027-0

Ⅰ . ①第… Ⅱ . ①彭… Ⅲ . ①散文集—中国—当代
Ⅳ . ① I267

中国版本图书馆 CIP 数据核字（2017）第 219638 号

Diqizhi　Yanjing

第七只眼睛

彭程　著

出 版 人：肖风华

责任编辑：马妮璐
装帧设计：周伟伟
责任技编：周　杰　易志华

出版发行：广东人民出版社
地　　址：广州市大沙头四马路 10 号（邮政编码：510102）
电　　话：（020）83798714（总编室）
传　　真：（020）83780199
网　　址：http://www.gdpph.com
印　　刷：大厂回族自治县正兴印务有限公司
开　　本：787mm×1092mm　1/32
印　　张：9　字　数：190 千
版　　次：2017 年 11 月第 1 版　2017 年 11 月第 1 次印刷
定　　价：39.80 元

如发现印装质量问题，影响阅读，请与出版社（020－83795749）联系调换。
售书热线：（020）83795240

目　录

3
_____

4
_____

娩

　　已经是第几次拿起笔又放下，这个晚上。将身子向后仰去，竹靠椅发出烦躁的吱吱响声。桌上新打开的一包烟，已经空了四分之一，弹落的烟灰撒在白色塑料布上，缭乱着心境。是个安静的夜晚，只开了小灯，灯光划出了一个淡黄色的很柔和的圆圈，将我连同面前的纸和笔框在里面。曾经迷醉于这个姿势的淡淡的诗意，但此刻它消失殆尽。

　　脑海里依然一片空白。

　　没有一处字迹，洁净的稿纸在灯光下惨白得仿佛一张不怀好意的脸。盯久了，绿色方格像一颗颗眼睛，鬼一样地睒动着。抬头望窗外，浓稠的夜色中闪烁着霓虹灯的图案。那里该是一处歌厅，有过多的郁积过剩的精力，在狂放或者缠绵的歌喉中被宣泄、被释放。离去时，脚步和表情一样舒展轻松。若是有谁恰好从我的窗下走过，瞥见灯影里枯坐的身影，他会怎样呢，在心里暗笑或是扯一个响亮的呼哨？

如果不是自寻烦恼，至少也是不智。不管是哪样都足以让人怜悯。

连我都开始怜悯自己了。耗去了整整一个钟头，仅仅为了一个开头，而期待着的那种感觉依然杳如黄鹤。找到了又怎样呢？后面也未必会轻松多少。为了一个独特些的意象、一个尽可能新颖的比喻，或者一个错宕的句式的安排、一处回环的语气的布设……至少为了对得住自己，为了不至于过后嫌恶地丢弃，像扔掉一块破抹布，多少次我把自己全身心地投进去。仿佛一个孩子，刚刚学会几下扑腾，经不起海的诱惑，不知深浅地跳进去，才发现这一大片水体原来那样难于泅渡。我泅渡在语言之流中，苦于没有舟楫。好不容易游到了岸边，感觉到力气几乎耗尽了。

多少次想掷笔离去了。

然而仍然还是稳稳地坐着，逼迫自己，母鸡孵蛋一样地等下去。像过去多少次经历过的一样，只要有耐心，酬报会在某个时刻降临。会有那样的时候，语句相簇拥着纷至沓来，仿佛闪着光亮，而且发出奇异的声响，争先恐后地向笔下涌流。它来去倏忽，你得尽快捕捉、俘获，纳入一个个方格中。那时你会觉得一支笔远远不够用。而散发着新鲜油墨清香的出版物更是带给你微醺般的喜悦：在你的名字下面，密密麻麻的满篇黑字是你的创造。你会觉得它们仿佛键盘上的一个个键，被心的手指轻轻触摸，就会流出歌声来。

多少次好像下足了决心，但在最后时分终于又转回身。是因为这样一种诱惑吗？

但辛劳和报偿之间，相去也未免太远了。且不说比起搜索枯肠的窘迫，顺畅地流泻总是少数，仿佛露出汪洋水面的几块可怜的礁石，即便那变成铅字的让人羡慕的所谓成功，究竟又有多大的真实性呢？竟日的伏案只换得五分钟的愉悦，接下来又是新一轮的煎熬，看不到尽头地伸延着，只要你仍然固执地不肯辍笔。我有时想到马戏团里驯养来娱人的猴子，在做出某个让主人满意的姿势动作后，会得到一颗糖果、一块点心、一点小小的奖赏，便觉得自己可怜的成功正仿佛是这种情境，有些滑稽，更有几分凄凉。我也是一只猴子，被语言戏弄着，表现是我邀功受宠的手段。但猴子至少不能清醒地识破这个圈套，我却能够。这就更惨。

周围的人们个个都很飘逸地走动谈笑，置身那一派悠然闲散中，你会奇怪他们脸上居然也会有皱纹。"干吗活得那么累，潇洒些！"这句话仿佛是当下的季节风。他们高声地说着，神态那么自若，以至让我打消了探询这个词汇的原本意义的念头。谁能怀疑大众呢？既然不想作对，那就跟在他们后面吧。可去的地方多得很呢，去哪儿都强于闷在小屋子里。

犹豫过动心过也走出过，但最后总是返回。陪伴一盏灯、一支笔、一沓纸，不变的"三一律"。仿佛有谁在说：你的命运中少不了这幅图案。

于是又一次抓起笔，正襟危坐在灯影里，因为明白了别无选择。一切都因为那个精灵。我看不见它，却能时刻感觉到它的躁动。它追逐着我，逼迫着我，执拗而顽强。它一次次命令我拿起笔，像暴君役使他的臣民。我极不情愿，却不得不服从。我曾四处张望它的踪迹，在一个寂静的时刻，却发现它原来就藏匿在心中。

我并且念出了它的名字：创造。

多么有声有色的一个词，让人想到天地初始时的一团混沌，想到生命最初的洞穴。我们都从那个洞穴爬出，便宿命般地接受了一份礼品。我们懵懵懂懂地长大，看什么都平淡无奇，任时光的河流载负着，从一处水埠到另一个码头，觉得日子就是这样。但是有一天会忽然颖悟。启示是突如其来的，虽然酝酿时间也许很漫长。那时就像童话里的那道神奇的咒语，一念起，人马上不复是原来的自己。

去创造吧！他听见一个声音在朝他呼喊。

我一定是在那个时候得到这支笔的。我小心翼翼地拿着它，带回我那间狭小阴暗的屋子。从此一支笔支撑起许多的日子。在阳光下，在灯光下，慢慢地写着，只听从自己内心的指令。有时不动声色，有时如醉如痴。白天很喧闹，夜晚很寂静，我用一支笔连接夜与昼，像一尾穿梭于两岸之间的鱼儿。我看见自己的精血慢慢从笔尖流出，流淌成一片黑压压密麻麻的文字。我有时相信我看到了一个人形的物体从字里行间站起来，逐渐地变大，那样子有几分像自己，但显然更加自信和强壮。这当然是错觉，我却宁愿相信它提供的暗示。我在写下文字的同时也提升了自己。

用画笔再现世间的色彩的、用琴键奏出优美的曲调的，其实都是我的族类。大家分散在各处，相互间不通音讯，却都是听命于同一个君主。像我一样，你们也曾抗拒过，试图保有一份自由，但一旦听出这是自己心的呼喊，你们就变得驯顺了。刚才我看到你们还在蹒跚地学步，转眼间却急不可耐地加入了那场名为创造的赛跑。你们狂热地将自己融入进去，变为色彩，化作旋律。生命明亮在画布上，延伸在曲折的五线谱里。

罗曼·罗兰说过："我创造，所以我生存。"

原来只需要一句话，就足以廓清整个昏昧的思维疆域，就仿佛要照亮某个幽暗的墙角，一束阳光便够了。这句话让我沉静了一个下午。我看着窗外，没有风，几株草花微微摇动，那是几只蜜蜂在起落。它们小小的忙碌却也在帮助我完成一次觉悟。为什么要加以限定呢？岂止人类，一切生命不都是以创造为最本质的属性的吗？一朵花的开放、一只蜜蜂的酿造、一个婴孩的诞生，不都同样体现着生生不息的意志？创造是它的另外一个名字。生存着，便要创造，不管是自觉还是无意识，不管是肉体还是精神。创造寄寓在生命中，就像箭之于弓，就像弦之于琴。

我还是要庆幸我属于进化最高级的那一个物种，可以选择适宜自己的方式。我拿起一支笔，将它握在手里。握住一支笔原来就是握住自己的生命，握住那肢体形骸之外看不见的部分。

慢慢地写，字斟句酌。停下，挑拣字眼，再写，再停下。如果思路常常如一沟滞涩的水，艰难地流动，那么手里的笔仍然是一尾鱼——围在词句的美丽的栅栏中，困于意义的幽暗的网罟内，左奔右突，一尾不自由的鱼儿。

为什么畅达的奔流稀少得仿佛奇迹？

这才算真正地懂得了那句话："最大的痛苦是语言的痛苦。"

"向你的痛苦臣服吧，不要抗拒。"我对自己说。并且还要会意地微笑，从心里。这是神祇的一个圈套，一个诡计。他应允了创造不再是他的专利，但又不肯爽快地出让地盘。在吞吞吐吐半予半夺中，他维持着自己的一点尊严。他在必须经由的路途中布设下许多绊子，然后躲起来，等着看一场热闹。

于是所有的创造都先天般伴随着某种残酷的意味。你想获取吗，那首先要交付。一个赤裸裸的经济学等式。太缺乏诗意了吧，但正是它孕育了美好，孕育了诗。就像一株只有半尺来高的新出土的树苗，鲜嫩的枝叶带给人喜悦，但它顶破瓦砾岩石拱出地面的艰辛，却并不常被记起。就像动物界某些族类的繁衍，新的个体的产生要以父辈死亡为代价，孕育的刹那伴随着萎谢。就像那一切创造之母——生命的诞生，在地狱般的撕裂一样的疼痛中分娩出一个新生命、一颗小太阳、一个希望和未来。

那血光和惨叫一定是为了强调和凸显某种意蕴，使它更接近一个仪式。我在想。

一缕淡淡的笑意浮上我的嘴角。为什么要抱怨呢？因为某个机缘，你分得了一支笔，从此它陪伴你，如影随形。你不喜欢喧嚣，又羞于向外人吐露自己，这时这支笔成全了你。你写下自己的热情和悲哀、梦想和谵妄，开始不过是出于一种幽秘的好奇心，还有一点儿自我表现的愿欲。但是有一天你却发现再也无法放下笔，尽管那引起你恶毒诅咒的写作的艰难，依然缠绕着你。

我对自己讲，这些都是值得的。

这不过依旧是那条铁律的显现罢了。虽然形式不同。可创造的神祇并不曾亏待你。你吃进桑叶，又吐出自己的丝，不多也不少。要是你的那一份果然更难堪些，那分明预示着更多的获取，应该感激才是。你因为使用了一支笔，实现了它的使用价值，拿起它时心中常常会有一些自矜的情绪，殊不知应该感恩的正是你。在多少个恍惚的日子如云如烟般飘散后，这支笔让你感受到地面的坚实。连痛苦都是为了确证。就像有的时候，为了相信眼前的情形并非梦境，我们掐痛自己。

如果没有疼痛……一个怯弱的声音仍在迟疑地发问。

我在一段漫长的时间里也曾享受过彻底的轻松。我无思无欲，乐也融融。我挥霍啤酒也挥霍泡沫般漫来又灭去的日子。没有人逼迫我做什么，内心深处那个间或让人不安的声音也久已不闻，我疑心它已经暗哑。这样岂不更好？无须劳心苦志殚精竭虑，我躺在时间的臂弯里，像一个幸福的婴孩。直到在某一个深夜的梦里，我看见自己飘飞成一只风筝，悠悠飘滑向一大片泥淖。我惊惶醒来，神色迷乱。

原来我的守护神并不曾离去。它放纵我的滑坠而沉默不语，也是一种别具深意的机智。它懂得代价远比空谈更能令人记取。它让我轻飘恍惚地活过，是为了在适当的时间揭穿一个阴谋。当有一天连最劲烈的歌舞也不能触动末梢神经时，它给我看所谓的轻松潇洒后死亡设下的陷阱：空虚正张开两颗准备好一次吞噬……这时它交给我一支笔，告诉我：创造是消灭死。我接过笔，艰涩地写着，很苦很累，却感觉自己正在成长，开放，枝繁叶茂，纷披如一株夏天的大树。

那么，还抱怨什么呢？

大地的泉眼

　　寒冷寂静的冬夜，不想去按电视机的按钮而又缺少可与之倾谈的对象时，逃向文字便成为一桩聊可自适的事情。但这一次手伸向的不是书，而是一本刚刚摆到桌上的崭新台历。它正躲在台灯温馨雅洁的光亮里，很有耐心地等待着即将由它管辖和分割的日子。此刻已是岁末，窗外悄然飘落的一场大雪正用洁白和简练迎迓一个新的开始。

　　没有想到一次信手翻阅会成为一篇文字产生的契机。随着一个别致而富有诱惑的念头骤然跳上心头，联想之网也迅速地在脑海中被架设起来。接下来便是意义的渐次涌现，像泉水从大地的深处汩汩冒出一样。在一个适当的时间我拿起笔，我胸中蕴积的东西在寻求表现。

触动来自台历本上的节气。

惊蛰、清明、谷雨、芒种、白露、寒露、霜降……在我的手指随意地翻动下依次出现了这些字眼。开始并没有引起我的注意，对我来说它们和上面的日期一样，不过是一些抽象的标示。但随着它们联翩而至并且轮回成一个完整的四季，我的面前开始凸现一些亲切而模糊的形象。我将目光从纸上移开。像一条琴弦被一根手指拨动，我感觉到胸间某种板滞的东西正在剥蚀、融化，而一种遥远的原野气息却慢慢地鼓胀，渐渐地盈满了。

我该从哪里开始我的诉说呢？

雪把一切都遮掩了，凸起和凹进这样的词汇在这个日子很难被想起来。早上推开门，满眼白皑皑的光亮会刺伤人的眼睛。要是深深吸一口气，就会觉得是把一部分冬天都吸进去了。脏腑像被谁蘸了雪擦拭过一样。我说的当然是在乡间，最好还是在童年。

那样雪地上很快就会排起一行行的小小脚印，绕着一个肥胖的雪人。一定还会有响亮的笑声、叫喊声，和着被脚步溅起的雪粉，飘飘洒洒。但后来的日子却很寂寞了，雪人渐渐消瘦了但坚硬了，落下的灰尘使它看上去混沌而迷惘。

小雪，大雪。窗外皑皑的白色为我的思绪准备好了开端。有这一大片素净做铺垫，我相信足以保持它的纯正。一场飘飘扬扬的大雪，就是一片银屑样的记忆，幻化出童年的天空和大地。

真正理解语言并领受它的魅力，需要一些特殊的时刻。那时，它的朴实和凝练，它的生动和丰富，使得事物仅仅是由于它们，而不是因为自身，才显得容光焕发。洛根·史密斯说："世界上，究竟，还有什么慰藉比得过语言带来的安慰呢？"

语言的魅力常常并不取决于描写的繁复摇曳。有时，倒是一些简约至极的词句反而更能拨动感受的琴弦。我不知道该如何解释这点。或许，它的不加修饰的素朴正像一片无遮无拦的原野，为想象提供了最为宽阔的空间。摆脱了具体狭隘的经验的拘囿，这样的想象最能接近事物的本质，同时散发出浓郁的诗意。

小雪。大雪。想出这两个词来概括一段节气的是聪明人。它把性状和差异、现时和趋向都收容在一起了。你还能找出比这更恰当的表达吗？在纷纷扬扬的背景中时间隐匿了，寂静寒冽袭来无声。

日子过得很快。"冬天来了，春天还会远吗？"在读懂这句诗之前许多年，我们就已经记熟了它。窗外的雪很厚，但用不了几天它便会消融得无影无踪。它到哪里去了？天空和地下有它们的消息。不过你马上会发现，这是另一个季节的故事了。

立春，雨水。春天的降临如同一个童话的开始，这个童话弥漫着湿淋淋的气息。一年中的第一场雨从天上落下来，润湿了、松软了冻结一冬的土地。冬眠的动物苏醒了，纷纷出土活动。惊蛰。这两个字里有着隐隐的雷声，有一种突如其来的、让人心灵生发出愉快的紧缩的东西。

迈进春分的门槛，白天就和夜晚一样长短了，就像两间大小形状完全相同的屋子。但很少有人会细心品味这一点，前面几步开外，清明正在一片绿意迷蒙中散布着湿润柔和的光亮。说到清明，人们通常会想到清明节，节气在这里第一次成了节日。墓草萋萋，纸幡飘飘，哀思播撒在这一天，好像连绵遥迢的春草。文化传承的力量强大而深厚，不过这种理解显然是后来被赋予的。这个词汇的本来意义仍旧是描述性的，就像字面透露出来的那样充满感觉：天气温暖起来，天空晴朗，草木繁茂，空气清新润泽。清明，这两个字里有水汽氤氲。

这以后，雨水越发多起来了。这时的雨水是为了唤醒谷物的种子，发芽出苗。谷雨。因为是和收获、和生存系连在一起，这两个字显得分外美丽，令人动容。滋润万物生长的雨水，带给我们口粮的雨水呵。

"好雨知时节，当春乃发生。随风潜入夜，润物细无声。"雨水的春天呵，一千多年前让杜甫欢喜欣快的雨水，如今依然飘洒在我们感受的天空。喜悦恒久如初。

诗的最初的源头在哪里呢？

我们阅读节气时，其实已经是逼近它的边缘了。这一刻，感受向世界敞开，原野的鲜腥气息注入胸中，灵魂感到了微微的悸动。拂掠过它的是自由的风，而风来自大地。

因此诗要向大地叩问。

节气无疑包含了最为原始质朴的诗意，它直接源自大地，就像雨水从天空落下，而未经过过滤和雕饰。它给人看到大自然率真的表情和微妙的灵性。它是大地上轮番上演的戏剧的一幕幕背景。

诗潜藏于大地的深处，节气是它涌现的泉眼。水声汩汩。

春天是萌发，夏天便是生长了。季节的脚步是纵向的，它像传说中的精灵，喜欢沿着作物的秆茎上上下下。关于夏天的节气，我愿意接受这样的想象。

麦子的籽粒饱满了，北方，绿沉沉的麦田一望无际，大地陡然感到了重量。小满。这样的命名意味深长。饱满的籽粒是农业时代人们的梦想，这个词里有着沉甸甸的希望。

风在大地上吹，黄金色的麦浪起伏涌动。成熟和收获的时节来临了。芒种。芒指的是麦类等有芒作物已成熟，多么质朴无华。农人的眼光唯有在这一点上才显出精确细腻，你能想象出他们怎样一次次挽起麦穗细细端详。风在丰饶的大地上吹，金黄的麦浪照亮了劳动者的眼睛。哦，亲爱的麦子！

到现在为止发生的一切其实仍然是序幕。夏至来临，我们才正式走入季节的深处。这一日的白昼最长，夜晚最短。太阳选择这一天实施它一年中最长的一次统治，既是预兆，又是象征。紧接着，炎热撒一张巨网，罩住了大地山河、城市乡村。天空和土地的火力毫无遮拦、酣畅淋漓地喷射着，暑气一日甚过一日。炎热炙烤着漫长的夏三月，连绿沉沉的田野，也仿佛是凝固的绿火焰呵。小暑，大暑。念起它们时脸边拂过夏日的热风。

可是还有蝉歌如雨，还有暴雨如注，还有阳光的鞭子凶狠地抽向大地……那么多的节目正在搬演，大自然的威力和魅力在这个季节最为袒露和彻底。我们睿智而善感的祖先，为什么不曾用别的字眼来表达这一种热烈？

小暑，大暑。只是这样的简单朴拙。但无疑它们是对的。这样的字里有着一切：色彩、声音，所有的细节。它们是原色，其余的只是它们的伸延和表现。

我们一任自己被感受之船载负，沿季节河道顺流而下时，另外一件事情也在悄悄发生。我们透过节气的舷窗向外张望，结果看见了自己儿时跳跃的身影。好像童话中读到过的，某人不经意间进入了一条时光隧道，于是往昔重现。

没有什么时候比童年更贴近土地。池塘、树林、果园、草场，这些地方在印上我们稚嫩的脚印的同时，也占据了我们的心灵。捉迷藏、戏水、掏鸟窝、摸鱼捞虾……儿时的欢悦深藏在大地上的每一个角落，每一阵微风中都有我们的笑声。

诗就是这样同生命结缘。大地是诗之源泉，童年的心灵最容易受到它的浇灌。许多年后我们在日渐阔大的河流边漫步，涛声浩荡中，我们听得见最初的潺潺和泠泠。

所以返回常常很有必要。时光一往无前，但自由的心灵却可以回溯，回到过去。那里有生命的根。每个人都应适时回去，培一捧土，或者浇一罐水。他会发现，这样他站得更稳。

看看又到秋天了，大地上的故事也掀开了新的一页。立秋的信号在夏天浓绿的襟边打出时，太微弱了，几乎没有人看到它。风还是那样热，蝉声还是那样响亮。

但端倪终于逐渐显露。变凉变爽的皮肤知道气温在降低，变白变硬的小径知道雨水一天比一天少了。这就是处暑。暑气飘散，夏天的背影也慢慢不情愿地隐去了。

再后来，到了夜间，空气中的水分会凝成露珠，缀在紧贴地皮的草叶上，晶莹清亮。如果春天是从天上飘降的，那么秋天则是自地表滋生的。这些日子被称作白露。露珠是大地分泌的泪珠，是对于刚刚过去的那个火热季节的悲悼和祭奠。接下来秋分到了，白天和夜晚再次一样短长，但谁都清楚，从此后路标指着完全相反的方向。从这道后门出去，有一天人们觉出脚下越发寒凉潮湿，发现原来已经走得很远了，周围是被割倒的庄稼和枝叶日渐稀疏的树木。寒露。有几只蟋蟀颤颤瑟瑟地唱出这个调子。

第一场秋霜多半飘降在拂晓前混沌的梦境里。它看上去那样黯淡、凝滞、沉闷、了无生气。对它们产生爱恋是不可能的，因此霜降是一个再平实不过的言说。这个轻描淡写的词汇有意掩盖了许多人们不愿见到的东西，譬如因叶子脱光而露出的褐黑色的树干，譬如连日灰蒙蒙的天空和缠绵冰凉的细雨。

有人很投入地望着田野，进而很落寞地看自己的心，写下一些让人怅惘的句子。这样的人被叫作诗人。诗人的年龄几乎和土地有记载的历史一样长，五千年诗的天空中，布满了他们嘘气凝成的片云。秋天降临到人的心上，这就是愁了。在造字的时候，做出这样规定的一定是他们中的一个。诗人是田野最诚笃的守望者，风向着他吹。

这样的人如今越来越少了。人们坐在舒适的沙发上，喝着五光十色的饮料，眼前大屏幕电视播放着一个个悲喜交集翻云覆雨的故事。室外，楼顶上巨幅的霓虹灯广告闪烁明灭，歌舞厅里嘶哑的声音随风飘荡。城市里有太多的去处可供娱乐宣泄，人们还有什么理由不满足呢？

就这样，在物质累积的背后也暗暗滋生着贫困。水泥地面和摩天高楼将天空和土地隔绝，机器的轰鸣和流行音乐使人远离鸟鸣和水声。人躲进一个个狭窄的笼子里，什么样的风才能吹到他？人们不再用皮肤，而是靠电视广告里的应季服装，来感知节令的变换交替。没有谁肯去关注最后的雪和第一场雨。感受之水被闸断了，失去滋润的心日益干涸荒芜。

我们获得了舒适，却丧失了诗。我们拥有了过多奢侈的东西，却远离了土地。谁能算得清其间的得失？

一百多年前，在那本有名的《瓦尔登湖》里，梭罗记下了这样的思想：每一个人，一年中至少应该有一次，放下手头的劳作，来到一片未受袭扰的田野或湖畔，静静地站上一会儿，直到清新的空气注满他的肺部。在今天，这些话依然适用。压迫我们的东西，似乎更多更重了。

节气，在这中间扮演什么角色呢？

没有鸟可以单凭一只翼飞。事物栖居于空间和时间的双重维度里。如果诗是种子，大地是温床，节气便是风和雨水。每一朵花、每一颗果实里，都藏着一个小小的季节神。

最后一只寒虫噤声时，最后一片枯叶飘落时，冬天的大幕便完完全全拉开了。立冬。标示四季开始的用语都一样平淡，但唯有在冬天，视野中一望无际的单调枯燥，才最能够与这个词的缺乏色彩相匹配。在这样的日子里，只能巴望来一场雪，好给黯淡的底色刷上一层耀眼的白。

小雪，大雪。小雪过后是大雪。但怎么回事？睁大眼睛，眼前依然只有稀薄的阳光和凛冽的风，偶尔飘下薄薄几片雪花，刚刚触到人的鼻息便融化了。看来大自然有时也会开开玩笑，它允诺，但并不急于支付。它在等待合适的时候。

这个日子常常在房檐下垂着的冰溜的断裂声中来到，充当伴奏的是西北风的呼啸。冬至。最冷的时辰从这天开始，最长的黑夜也属于这一日。冬天的安眠曲奏响了。在某个弱音或停顿的部分，雪，真正的冬天的雪，无边无际的、鹅毛般厚重而温暖的雪，梦一般飘落下来了。

看雪的人早晨走到户外。雪把一切都遮掩了，凸起和凹进这样的词汇在这个日子很难被想起来。他的鼻子和耳朵被冻得通红，嘘气时像一根小烟囱。从仿佛发出脆响的空气中，他听到两个日子正在走来：小寒，大寒。

孩子们的笑声飞扬起来了，无忧无虑，空旷响亮。但他似听未听。他只是很有兴趣地看着尚在飘舞的雪花，脑海里一些印象、一些画面相互叠加了。他知道，这是去年的雪，这也是明年的雪。

一年就这样过去了。对于大地和岁月，这只是极为短暂的一瞬。一只土拨鼠飞快地从田埂溜过？一只鹰隼迅疾地射向高空？

但在诗人的意识里，时间却模糊了、隐匿了。他看到的只是一个美丽的环，首尾相衔，无始无终。环串起了时间，环因而在时间之外。这个看不见的环上，这儿那儿，像钻石的闪光一样，放射出强大的诗意。这便是节气。音乐、图画、神话乃至历史，在它无穷的循环中渐次显现。

这是真实的吗？再没有一种真实能够和它相比了。读懂了它，一切文字便都索然无味了。这其中什么没有呵：土地、自然、季节、诗。

没有理由不为此感动。大地已将自身向我们敞开，启示是清晰昭然的。

海德格尔说过：人应该诗意地栖居。

最后，二十四节气歌是这样唱的——

春雨惊春清谷天
夏满芒夏暑相连
秋处露秋寒霜降
冬雪雪冬小大寒

滚烫的石头

你走在崎岖不平的山路上，干涸焦渴的黄土地望不到边，你的眼睛都给炙伤了。你去河边汲水，几只小鸭子围着你的水桶嬉耍，抻抻脖颈，扑棱翅膀。你坐在炕沿上剪窗花，不时去剪一下油灯的灯芯，灯光跳跃起来，屋子里霎时间便亮堂了许多。你睡下了，满腹心事，久久难眠，里屋爹爹响亮地打鼾，窑洞外，呼啸的风撕扯着树枝，牛在反刍，邻居家的狗偶尔吠两声，把夜色衬得空旷。

那么说你是歌里的妹妹了。但哥哥却不在画面里，而是在你的念想里，当你做每一件活计时。他仿佛是一个隐身人，陪伴在你的身旁。在歌里，他要么在耕地，要么在放羊，要么在砍柴，你用一双毛眼睛偷偷地瞅他，又喜又羞。但他更可能是在外乡，在走西口的路上，分别和距离，点燃起你的思念。

一把手扯住哥哥的马，

拉住哥哥手，

说下个日子让你走。

手指定老天赌上咒，

哥哥赌上咒，

谁要昧良心谁断后。

夜深人静，一天到了终点。你的牵挂也达到了极端，如同夜色一样浓稠。你躺在黑黢黢的土炕上，想着这幕送别的场景，你的眼泪就流出来了。

这时，在遥远的某个地方，哥哥也在想着你。青春的热血在他强壮的躯体里汹涌冲撞，如同看不见的火苗，烧炙得他翻来覆去，床板吱吱作响。他是男儿，没有那么多的哀愁幽怨。他只想抱紧你，箍得你透不过气来，把一腔就要爆裂的激情，淋漓恣肆地倾注到你身上。他不管不顾地唱了，脸红心跳。

我走那天没亲你的嘴，

左盘右算真后悔。

想你想得我瘦啦，

裤带上的眼眼不够啦。

二不溜溜山水淘河塄，

难活不过人想人。

想亲亲想得呛不住，

泪蛋蛋刮倒一苗小柳树。

　　爱情无所不在。唱歌的妹妹不仅仅是一个，于是哥哥也有了无数的化身。此处的歌声刚刚停歇，那边的却又响起来了。

　　他也许是孤独的牧人，在鄂尔多斯草原的深处。肥美的牧草地像绿毛毡一样，一直伸展到地平线，天和地的轮廓浑圆，仿佛放大了的蒙古包。羊群安静地吃草，像一粒粒散落四处的白色卵石。高天远地，不动声色，把他的性情也濡染得沉默隐忍，尽管灵魂深处的思念翻江倒海，说出来却似乎水波不兴——

　　　　　想起往日的相好，

　　　　　喝上酸奶也不香；

　　　　　想起心上的情人，

　　　　　嚼着奶皮也不香。

　　他当然也可能是河州的少年，骁勇的回族人，正挥镰站在青稞田里。累了半日，该歇口气了，他直起腰，撩起汗褡儿擦汗，脚下有被收割的青稞，摊了一地，远处湍急的河水打着漩涡。他想起了牡丹花一样的尕妹，这贴肉的汗褡是她给缝的呢。他想起他们俩的恩爱，也想起可恶的财主在打她的主意，要搅散俩人的好姻缘。不服，愤懑，让少年的心中陡然生发一股冲动。他掷掉镰刀，扯开喉咙，要对着天地发誓——

千万年黄河的水不干，

万万年不塌的青天；

千刀万剐的我情愿，

舍我的尕妹是万难。

响亮的歌声冲上天际，仿佛被力大无比的臂膀抛出去的一条绳索，一波三折，盘旋飞舞，拽住几片过路的流云。

这些当然都是民歌。只有民歌才会这样唱，才会以这样的方式唱。

热烈、决绝、直露、酣畅。歌声钻进你的耳朵，叩击你的灵魂，像一块块被炭火煨热的石头，烫你，砸你，让你的灵魂颤抖战栗。连那些最为平静内敛的，也有着暗藏着的热度，像一眼深山里的地热温泉。热情是它们的本质。热情早已经在歌唱者的灵魂里积蓄、涨满，急切地等待喷泻。一个人清清嗓子，就要歌唱时，让人想到挽弓待发前的那一瞬间：弓弦绷紧如同满月，臂膀上肌肉隆起，微微颤抖，筋络的痉挛清晰可辨，要将全部力量灌注到箭矢上，让它挟一阵风，呼啸着射向远处。

一支歌也是这样飞出喉咙的，驱动的力量来自心灵。

真实，是民歌的魂魄，是坚硬的核。号子、山曲、爬山调、长调牧歌……民歌的世界，如同歌唱者的生活一样辽阔繁复，无穷无尽。曲调或舒缓或急促，或高亢或低回，相互之间的巨大差异，如同他们分别置身其中的不同地域。但共同之处，是它们都牢牢守护着真实。是这点而不是别的什么，成为一切真正的民歌所具备的区别性特征。这种真实可感可触，仿佛肌肉下面的骨头，黑暗旷野中的一堆篝火，湍急河流中的一块巨礁。挂念漂泊他乡的哥哥，那个彻夜不眠的妹妹的幽怨，真实；咀嚼生命的艰辛，那个颠簸在马背上的牧人的苍凉，真实；那个被爱情浸泡，也遭权势欺凌的少年，他的幸福、激愤和誓言，真实。

真实，也便成了必须。歌唱便不是可有可无，而是一定要做的事情，不唱就要憋坏自己，就要阻碍生命。歌唱，就如同春天到来时，屋檐上的冰溜一定要融化。尽管被瓦片砖头层层叠压着，野草仍然要顽强地发出芽来。漫山遍野的野花，笃定了要尽情开放。

一首宁夏花儿，说足了这种源自生命根部的歌唱的必然性：

> 花儿本是心上的话，
> 不唱时由不得自家；
> 刀刀拿来头割下，
> 不死了就这个唱法。

这样的歌声响起时，必定会有某一个背景同时展开、浮现，若近若远。仿佛墨汁滴落在宣纸上，洇出一片水晕。

民歌是土地里长出的花朵，因此歌词、曲调以及围绕它们的一切，都和土地有关，散发出鲜腥的泥土气息。歌声飘荡在磨坊里、在打谷场上、在吊脚楼里、在摆渡的船上、在脚夫的队列中。

歌声幻化出一幅幅画面，在你的眼前。由近及远，你看到了贴着窗花的窑洞，屋檐下悬挂的大穗玉米和辣椒串，然后是村头孤零零的几棵老树，被风雨切割成千沟万壑的塬上，再远是天下黄河九十九道弯，是黄河后面的平川，平川尽头是云雾笼罩的高山。

那个哥哥或者妹妹，那个伢子或者女娃，那个老汉或者婆姨，他们是在劳作时唱的，是在劳作后的休息时唱的，脚踏在大地上，脸对着山峦或江河。声调的长短、高低、急促或舒缓，要同他们身边的土地田野的面貌相和谐，要随着它们的走向、起伏而变化，要应和它们的内在韵律，那样它们才能够成全他们的歌声，才能够起到最好的聚拢、烘托、放大的效果。这是一个神秘的过程，是无数的歌者经由漫长的岁月才与大自然达成的默契，不是语言能够轻易说清的。但只要你深深沉浸在民歌中，你总会在某个时辰，感知到这一点。

他们的歌唱有着明确的指向，听者是远方的亲人，是冥冥中的神灵。他们首先要打动风和云彩、月光和星光、路旁静默的老树、村边流淌的河水，只有那样，歌声才可能被传送到远处。他们知道怎样做到这点。

这样的歌声响起时，周围便会氤氲起原野的奔放、生动、蓬勃的气息。曲调的摇曳里，隐约有树木植物的姿态，有时是静止的，有时则仿佛风中的偃伏。而不同唱词之间，似乎是用风声、用水流声、用鸟雀虫子的唧鸣啼啭，来连接、过渡和填补的。侧耳细听，你能够听到树枝上鸟儿扑腾翅膀的声音，毛驴喷了个响鼻，小河里泼剌剌地跳起了一尾鱼。从曲调的悠长曲折或者急促跳荡，你能够感受到歌声回荡其中的那一片土地的性状，是山地还是平原，是丰腴湿润还是贫瘠干涸。天和地、岁月和山河、风和水、动物和植物，都参与进来，化身为其中的一串音符、一阙旋律、一段丰富的和声。这样的歌声是天籁之声，是大自然的另一种形式的表达。

屏住呼吸，仔细地听听。你的听觉深入到了歌声的深处和细部，你的灵魂被歌声中飘荡的大自然的魂魄覆盖、裹挟。你看见不同地域的大自然，是怎样在曲调中获得不同的表现，展开各自鲜明的面貌的。在辽阔的大草原上，孤独的牧人踽踽独行，伴随他的只有胯下的马，和无边无际草原的单调绿色。成吉思汗的后裔，咀嚼着一缕忧伤的心绪。歌声舒缓悠长、沉郁浑厚，沿着每一片草叶渗入大地深处。在另外的时刻，你会陶醉于另一种声音，高亢、灿烂、嘹亮，像裂帛的声音，你看到雪线之上的阳光，把薄薄的云层镀亮，空气透明得散发寒意。你知道，那是高原上的藏人在歌唱。

我应该及时地收缩自己的视野，否则面对民歌的汪洋，我会被淹没。此时是一个月圆之夜，在大都市以亿兆计数的光源的映衬干扰之下，天空的月亮黯淡无光，几乎不被留意，弃儿一样孤独。

然而在民歌中，明月当空照耀，水波一样汪洋漾荡。那些听了后会将心融化的调子，许多都是被月光浸泡出来的。月亮圆时，桂花树的形状清晰可辨，嫦娥娟秀孤独的身影楚楚动人，唤醒最柔软的情绪。

哎！月亮出来亮汪汪，亮汪汪，

想起我的阿哥在深山，

哥像月亮天上走，天上走，

哥啊！哥啊！哥啊！

山下小河淌水清悠悠。

　　月亮照着南方的丘陵，为清浅澄澈的河水镀上一层银光。河的两边，丛生的灌木葳蕤繁茂，金黄的油菜花连绵一片。妹妹的心要融化了。清亮的声音，像是一道把月光淬火后做成的鞭子，有着银子一样的质地，轻柔地抽打在身上。歌声属于南方，属于梦境，属于一种原始、蛮荒、淳朴的生存。

　　月亮也照着北方，寸草不生的沟沟壑壑上，被敷了淡淡的白霜。河水浑浊滞重，黑色的波浪仿佛沉重的喘息。一望无际的荒凉静寂中，蓦地唱响了一首河湟花儿——

地奶奶铺给的金沙滩，

软绵绵，

月娘娘照给的灯盏；

好大的天地没人管，

由我俩玩，

活神仙巧摘了牡丹。

　　两情相悦，荒原也便是天堂。没有人才好呢，爱的嬉戏更可以放肆恣意。青春生命的欢愉、性爱的快乐，是各地民歌中最为普遍的主题。也许因为情爱是对生命的最强有力的肯定，是最根本的生命体验，蕴含了许多人生的命题和要义。按照那些质朴的民歌手的说法，是"山曲不酸没听头"。

但并不是说民歌都是单纯的、易于概括的，它的领地远为广袤。同样吟唱月光，那首著名的塔塔尔族民歌《在银色的月光下》，就抵达了辽阔和幽深。

> 在那金色沙滩上，洒满银色月光，
> 寻觅往事踪影，往事踪影迷茫。
>
> 往事踪影迷茫，好像梦中一样，
> 你在何处躲藏，背弃我的姑娘。
>
> 我骑在马儿上，箭一样地飞翔
> 飞吧飞吧我的马，朝着她去的方向。

许多年中，它一直令我迷醉，我为之悬想不尽，低回不已。岁月流逝，它的内涵却日益丰厚。失落的爱情并不足以囊括它的全部。消逝了的青春、破灭了的憧憬、梦境与现实的对抗、人性中对永恒的企求和世事的纷纭多变之间的对比……都栖身于那一种意象之中，温馨而忧伤，月光一样迷离浑茫。

这样，我们就接近了这样一种真理：民歌吟唱的是生活的全部，它的半径也正是脚步所能抵达的距离。就像月光把一切事物都笼罩于自身中一样，有关生命和生活的一切，也都在那些真挚朴实的歌词和曲调中，被一遍遍地吟唱了——爱和死亡、岁月和山河、劳动的艰辛和收获的欢愉、短暂的幸福与无边的磨难。

> 山曲儿本是顺口流，
> 多会儿想唱多会儿有。
> 山曲儿本是出口才，
> 看见甚也能唱出来。

这些，对我们来讲已经十分陌生和遥远，仿佛一座巨大的山体横亘其间。

无法想象我们会在天空下、田野里歌唱。我们参与歌唱的唯一的场合，是大街小巷上的歌厅，我们关于歌唱的知识、见解和道德感也来自于歌厅，它们或者豪华排场，或者幽暗暧昧，散发可疑的气息。处所的不同，当然会影响到歌唱的品质，就像作物和水土的关系一样。贫瘠的盐碱地上怎么可能生长出高大苗壮的乔木？那些充斥着千篇一律的道具的场所，径直将人引入一种表演的情境中。

在这里，歌唱变成了可以预约和安排的事情，仿佛是工业流水线上的程序。人们翻动印制精美的厚厚的点歌本，挑选要唱的歌，而这种选择，基本上是依据当前的媒体排行榜。于是，你沿着那条笔直的长廊走下去，往往许多房间里唱的都是那几首同样的歌，区别只是在于有的模仿得颇像，有的则是荒腔野调。悲伤的唱过了，再换上一支轻快的，然后是一支滑稽的……感情可以勾兑，心境不妨排练，仿佛调制一杯鸡尾酒。

既然不关涉内心的冲动，有关灵魂的因素都被省略删除掉了，此处的歌唱，便只是一件纯粹属于生理学范畴的事情，打嗝排泄一样。技术具有无比的重要性。模仿得让人感到像某个歌星便是成功，拿话筒的姿态、站立走动的样子都很重要，因为每个人都清楚这里就是表演。周围坐满了人，给你打分，叫好或者起哄。尽管唱的人做出深情款款甚至痛不欲生，但谁都明白，那不过是一种日常的情感操练而已，当不得真的。

当然，那一两个时辰中，有时的确会涌现一些怅惘、感伤，一些微酸微甜的体验，一些在平时的匆忙中无暇顾及和深入琢磨的情感，诸如时光的磨蚀、生命的脆弱、擦身而过的爱情、不堪回首的往事。此刻，封闭的场所、幽暗的光线，暂时隔开了现实生活的坚硬和明晰，让内心深处某种沉睡已久的东西蠢蠢欲动，获得一些滋生的空间。这该是 KTV、卡拉 OK 等娱乐方式星火燎原般迅速蔓延且持久不衰的理由。但它们顶多也只是一种情感的奢侈品，是餐后的甜点，不必寻死觅活也能得到，本质上是飘忽浮泛的，仿佛闪烁跳跃的光影中，那一张张看不分明的面孔。不能想象，歌厅中沉醉于某种虚拟的情爱体验中的人们，谁会真的这样发誓——

若要我把妹丢脱，

牛长上牙马长角；

若要我把妹丢下，

青蛙长上龙尾巴。

黑头发缠成白头发，

缠着满口牙掉下；

拄上拐棍还不罢，

死了还要埋一搭！

　　于是，我们终于理解了，什么是造成这种巨大差异的根本原因——神性的有无。

　　每一首真正的民歌里，每一个真挚的歌唱者的心中，都有自己的神。神无形无迹，那是他的信仰、他的念想、他用生命呵护和看守的东西，海枯石烂，生死以之。从歌词到曲调，民歌是原生质的、单纯的，甚至粗糙，但这并不妨碍神灵藏身其中，既然马厩中盛放饲料的木槽接纳了初生的基督。那些简单朴实的歌子，尽管摇曳多姿，风格迥异，但都有一个坚硬明确的内核，都簇拥着一种值得珍视的价值：同情、悲悯、忠贞、热烈、献身……传递的都是神性谱系中的某一道光束。民歌中没有玩世不恭，没有与世推移，没有虚无的藏身之地。

　　那么，听得懂听不懂歌词，也都并不重要了。因为，神是超越语言的。在蒙古草原，在雪域藏地，歌者用他们自己民族的语言在唱。你一句也不懂，但你分明被打动了，你忧伤，你感动，你潸然泪下，你心中翻江倒海。语言的鸿沟，已经被歌者饱含激情的歌唱填平，歌声中的苦难和幸福，获得了真实生动的转译和表达。就像母爱，普天之下，共同的语言是亲吻和爱抚。

将近两百年前，一位德国作曲家，谱写了一首名为《乘着歌声的翅膀》的歌曲，试图用旋律描绘出遥远东方的神奇美丽。在其后漫长的岁月里，多少人曾沉浸在它美妙的乐声中，如醉如痴，仿佛置身于幻想中的东方世界。今天，地理、空间上的一切阻隔已经打破，借助超音速飞机，借助电脑网络，昔日梦想的疆域可以毫不费力地抵达，可以从容地端详它的每一个细部。这是一个彻底敞开的世界。

但有些东西却反而被遮蔽了，被遗忘了。因为它们不合乎商业利益，因为无法成为经济运作的浩瀚复杂的系统和构件上的一个环节。民歌就是这样的事物之一。当然，这里指的是真正意义上的民歌，而非假借民歌的名义，兜售种种滋味寡淡的廉价情感饮料。它们躲藏在某一个深山旮旯里，某一处偏远的湖边泽畔，只在某个感情激荡的特别时刻，电光石火一般地闪耀，然后又复归于长久的缄默，仿佛难以克服自己的害羞。但这其实正是一种自尊。这种处境，不管是主动还是被动获得的，也许更多是无奈，但经由这种方式，却能够保持自身的纯粹和彻底的精神性。

当某个或清澈或嘶哑的喉咙歌唱时，那一道道起伏颤动的声波，分明也仿佛是一双翅膀，承载了我们的灵魂，向着残存的神性殿堂飞翔，升腾。我们风雨飘摇的内心，从而有望和天长地久的事物、和亘古不变的品性产生联系。

如今，这样的渠道已经不多。

因此，就让我们仔细谛听吧。

漂泊的屋顶

　　每个人都会有同生活贴近的特别的道路，借此他得以进入它的广阔和幽深。我们无时不在生活，但多数情形下，这种所谓的生活让人想到那种雾蒙蒙的天气，肉体和灵魂都感到疲倦、滞重、缺少清爽，某种暧昧乏味的东西像灰尘一样在心里累积起来，不知不觉间遮蔽了感知和梦想，隔断了诗与思。然而也总有一些时刻，他会获得拯救。一些事物进入他的感受，内心深处某种鲜活、轻盈、强健的东西于瞬间复苏，于是他眼中的一切仿佛被擦亮，露出纯金般的光泽，并映照出自己的深邃和无限。这是神的安排，为了人的健全和完整，尽管人对此可能懵懂不觉。

　　它们是什么？它们来自何处？

　　它们更多的应该是个人化的，而且往往是神秘的。经由它们，他发现并显露了自己，也同他人区别开来。不知道对于别人它是什么，对于我，它经常是一种声音。

已经记不清有多少个深夜，当手里的工作告一段落，平静挟带着一丝落寞和茫然降临时，我会听到一种声音，在昏暗的墙壁和柔和的灯光间若有若无地飘动。我侧耳谛听，却发觉它原来就在胸间，越来越清晰，渐渐能听出那是车轮撞击铁轨的哐当声，中间是一阵长鸣的汽笛：呜——

于是，那晚的梦境里，常常会有一列火车擦身而过。

那列长长的火车后面是一个更长的梦境。梦境遥远的那一头连着二十几年前，冀东南平原上的一个乡村土炕头。

一个孩子，当他的感觉正发育得十分敏锐时，如果每天是在野草和树丛、苇荡和坑塘间度过的，那么即使日子贫困，也总会有许多幸福的时刻。那些树木、庄稼、飞的跑的动物带来的欢乐，不是今天城市里的孩子能领会的。但当夜晚、阴雨天，或者大人不允许出去的日子，一颗童心也会无聊烦闷，这时候，要是有一个老奶奶讲故事，或者有一张彩色画片可看，那就完全不一样了。我比别的乡村孩子幸运，有一个当小学教师的妈妈、在县城工作的爸爸，印象中他好多天才回一趟家，每次都给我带来一两本新的小人书。

这些连环画册成了点燃最初的想象力的火花。那些画面让我知道还有和村子里的日子不同的、别的样子的生活，它们在遥远神秘的地方，不可企及而充满吸引力。那些书早已记不清了，但有一本当时我最喜爱的书，我至今还约略有印象，写的是一个名叫阿福的越南小英雄如何机智勇敢地炸毁美国鬼子兵营的故事。最吸引我的还不是故事情节，而是画面上的椰子树、仙人掌、大海和沙滩，它们给我一种隐约的激动，一种莫名的向往。我朦朦胧胧地知道，它们是在一个叫作"南方"的地方……

可是，这些同火车又有什么关系呢？

我在一个阴天发现了它们之间的联系。那天我和邻居家的孩子正在村边的一片洼地里玩，阴天里声音传得更远、更清晰，我听到一声很长的、低沉的、颤动的声音，像老牛吼，但要有力得多。我好奇地问小伙伴这是什么，他很不屑的样子，说连火车叫都不知道？他告诉我，东边十多里路外有铁路，一直通向南方。于是，仿佛是在一瞬间，那个从画册上看到过的遥远的世界，在我心里立刻变得可以触及了。我激动不已，像获得一个重大发现：原来在自己身边，也有一样东西，能够和那陌生遥远地方的奇妙的生活联系在一起，它就是火车。到这时，我还没有见过火车，只从大人的话中听到过几次，像听到其他我不理解的词一样毫无反应，但那个阴天，在那声汽笛声中，这个词第一次具有了意义，我发觉自己对这个不知模样的东西竟产生了强烈的向往。

那以后，我便经常能听到火车汽笛声，夜深人静时，听得尤其清楚。有好几次，我强撑着不睡，只为了等待那个沉闷的声音。出于儿童不好解释的心理，我固执地不肯说明缘由，惹得奶奶直唠叨"这孩子魔障了"。终于有一天，在我软磨硬泡下，父母答应我跟着一个亲戚去火车站，这在他们看来显然是奇怪的念头。那次看见的是一列货车，当那个长长的黑色的庞然大物呼啸着疾驶而过时，坐在自行车后座上的我是怎样被那巨大的声音惊得目瞪口呆，又怎样兴奋得忘乎所以啊……

在我身上，这种情绪在那一年里一定持续了好长时间。我常常怀着一种奇特的、类似柔情的心情，想起那个越南小英雄，盼望有一天去见他，而每当这时，眼前总会浮现出铁路和火车的影子。那时还不知道，那条铁路是津浦路，我只是一厢情愿地做梦罢了。夜里睡觉，我也确实梦见过小阿福，而且不止一次。一个异常清晰的印象，是我常常梦见炎热和阳光。这点所以被牢牢记得，是因为那正是个很冷的冬天，我醒来时仍常常觉得被窝冰凉。这些知识从哪里来的？并不曾有人教给我。那么仅仅是想象？为什么又会那样逼真？那个到处弹片横飞的地方，却奇怪地成了我想象中的乐园。多少年后，我第一次站在南国的土地上，在炽热的阳光下眯起眼睛端详阔大的芭蕉叶时，首先袭来的竟是一种重返童年的感觉。我隐约听到了一声汽笛。

又过了几年，差不多快读完小学了，我才有机会第一次坐火车。

记得是麦收放农忙假的时候，我跟着在乡镇中学当教师的小姨去衡水二舅家。那是我第一次出远门。我们先乘汽车到几十里外一个叫作龙华的小镇，再从那里坐石德线上的火车。破旧的客车在乡间简陋失修的公路上颠簸着，天气又热，很不舒服，但我却始终处于一种十分兴奋的状态中，觉得美妙无比。想想吧，过一会儿不但能看到火车，还能坐上它，而且是到一个那么远的地方去！车站到了，候车室刷成墨绿色的墙壁，售票处圆形的小窗口，背靠背摆放的、好多栅条已经折断的破旧长椅，都让我感到新奇、喜爱。我还没有看够呢，小姨拉起我的手，从入站口来到月台上，不一会儿，一列也是墨绿色的客车从远处驶过来，当它停下时，车身下喷出浓雾般的白色蒸气……

那是一辆逢站必停的区间车，开得很慢，总共一百多里路程，仿佛走了很长时间。这正合我意，我直担心太快到达呢。车厢内长得好像望不到头的一排排座位、晃荡的感觉、那种独特的气味、陌生的人们、车窗外闪过的景物，所有的一切都使我着迷。可惜，有一件事分散了我的注意力：挨着小姨坐的一个男人头倚着靠背睡着了，每当车厢晃动得厉害时，他的头都要朝这边歪过来，我直担心他会砸着小姨，但好在每次都没事。

火车终于进入城区了，那是地区首府，当时还未设市，但却是我眼中的大城市了。它的楼房、工厂屋顶上冒出的浓烟、空气中某种呛人的气味、铁路两旁一片片污黑的积水，都让我感到新鲜。与我的小县城相比，这些东西里面有一种杂乱的、难以捉摸的东西，紧紧抓住了我。车停住了。我跟着小姨，随着拥挤的人流出站。我们在站前广场上等人来接时，旁边站着两个女孩，比我大不了几岁，都很好看，但都黑黝黝的，好奇地看着我，又嘻嘻地笑，搞得我很紧张。但同时，我体验到一种莫名的、前所未有的崭新的情感，有些甜蜜又有些痛苦，强烈地闪烁了一下。在多年后的青春岁月里，多次侵扰我的那些情绪，都有这样的一个开头。

在纸上，时间可以被轻易地调谴。又过了几年，我去北京读大学，四个寒暑假期里，是一道铁轨连接了故乡和校园。今天，那些失散的日子已深埋在记忆底层，只有偶尔才浮现几处断片。有关火车的回忆，便是一束温暖的光波。寻检过去的时光，每每最先看到它的闪亮。

最清晰的记忆是一年级暑假返家那次。

那次期末考试得了较好的分数，我心情愉快。我没有直接回家，先到天津中转一下，在南开大学一个老乡的陪同下，逛了街，玩了水上公园，住了一晚，第二天坐上天津到德州的一列慢车，家乡就是靠近终点的一个小城。车开时已经将近中午了。

七月的炎热烧炙着车厢。阳光透过大开的车窗，投射在座位和过道上，明晃晃地刺眼。光线中有无数尘埃飘浮、旋转，时时被脚步搅乱成另一种形状。到处充满了简陋的短途车厢特有的气味。我把头伸出车窗，热风扑面而来，挟带着焦干的尘土呛人的气息，耳朵里即刻灌满呼呼的风声。与铁路平行的公路上，汽车看上去开得很慢，玻璃有时发出几下闪光；远处，深绿色的田野却让人觉得萎靡不振……车逢站必停，上下车的多是沿线的乡下人，穿着破旧，说着家乡话，串亲或者做些小买卖。其中一个来我旁边找座位的人很小心地递给我一支烟……车厢的女乘务员三十五岁上下，个头高高的，表情生动，两只显得过大的眼睛总给人一种喜欢大惊小怪的感觉。她一刻不闲，时而和同伴高声谈论什么，时而脚步急急地走来走去。有一次她向我借笔用，我说没有。她眉毛一挑，很夸张地指着我的校徽，对同伴说："大学生还没有笔……”然后是一串响亮的笑声……

这些都充满难言的魅力，使我迷醉。我意识到自己的感觉出奇地敏锐、清晰，几乎是怀着一种贪婪的热情，看着、听着、嗅着，想把一切印象都吸收进来，储存在心中。四五个小时的旅程，我一直沉浸在难言的快乐中，但其中几乎没有即将回到家的成分。相反，倒是想到这点反而有些不安，只盼望这个过程无限拖延下去。

这一切，其实更多是后来才感受到的。它们在记忆里沉淀，发酵，很长时间以后才散发出它的醉人的香味。多年后我常常没有来由地忆起这次旅行，那种心情我以后再没有过。甚至不只限于旅行，在一直到今天的全部生活中，即使最快乐惬意的时刻，都不能比拟它的纯粹、圆满、深沉和无穷无尽感。如果勉为其难让我命名，迟疑到最后，我拈出的会是“幸福”二字。

为什么是这样？它有着什么意义？这种强烈的幸福感受，同青春的欢乐明媚心境、对于自己的信心和对生活的憧憬是怎样的关系？也许这一切同火车并无关系，只是由于它恰好负载了幸福，本身便也成为幸福的一部分了。这是一种存在于事物之间的神秘联系。

江河、池塘、田野、农舍、森林、丘陵……在疾驶的车窗外它们飞快闪过或缓缓旋转，仿佛记忆中的某些不同的日子。你会在某个时辰惊讶于它们让你联想起生命流逝的形式，但你却说不清楚。

　　高峰体验无法重复，以后的多次旅行，我再不曾达到那样的沉醉，但仍有许多可圈可点的瞬间。一次是大学三年级暑假前夕，全班去湖南作方言实习，一昼夜的颠簸后，当在晨光熹微中南方第一次闯进眼帘，看到飘散淡灰色雾气的稻田、水塘、水牛、满山鲜嫩的绿，吸着明显变得湿润的空气，那因睡眠不足的疲惫，一瞬间立即踪影全无。另一次在贵昆铁路，我辗转卧铺上，快天明时才勉强入睡，梦境中遣散不去的是刚刚辞别的山城贵阳的阴雨和晦暗，和夜行车在荒蛮的贵州高原上被一轮月亮照耀的悲凉。被旅伴推醒时，我看到他脸上挂满兴奋。诧异中朝窗外一撇，我即刻愣怔全无：原来已到中午，车已进入昆明郊区。天蓝得不真实，大朵大朵的云彩白得耀眼，沉静地悬挂着，低得仿佛伸手可触。大气中充满一种响亮、欢快、生气勃勃的东西，一下子把心底照得透明。也好像在突兀中，过去从哪儿看到过的、对这块土地的诗意的称呼——"云之南"这几个字眼跳上脑海，美丽得揪心……

　　与这些闪耀的时刻相比，其他大量的时光该是渗透和浸泡了。目光随着列车的行驶浏览大地，进入它的无限。从整体到每个细节，从声音到色彩，大地全面敞开。你感到阳光的照耀、风的吹拂，看到万物生长的姿态。你的目光抚摸它们时，心也被它们抚摸。这时你能切肤般地体验到做一个漫游者的幸福。许多年后，我读到海子的一首写给叶赛宁的诗《旅程》，开头几句是这样的：

　　　　我是浪子

　　　　我戴着水浪的帽子

我戴着漂泊的屋顶

......

漂泊的屋顶，多么好！我感到被词语的闪光照亮了。移动的车厢，正是每个旅人的屋顶，而自行进中的列车窗口往外望，在缓缓转动的大地之上，天空是一个更大的屋顶。诞生、劳作、歌唱、恋爱、受苦、死亡、生活和生命的一切，都在它的下面展开。在这第一个屋顶下面，我们更能够具备一副开阔的、穿透的目光，更容易感觉到和读出那些无穷和深邃，那些大地上的秘密。

期待着一次跨越北中国的旅行，到新疆，或者内蒙古。应该在冬天，至少深秋。在这两个季节，才能最好地体会这一片大地的精神。凛冽的空气，最能匹配那坚硬的土地，它的沉郁、静穆和悲哀。我觉得，我的心境越来越走近它。

青春岁月，每次旅行心中都揣着一个隐秘的念头，希望能邂逅一位美丽的少女。那时，对她们的爱，差不多是诗情的唯一源泉。飘扬的秀发、目光的顾盼、姣好的容貌，织成了一道迷人的风景，其中藏着生活的全部幸福和痛苦。

我多少次从远处羞涩地凝视过她们，那些同一车厢的陌生的姑娘。她们出现在眼前，没有背景，足以让我想象得完美无缺。她们端庄矜持，在我看来，每个人都是一个不可轻侮的公主。那时我还不能够想象，一个美丽的姑娘怎么能不同时是一个天使。当因疲惫困倦而稍稍忽略了留意举止时，她们神态中那人间的朴素真实，又让我感到姐妹般的亲切。每当一个这样的姑娘结束她的旅行从视线中消失，我都会有一丝惘然。仿佛火车驶过不留痕迹，我的默默的爱情曾经怎样地飘散？

许多爱情源于旅行，或者把伏笔埋在火车上。罗曼·罗兰的《约翰·克利斯朵夫》曾经是我们那一辈人的精神圣经。在那部宏大嘹亮的交响乐中，最令我怦然心动的却是一个柔美的乐句。克利斯朵夫搭乘晚班火车回家，车停在一个中间站上，旁边刚好停下一列从相反方向开来的车。短暂的时间里，他望见一个曾陪他看过歌剧的、不知姓名的羞怯的法国少女，她也看见了他。彼此的车厢里都没有人，他们把脸贴在车窗上，透过周围沉沉的黑夜，静静地对望着。她原本极度胆怯，这时却大胆地直视着他。他正要招呼她，车开了，她慢慢地远去了，消失在夜色里。他感到自己的心给那道陌生的目光挖了一个窟窿。他不明白为什么，可是明明有个窟窿。几年后，在巴黎，在人生的战场上，他结识了挚友奥里维，才知道那个女子正是他的姐姐安多纳德，他的守护神，而此刻她已经因为过多的操劳损害了健康，死去了。从她秘不示人的日记，和死前打着寒战写下的无法投寄的信中，他们知道了她对克利斯朵夫的隐秘而热烈的爱情……我曾经梦想这样的爱情。

今天，我依然时常将目光投向她们，那些当年的少女，今天的少妇，但已不复往日的情怀。岁月在冲刷掉什么的同时也添加了什么，并不是只有听滥了的韶华将逝的感慨。如果说，昔日的清丽因缺少映衬显得单薄些，今日，岁月已把经历和磨蚀、智性和情韵调作底色。这使她们更多地具有可亲的、母性的、丰厚的气息。女性的美这时才真正到达一个顶点。即使在最幸福自得的脸庞上，我也一再发现神态里隐隐的疲倦、无奈和隐忍，尽管她可能浑然不觉。这是造物的神秘安排。它无处不在，但在疾驰的火车上，因了一种神秘的关联，却使人更容易发现这点……带了一丝怜惜的微痛，我对她们的爱情不减丝毫。

人们到处在生活……

没有哪儿比在火车上更能使人感受这句平淡的话里的神秘的蕴含了。它让人想到一种弥漫无边而又深不可测的东西。旅行中常常会遭遇某些新奇的、逸出常规的事情，让人兴奋或骇然。但我想说的不是这些。一列满载旅客的火车，本身便已经是意味无穷了。

从进入车厢起，熟悉的生活便暂告隐遁了。每个因为偶然而坐在面前的人，都能够让你驰骋一次想象力。他或她是什么人？自哪里来去往何处？这些不可知和不确定中自有一股含混的魅力、一丝隐约的撩拨，让人欲罢不能。每个人都有一个目的地。有人是同家人团圆，有人却是去奔丧，作生与死的最后告别。也许是奔赴又一个梦想，也许某个策划已久的阴谋正付诸实施。这个空间比任何别的场所都更能容纳生活的神秘和暧昧。

相比之下，有些要明朗清浅些，不易遮掩。有秘书奔走前后的人，即使偶尔走下软卧到站台上散散步，也总是那样矜持庄肃；那位躺了几十小时不食不语的年轻女人，不免使人猜想她可能正陷溺于一场情感的泥淖。那些经商暴发的人仿佛是一个模子铸成的，穿着、言谈、炫耀财富的方式，总是那么单调贫乏；那些初次外出打工的农家姑娘，怯怯地挤在一起，目光里交替着憧憬和茫然，等待每人的会是一份怎样的命运？在列车上，你才强烈真切地意识到置身生活中间，它的声音、色彩和气味鲜明可感。谁有一颗民间的心，谁怀抱体验的热望，必定会对这种情形感到亲切。我也有过多次飞机旅行的经历，但我少有这样的感受。那毕竟只是少数人的事情，是相对易于概括的生活形态。而火车则让你想到人群和大地，想到生活本身，它的丰富与纷乱，它的朝着无穷的敞开。

帕斯捷尔纳克的《日瓦戈医生》中，有一段很长的篇幅写到火车。为躲避饥馑和混乱，医生全家离开莫斯科，前往遥远的西伯利亚。旅程漫长而多难。铁路、田野、森林和村舍无边无际，肆虐的暴风雪时常埋没铁轨。牲畜栏一样的货车车厢内肮脏、拥挤、嘈杂，挤满各种身份的人：经纪人、商贩、修道士、红军战士、苦役犯、精神病人等。旅途屡遭变故，匪帮拦阻、铲雪清路、检查行李证件，使列车频繁地停在旷野。恐惧和担忧压得每个人都透不过气来，命运如同迷漫的风雪一样无从被知晓……但即使这样，也还有稠李花的淡淡的气息，有不可思议的爱情。生活展开它的两极、苦难和期望、罪孽和美好、悲哀和欢乐，都是那样使人战栗。

直到今天，我最乐意做的事情之一，便是送人或接站。当看到来自远方的火车缓缓靠近站台，车窗玻璃印满无数张望的脸，或者目送开出的列车消失在天际，一缕烟雾渐渐飘散，我仍然会激动不已。什么在结束，又有什么即将开始。但不论开始还是结束，都会让人想到某种永无停息的运动，它是属于一个更为巨大的实体。开进开出的火车强烈地传递出生活的气息，就像海风的咸味使人想到大海。

要是不记叙一番夜行车的体验，这篇文章肯定不完整。

列车行驶在沉沉夜色中，窗外黑黝黝的，深不可测。空间感消失了，只能从灯火的密集或稀疏分辨城镇和乡村，从身下的平稳或颠簸分辨平原和山地，从声音的空洞或沉闷分辨桥梁和隧道。此外便是沉重单调的黑暗，仿佛永远也走不出。失去明朗确定的形体，思绪便也变得飘忽、随意，一些念头升起，追赶着前面的影子，但很快自己又被新涌来的挤压、驱逐。你有意去思念一个人，去追怀一件事，最后你发现，你捉到的只是碎片，仿佛影子的影子，皂泡上的一点霓彩。它甚至不如梦中来得真实和清晰。这又是因为什么？

我有过好几次午夜梦回，在顶层卧铺上。眼睛睁开的当儿，意识尚未从懵懂里醒转，漆黑一团，我不知身在何处，从哪里来，到哪里去，充塞脑海的只有身下车轮的咔嚓声。在最初瞬间的情感空白后，心被一种遭遗弃的、无依无助的、孤独和悲哀的感觉，强烈地攫住，如醉如痴。终于，意识一点点恢复，我听到邻铺的鼾声、母亲哄孩子的声音、有人轻轻走过的脚步声。于是心里便不由得感到一丝暖意、一丝熨帖，对这些萍水相逢的人油然生出同类间的、相依为命的感情。伴随它的来临，黑夜也变成庇护了，一种温暖而湿润的、母性的遮盖。

这时，往往能听到汽笛被拉响了。

它被拉响的瞬间，总是显得很匆促、突兀，尖锐而嘶哑，仿佛一把钝锥子在捅人的耳膜。但很快，声音变得散漫，向着四面八方逃逸，听上去迟疑、游移而无力，终于消失在夜色和大气之中。一切复归于沉寂。短暂停顿后，第二声又响起，重复如初。听着，听着，你会感到情感、想象还有思索，你意识中残存的所有东西，也都被这声音带走了，消融于无际夜色中，像一缕晨雾被风扯散，一段往事被时光湮没。渐渐地，心里充满了茫然的、深沉的平静，仿佛在母亲的怀抱里沉沉睡去。

错　位

　　果然是"天下名山僧占多"，去湖山形胜处，每每会有寺庙映入眼帘。虽然与佛门向来无缘，但也尚未到避之若仇的份上，何况许多地方除山门之外也没有第二条路。因此多年下来，梵呗声声，香烟袅袅，也都多所见闻，入目入耳。突出的感觉是，大雄宝殿里，香火日益旺盛了。每每怀着一种超脱的心情，看虔诚的香客跪拜求愿，喃喃有词。这都无甚新奇可述，但有一次是例外。记得是在峨眉山上，遇到几个广东商人，身材的枯瘦萎靡与暴发户的骄奢自得很古怪地混合在一起。一阵喧噪后，他们也在蒲团上跪了下来。

　　一人双手合十："阿弥陀佛，保佑我生意成功，发财发财。如愿以后，一定捐给你许多钱。"

　　佛家教人"放得下"，破我执，视贪爱为苦恼之源，求他赠以金银，岂非南辕北辙？但在这位眼里，肯定佛国净土也充满商业精神，佛也是生意中人。这不，连提成的事都预先说到了。

但比起另一位同伴的歹毒，他还只是痴愚罢了。那人满脸杀气地念着一个人的名字，想来该是他的竞争对手："让某某某破产，老佛爷。"他大概将眼前的佛和慈禧混淆了。现实生活中充满出神入化的戏剧性，最好的编剧也只能自叹弗及。

佛以慈悲为怀，志在超度一切众生进入天界，为此不惜舍身饲虎，没想到这位却要求他做阎王的工作。佛家讲业因果报、六道轮回，此人抱这般恶念，来世应该转生到哪一道？即使侥幸免于地狱，至少也该堕入畜生道。

愚昧是怎样测量都探不到底的，可恨的是它们偏偏要同智慧纠缠在一起。

但也有看上去十分合辙合式的。

手头是一张旧照片，一叶小舟上，坐着一位半老不老的垂钓者，头戴斗笠，身披蓑衣，意态悠然。那种无求无待，颇合天籁，让人想到庄子和惠施有关鱼乐的争论，想到泛舟五湖的范蠡，想到淡薄功名啸傲林泉的隐士高人。如果不看文字，你是很难把这个形象同一个名字联系在一起的。

他是袁世凯。这张照片摄于河南安阳的洹水河上。

时值光绪、慈禧"晏驾"之后，在权力争斗中，袁世凯暂居下风，被朝廷"开缺回籍养疴"。袁世凯何等野心勃勃之人，谁能够相信他会嗒然心灭？处风云变幻之时，韬光养晦，无非是以图东山再起。这张照片，是用来蒙蔽朝廷的，正是要表现得仿佛万事不再萦系于心，使对方放松警觉。事实上，他无时不在观察时局动向，朝廷的一举一动，千里之外的袁项城了如指掌。

老庄智慧教人彻底放弃，无求无待，以回复心性的自由无羁。到袁大头这里，却被用作给人看的面具。他要以此作为手段，达到江山社稷尽入我囊中的目的。表里之间，相去何止霄壤。

人人赞美智慧，将它视为无价之宝，将获取它当作至上的幸福。智慧之于人生，无疑是眼睛之于道路。那些形形色色的智障者，不啻人生道路上的盲人，命途充满艰难险恶。

然而要考察实际情形的话，我们却不免要疑惑了。那些被智慧漠视乃至蔑视的东西，却每每正是人人趋之若鹜的，哪怕芥末微名、蝇头小利。《红楼梦》中一曲《好了歌》唱得可谓一语中的："世人都晓神仙好，唯有功名忘不了。"如此，我们日常大量接触到的是心口相违，言行不一，让人想起叶公好龙的典故。或者宽容些，退一步讲，他们未尝不向往和智慧合而为一，但内力太弱，不足以抗御外在的诱惑，轻易就被打败了。智慧始终未能真正进入内心，导引他们的人生。

相比之下，另外一种情形更不可原谅。那便是将智慧剥离、肢解，进而庸俗化，降为应答进退之术，玩弄于股掌之间，以达到个人的目的。标榜无所求是为了所得更多，谦逊以期获得加倍的赞誉，仿佛古代的隐士，身处幽谷而心存宗庙，逃名为了得名。没有伶俐的机心，如何能想到做到？智慧之所不齿的东西，变成了其所孜孜以求的目标。还美其名曰只要目的正确，手段不必在意。所有这些都如同袁世凯手中的钓竿，朝着各自的目标。

然而到了这一步，它还能够称为智慧吗？

它已经变成了另外一种东西，尽管外形近似，但其实质则完全不同。须知智慧总是和德性相邻相睦，互为表里。失德之举，也走向智慧的反面，而沦为机巧、谋略之类。至于其中等而下之登峰造极的，则要以阴谋称之了，害人又复害己。这无疑是错位中最严重的一种。

这样的人是终究不能了解真正的智慧，其受遮蔽的程度甚至过于前者。

"借我借我一双慧眼吧，让我把这纷纷扰扰看得清清楚楚……"一首红遍全国的流行歌曲是这样唱的。得失、名利、成败、荣辱……受其困扰的人不为少数。欲摆脱羁绊，只有依仗智慧，所以才有"慧眼"之说。

可是，看清之后又将怎样？路该如何走？

"道不行，乘桴浮于海。"面对红尘滚滚，古代的哲人智者开的方子往往都是逃避。范蠡功成身退泛舟五湖，嵇康披发佯狂以避人祸，都是因为他们参透了个中禅机。在今天，这样的可能性首先已不复存在，欲唱归去来，桃花源已不在，有心赋采薇，首阳山亦难寻。且智慧之为智慧，也是在愚昧、无明、盲障的背景下才显示的。如果必避至人迹断绝处才得圆满彰显，这样的智慧未免让人怀疑。因此，智慧的体现处，也应当在蒙昧甚嚣尘上的地方。正仿佛最好的隐匿之地其实正是人群，不是说"万人如海一身藏"吗？

这并非鼓励人去学游刃有余的处世之术，虽然事实上许多人都走上了这条路。举世皆醉，一人独醒，他若不满于这种状态并有所表示的话，非但于事无补，反而很可能会引火烧身。智慧在与愚昧的较量中，败下阵来的往往是前者。屈原自沉江潭，便是一个惨痛的例证，也昭示了后世许多高洁的智者的悲剧命运。"世人皆浊，何不淈其泥而扬其波？"在现实的利益面前，那些定力不足的人，最终恐怕不免要认同屈原笔下渔父的逻辑，会从曾经信奉的不二的准则下退却。

但是否想到，这样与世推移，你就是参与扩大愚昧，如果世道人心最终是离所向往的越来越远，这里面是有你一份责任的。好比久处鲍鱼之肆，尽管自以为是虚与委蛇，但在别人闻来其味则——很可能也正如此。这样趋同流俗的结果，尽管会得些甜头，但扪心自问，最终会觉得是失大于得，如果他心中还将智慧德性作为尺度的话。自然，那些将之视为油彩，需要时拿来涂抹在脸上的人不在此列。

那么，对并非英雄却也不愿做宵小之辈的大多数人，现实可行的看来是中道。是在执着与淡泊、抗争与忍让等对立的情操之间，寻求一种不失尊严的生存。不妨以对待非人性的强大政治压力的态度为例，在我们这个意识形态色彩浓重且人人受其裹挟的国度，它曾经是几代人的噩梦，至今余威犹在。因此，人们在这点上的姿态颇具代表性。"尽量说真话，坚决不说假话。"这是一位历经运动劫难的老作家，在回首往事时，为自己制订的准则。最初读到时，尚不能够理解，以为老人怯懦，甚至滑头，但随着世事风波浮沉，越来越认同这点。这是乡愿先生吗？这暗含沆瀣一气的种子吗？不能这样看。当时势之力过大，抗争不啻于以卵击石时，缄默便是一种现实的选择，不应轻率地加以指责。须知，对当事人，他实际上预先为自己的行为标出了一条界限，一道用道德、原则扎就的栅栏，有此凭依，不会滑入泥淖。这同无操守的随波逐流相比，仍然是泾渭分明的。如果说那种以孤躯而敢抗天下之恶的高风亮节合乎神的标准，这不妨看作是人的标准。在鬼魅到处可见的世界，能这样做，也算大道不违了。一旦它们成为大多数人的操守，愚昧——恶常常是其极端形式——最终难以长久肆虐。

这仍然是一种错位，然而已经是最为贴近的了。

物　证

即便是都市深处，春天毕竟也迟疑着来了。从近二十层高的楼上俯瞰，不远处一条小街两旁的柳树，也绽开了一抹浅浅的鹅黄，虽然因落满灰尘而显得萎靡不振，全无它原野中的同伴们鲜艳娇嫩元气充沛的神态，但好坏也传递了一丝季节的讯息。

上小学的女儿让我帮她查找几首古诗，描写春天生机勃勃的树木的，最好是杨柳，说这是老师留的课外作业。恰好架子上有一本古人吟咏植物花草的诗文汇编，让我不由得第一次对此种形式的选集萌发了一丝感念，可见人心的难以依恃，一个小小的功利目的便足以动摇一向秉持的是非好恶。随手翻开一页，目光停泊处，是东晋桓温的一段咏柳文字："……昔年移植，依依汉南。今看摇落，凄怆江潭。树犹如此，人何以堪！"

文章写的是春天，也是写柳树，但与所谓生机蓬勃却是南辕北辙。如果我没有立即去另找一篇贴题的，而是相反，听任思绪踟蹰不去绕梁三匝，那仅仅是因为，它此刻已经变为我的作业了，我要慢慢寻找出一个可能的解答。"树犹如此，人何以堪！"中外古今，人同此慨。多少次了，读到这样的叹息，心头都仿佛袭来一阵凛冽凉风。

这里，时间是没有登台的主角。

在有关时光的种种感慨中，这远非滥觞之作，但应该称得上是经典感叹。当年的纷披婆娑，几时起变成眼前的凋零萧条呢？秉承了天地之充沛元气的树木，尚且难以抵挡时间的咬啮，血肉之躯的人又如何能够脱逃？它从独特的角度，揭示了或者不如说是强化凸现了一桩事实，使之获得一种真实可触的质感：个体生命无比的脆弱。

柔软无比的时间却有着最为致命的杀伤力。在那一把无远弗届的镰刀的刈割下，还有什么能够留存？爱情、荣誉，乃至生命，无不是随着寒光一闪而纷纷委地，终至片甲不留。然而这个过程却极其缓慢，几乎不被察觉，如同流沙逐渐吞噬一片田亩。只有在一些极端的情形之下，才将结果突兀地显现出来，让人感觉到惶然悚然。不久前的一次大学同学聚会，我目睹有几个人叫不出对方的名字，一时间彼此都有些尴尬。很难相信他们是在同一个班里度过了四年。十几年间，时间用一砖一瓦，逐渐在他们中间砌起了一堵遗忘之墙。

我们的一生，就是一次向着虚无之域的长途行军。皱纹是青春的终点站，白发是中年的抵达地。今天，科学已经将每个人锻造成了彻底的唯物论者，知道在路的尽头，白茫茫一片，空空如也，别说天堂，鬼也寻不见一个。这是幸运抑或相反呢？一言难尽。但彼岸世界的缺失，却教会我们把目光返回现世，用心打量这每个人所拥有的长短不一的几十年的生命。生命降临到每人身上并不一样，但最寒微最不起眼的一份，也都有一些滋味吧。

西方古代神话中狮面人身的斯芬克斯之神，一面眺望将来，一面回顾过去。如果我们希望不虚此番人生之旅的话，也应该为自己确定这样的姿态。前者是给生命树立目标，让人知道该朝着那里走，后者则是数点这一路的收获，让人明白干了些什么。一个人不思进取，别人顶多说他浑浑噩噩，没出息，但要是一点都记不得自己的过去，该说他有病，得了记忆丧失症，要催他看医生了。

这样回头看时，会发现，我们生命的全部风景，仿佛展开在一个坐标系中。光阴是一条坐标轴，而风景、物品等诉诸我们感知的存在之物，则构成了另外一条。活着的每一种体验，迷醉或哀痛，昂扬或沮丧，都是其上的一个个相交点，细微或者显著，放大了来看，都能够查询到相对应的时间、相关联的事物。对于时间人们说得足够多了，却一再忽略后者，这不应该。它们具有不易被时光之水湮没的具体形态，更适宜成为生命的物证。

这样说可能会招来质疑。我们的躯体肉身，不是已经足以证实自身的存在吗？明眸青丝，肯定是青春最可信的名片，一旦发苍苍、视茫茫，则再清楚不过地表明了老境的降临。这两者之间，划出了一道轨迹，这道轨迹当然也能证明生命的流程，就仿佛地平线上的弧线能证明山峦的存在一样。但这种方式是被动的，好像听人说出侦探小说的结局，总不如由自己剥茧抽丝思考得来那样有味道。古人形容女子面容姣好，并不直言其如何美丽，而是采用沉鱼落雁这样的比喻，在与其他事物的关系中揭橥出来。同样，为了观察和体验生命，充分发掘其况味，也有必要设置一种参照系。

一旦这样去做，就不难发现，我们的视野里充满了物品，点缀在生命的地图上。或者不如说，物品自己站了出来，要为生命做证人。

时时处处，物品缠绕、覆盖、充满了我们，如同襁褓包裹着婴儿。我们在物品中找到自己，就如同鱼儿在水中获得了生命。曾被忽略轻视的它们，原来十分生动，在沉默中拥有执拗的力量。正是由于它们的存在，生命被以某种方式记录、挽留，它的即时性的、飘忽的一面得到某种程度的抵抗和消减。它们同生命的关系，仿佛味道之于果实、声音之于乐器、炊烟之于灶火。它是一种提示、一种唤醒、一种仿佛无意间的叩击，却分明能感觉到来自何处。生命如果是风筝，旧物就是放飞它的牵线，哪怕已经不见踪影，也依然在掌控之中。如果是随风而逝的乐声，旧物就是存储它的磁带，只要我们想，就能够让它再度缭绕不息。

静虑凝眸时，每一件物品都变为一叶小舟，将我们渡出遗忘之海，驶向往事的港湾。如果我们是有心人，会发现这样的东西俯拾即是。一顶褪色的的确良旧军帽，引领记忆走回少年时代，那时小伙伴间最可夸耀的事莫过于拥有它了，那种激动，丝毫不会逊色于今天追星族们拿到张信哲、赵薇的签名照片。几页充满夸张的词句和惊叹号的情书，读来荒唐可笑，却分明提醒了当年初恋的狂热痴醉。十几年未曾翻动的书页间的贺年卡、多年前的旧照片，让我们想起曾经交往过而今已久无音问的朋友。"火炉旁打瞌睡的老婆子，当年曾经是如花的少女。"这是莎士比亚的名句。对这点，任何一个老婆子当然是清楚的，但如果她面对当年青春靓丽的倩影，或者是求爱信中让人脸红心热的话语，她心跳的频率，肯定会更快一些。

旧物是往事碎片的黏合剂，是已告衰弱的情感之火的助燃剂，是寻溯生命的最可靠的向导。旧物填补了记忆的空白，让已然漫漶的重新显影，生命就这样得到确证。生命原本在于细节的连缀，旧物单个地看是零碎的，但吉光片羽，弥足珍贵，许多这样的碎片的排列，不经意间就勾勒出了生命的大致轮廓。在年龄、外貌这些生理维度之外，它们以另一种方式框定了生命。

因此，如果一个人能够找出和生命的某个时段发生关联的事物，不啻是一种安慰。在那个相对无言的时间，生命被拉长、叠加，不但拥有此刻还拥有过去。而如果能够看着物品和自己一起老去，简直更是一种温暖的体验了。就像风雨同舟的终身伴侣，相互依偎着慢慢衰老，自有一种彻骨的浪漫和甘美。

因此，我们要说，最坏的情形，并不是物是人非，而是物的缺席，找不到任何见证物，那样，那段生命的有无也变得可疑了。再不堪的回忆也胜过没有回忆，因为正是回忆验证了此在的真实性。人生一世，最后会发现名声、地位、财富都是空，人能够真正拥有的只有生命本身。但生命的流逝本质，使得它难以实现超越时段的自我确证，老年无法证明少年，白发无法证明青丝，这时，唯有旧物能够担当此任，宣告生命曾经在场。经由它们，我们得以端详生命的纹理，恰如通过肌肤之亲，我们验证了肉体的爱情的真实。

　　在北京上大学的四年间，我走得最多的是白颐路。去首都体育馆看比赛、到王府井书店买书、进城办事、放假回家，它都是必经之路。因此，每当思绪飘向那一段时光时，这条路总是不期而然地映现在记忆的屏幕上。每次总是那同一个画面：夏天，路旁两行粗壮的白杨高耸入云，枝叶纠结，浓荫密布，几乎完全遮蔽了道路。阳光从树叶缝隙间洒下，落在地面上、自行车的镀铬车把上、骑车人的白衬衫上，抖动如碎银。这种感受，源自无数次乘车或骑自行车行走其下的经历。毕业以后回去得少了，但每次走过那条路，见到熟悉的景物，总会勾起一些当年的回忆，会想到某些人和事，尘封已久的某种旧日情绪也会摇曳着闪现，尽管只是片断，但那种生命如环相连的感觉却是真实生动的。一条当年的街道也是一个旧物，并不因其体积的巨大而改变其所具有的功能。它穿越了我的青年岁月，它因此也成为我生命的一条脉络。尽管十几年间两旁的变化巨大，当年的大片空地如今已挤满楼房，高科技公司的招牌和广告铺天盖地，但只要林荫路依旧，我依然有一种归家的心情。直到有一天，白颐路扩建，树木全部被砍伐，走在上面，完全是一种置身异乡的感觉，它对我全然成了一条陌路。对于我来讲，一条缺少林荫道的白颐路没有意义，尽管它更热闹，更繁华，但它是外在于我的生命的。它无法帮助我建立起和自己过去的连接，仿佛一根再也擦不出磷火的火柴。

这里我还想说一件事情。

人们有种种收藏癖好，邮票、钱币、古董、旧家具等，或者因为喜爱，或者出于赢利的考虑。但我听说过的一例完全异于这些。我是从邻居那里听到的，讲的是他单位的一个同事。那是一个悲伤的父亲，他的读初中三年级的女儿在暑假外出旅游时死于一次车祸。四五年了，每天晚上临睡前，他都要拿出女儿的旧物，端详摩挲一番，这样才能安宁。甚至出差时，他也要带上一件东西。这些东西很杂，课本、成绩单、文具盒、书包、口琴、画板、红领巾，从小到大的照片，那个短暂生命不同时期的见证物。他专门清出一个大抽屉，来存放这些物品。妻子曾经想清理掉女儿生前的衣服、鞋子，他坚决不同意。甚至，他还到亲戚家，到学校向女儿的要好的同学，寻找曾属于女儿的物品。它们使他伤感，但久之却变成了深长的慰藉。显然，对他来说，这些东西上面都浸润着女儿的气息，正是通过它们，他得以每时每刻和女儿生活在一起。

我记得初次听到这个故事时内心的震颤。它让我看到了人性的伟大、父爱的力量，也最有力地证实了物品亲和心灵的特性。

独自品尝

暮色中，楼上的房间里又飘出了歌声。

因为是夏天，各家的窗户都敞开着，便能够听得清楚。是一首几年前就流行的老歌了，里面有这样的歌词："有多少爱可以重来？有多少人值得等待？"

楼上住着三口人，一对老夫妇和女儿。老人都年过花甲，已经退休，黄昏时分，经常相伴着到楼下小花园里散步，遇到有人迎面走过来，总是很和善地侧身让开。女儿年龄在三十五岁上下，文雅宁静，进出都是一个人。上下班时，我们经常会在电梯里遇到，彼此微笑点头，便是全部的交往了。

其他大量的空白之处，要靠想象来增添了。老两口是南方人，江浙口音，从他们的朴素谦和以及交往寥落猜测，可能退休前是机关工作人员。女儿大概是在人文科学研究院所一类的机构工作，有几次从她拿的文件袋上，我看到印着研究课题之类的字样。

这一家人十分安静，平时轻易听不到什么声音。我的书房上面的那间，应该是女儿的房间，有时传来音乐声，一般是在晚饭前后，多数是器乐曲，钢琴和小提琴为多。偶尔也会播放歌曲，旋律大多悠长舒缓。这首歌好像播得更多一些，我听到好几次了。

但今天却似乎有一点儿不同。和音乐一起飘过来的，还有断断续续的谈话声。谈什么听不清，但听声音应该是在母女之间。主要是母亲在说，女儿偶尔回答几句，都很简短。忽然，女儿的声音变得很急促，猛然间升高了许多，仿佛是压抑后的爆发，然后是抽泣声。但很快戛然而止，一点声音都没有，一片静默。

这就难免让人悬想。大龄独身女子，这样的歌词，联系在一起，很容易让旁观者的猜测沿着这样的轨道滑行：某次曾经的遭遇、某类感情的纠葛，以及某种不绝如缕的懊悔和期盼等。是的，有多少爱，可以重来？有多少人，值得等待？

我想套用一下这个句式，转入这样的题目：有多少心情、心事、心扉，能够向人敞开？

曾几何时，交谈的愿望是那样强烈。倾诉，这个词来源于人性中对于彻底、深入、毫无挂碍的沟通的期冀：话语倾泻如水，从言者的心中流出，又在听者的灵魂中溅起浪花。心心相印，袒露无遗，相谐无间。有不少词语描绘这样美好的境界，更有许多佳话被广为传诵，像钟子期和俞伯牙，高山流水，彼此相许为最默契的知音。

然而从什么时候起，这种诉求开始变得微弱，甚至被弃置不顾？

这一点，大致是与年龄的增长、与社会阅历的增加而同步递进的。到了某一个时期，非但自己早已经不打算去实行，不再觉得缺乏它是一项亏欠、一个遗憾，而且，倘若发现身边哪个人还在这样想和做，还会产生一种隐约的优越感和怜悯。好不容易从某种挫折或困境中摆脱出来的人，看到别人正在和将要重复自己的遭遇，那种心理，大概和此时的感觉有些类似。

之所以改弦更张，前后变化之突兀令自己也感到意外，大多数原因，恐怕是由于尝到了苦头，尽管每个人遭遇的方式和程度不同。你陶醉于表达的淋漓酣畅、一逞口舌之快时，不知道旁边有人正在窃笑，得意于终于搜集到了罪证，可以作为日后射向你的弹药，可以当作邀功的最佳材料。你被出卖了，卖了一个不错的价钱，却浑然不觉，这让卖者又有了另外一重快意的理由。

但类似的遭遇不大可能会是孤例。经历得多了，再迟钝的人也会有所觉察，并因此逐渐学会了三缄其口。人心隔肚皮。言多必失。沉默是金。见人只说三分话，未可全抛一片心。害人之心不可有，防人之心不可无……所有这些隽言，表露的都是一种鲜明的防范意识。这样的话早晚会被收藏进你的词库，并内化为你的意识。于是，不知不觉中完成了一个嘲讽——这些曾被我们鄙夷、视为市侩做派的做法，几时起却开始左右了我们。

落井下石的人毕竟是少数，但多数人可能会自觉不自觉地和你拉开一些距离——客观地讲，这样倒并非有什么恶意，而是出于一种可以原谅的自保的考虑、一种人性的弱点。人心叵测，谁敢保证自己的言谈臧否不会招致某种意外的后果呢？他可能赞成你的看法，但自忖还是不说出来为妙。谁敢肯定某个在场的第三者、第四者不会传话？根据某种朋友、敌人的盘根错节、相反相成的关系的定律，不小心就可能会掉进某个陷阱里了。但不管是哪种情形，结果都是一样的：我们越来越习惯于一种点头之交，习惯于维持一种敷衍、清浅的关系。

这样，上述高山流水觅知音的佳话，便可以获得另外一种解读：也许是因为罕见，才被这样大加称道？就仿佛当今的媒体上，宣传鼓吹得最多的，往往最稀缺。人们早已经习惯于从相反的方向去发现真实了。

如此说来，这种暧昧的人际关系，原本就是一种常态了。我们从书本上、从传说中得到的那些故事和理念，只是一种理想化的描摹，是对于现实生活的缺陷的补偿。如果误读了它们，以之来度量眼下的生活，当然会失望。

不过我更想说的，还是另外一种情形。它在敌意、戒备之外，属于自然人性疆域的一部分，从而具备了某种普遍性，呈现为一种广阔的覆盖。

同情，这个词汇被使用得太多了，容易让人感觉到是取之不尽，用之不竭的东西。但这显然是一种错觉。泛滥的语言和实际情形之间，每每有着严重的脱节。对别人的苦难感同身受，也是一种能力，相当数量的人，天生缺乏此点。他们的灵魂中，没有预留一处容纳别人的情感倾诉的空间。对他们而言，信赖无疑是一种负担。倘若不巧遇到那种情形，他们马上感觉到十分窘迫，手足无措，急于摆脱，仿佛要拿掉踩进脚掌里的一根木刺。

交流受阻，仿佛球掷入一堆棉絮、水泼向一堆沙子，没有任何反应。在倾诉者一方，只好像一只小兽，躲到一边，舔自己的伤口，等待慢慢结痂。难以想象，一个人如果有过几次类似的遭遇，还愿意敞开心扉。除非他是特别的迟钝。但如果是那样的话，他又能有什么要向人诉说的？

甚至所谓的处世智慧都在反对这种倾听。那么多的心理励志类的读物，不是都在竭力主张要避开弱者吗？字里行间，鼓吹要效仿、结交强者，以汲取他们的精神元素，获得所谓的成功。那么，相应地，那些试图得到一丝慰藉的诉说者，很可能会将带有毒素的情感倾倒在我这里，从而成为我的羁绊——对于缺乏同情心的人，这是一个很自然的逻辑延伸，很容易为自己的冷漠寻找到一种伦理上的支持。追溯起来，这倒也是源于古代的本土生存策略，"勿友不如己者"。这里面有一种乡愿，一种生意场上的冷酷算计。

明白了这些，就不应该再幻想什么。如果期望值过高，岂不是自取其辱？

当所有这些愿望都告幻灭之后，我们最终会把目光投向身边，投向朋友以及亲人。仿佛溺水的人，拼命想抓牢手边的一块木板。这几乎是一种本能的反应了。

但最后的依托真的就那么可靠？

朋友，这两个字如今已经发生了深刻的蜕变，常常不过是利益的代名词，或聚或散，尽皆系于某种筹划，让人内心深处不由得渗出一股凉意。因此，"相逢开口笑，过后不思量"，业已成为一种人们心照不宣的行事方式。当然，这并非一概否认朋友的价值，真挚深刻的友谊仍然还是存在的，但不是每个人都有这样的幸运。如果降格以求，浮泛的交谊似乎也不难找寻，不过其效用也大打折扣了。对于那种深藏的、羞于明确表达的内心期望来讲，它们经常是显得过于漫不经心、缺乏洞察了。

这么说来，似乎只有亲人让我们感到稳妥。一种血缘的亲密关联，天然地将彼此焊接在了一起。在别处无法索取，也不可能获得的东西，却可以理直气壮地到这里索要。

但抱紧这种想法的人，早晚会发现重新陷入了失望的泥淖。隔膜依然存在，即便面对的是骨肉至亲。一个人陷入痛苦，他的亲人当然最能体会，最能够给予安慰，但这种体会和给予，和本人所感知的、所期盼的，仍然有着程度上的差异。按照罗曼·罗兰的一个说法，这是造物主给生命设定的一种保护机制，既是为了个人，也是为了族群。否则，真的完完全全感同身受的话，谁承担得了？人忍受自己的苦难，每每已经心力交瘁了，如果对他人的痛苦也毫无保留照单全收的话，岂非将马上面临断裂和灭顶？

屠格涅夫的散文诗里，失去儿子的贫穷的乡下寡妇，一边忍受巨大的丧子之痛，一边喝白菜汤，这令前来安慰探望她的贵妇倍感惊诧，不明白何以在这种情形下她还能进食，觉得她未免心肠太硬。但可怜的母亲不认为这样有什么不妥。尽管失去儿子等于把她的心挖走了，但白菜汤不能糟蹋，因为里面有盐，像她那样的穷人，可不是什么时候都有盐吃的。

独自承受吧。尽管你的亲人爱你远远胜过爱自己，为了你的幸福不惜牺牲自己的生命，但却无法不让自己在漫长的日子里打个盹、走会儿神。你因痛苦而扭曲变形的脸，并非时时刻刻都能让他们保持最初的骇。

眼睛和心灵既然已经洞悉了周遭的一切，那么我们应该回到自己，平心静气，安于这种阻隔。我们明白了，阻隔是常态，是风霜雨雪一样的东西。

从这种认识出发，我们再看待一些人和事物，会变得更富有想象力。比如同一个办公室的同事，今天一整天萎靡消沉，真的像他自称的那样，仅仅是因为昨天晚上没有睡好觉，还是另有隐衷？如果有，会是什么？夫妇间的争吵怄气？被领导批评？所购股票缩水？参加当年同学聚会，因自己多方面不如别人而受到刺激？可以任凭想象驰骋，在多种生活的可能性中间爬梳，如同一名侦探面对一桩扑朔迷离的案件。

这些念头带些鬼祟气，多少有点像市井胡同里唯恐天下不乱的、爱嚼舌根的妇人。想到这点，自己都觉得颇为惭愧。但道德评判是一回事，事实的坚硬而尖锐的存在是另一回事。我们的思绪之所以这样容易转向某些不堪的方面，动辄怀疑人，是由于以为别人也像我们自己那样，习惯于以虚假的借口掩盖真相。而之所以遮掩，是因为如果如实相告，会让我们的隐私、尊严乃至荣誉感等都受损，无异于自取其辱。倒是希望这只是以己度人，是一种出诸个人胸怀的狭隘的误读，但这个愿望不幸每每被遭遇到的具体事例反驳、颠覆。

因此可以凭借足够的证据说，绝大多数的人，不管他是否意识到，都在戴着面罩生活。如果说确有不少人不承认这一点，倒并不是缺乏诚实或者勇气，只是因为它太普遍了，已经渗透进了血液，成为潜意识、习性和日常行为的一部分，人们已经不觉得是在掩饰了。从来都是这样：对于熟悉的东西缺乏感觉，视若无睹。

不过，对于人际间本质上的无法深入沟通，一个人总能够在某个时候领悟到。所谓心心相印，只是一种修辞性的说法，即便偶或存在，也只是一个罕见的例外，被淹没在滔滔者天下皆是也的相反的情形之中。有这样两句歌词："天上的星星像地上的人群一样拥挤，地上的人群像天上的星星一样遥远。"堪称抵达了深刻的洞悉。这里没有神秘，不是故弄玄虚，而是直面生命的本质的孤独。悟性强的人，能够领会得更早一些、更深刻一些，悟性差的，会迟一些、浅一些，但早晚都会抵达同一个结论。如果试图把握的话，我们大致可以看到一道由模糊到清晰的轨迹，标示在年龄的背景之上。感悟和阅历之间，画出了一条正相关的函数曲线。

因此，不论在喧哗的舞会中，还是在疾驰的列车上，从邻座或对面那一张张面孔上，你都不妨猜想：他或她心中，隐藏了怎样的无从探测的内容？有哪些得意和欣慰、懊悔和缺憾？此刻表情平静如池塘水面，但下面可曾有着或者有过汹涌的暗流？倘若这种广阔而普遍的孤独，可以转化为能够衡量的形象，一定会是某种巨大、浩瀚、无穷无尽的状态。这里面有一种令我晕眩甚至恐惧的东西，我及时地中止了想象。

"欲将心事付瑶琴，知音少，弦断有谁听？"默默地承受吧。在最终极的意义上，人只能依靠自己。独自品尝酸甜苦辣咸，用灵魂的味蕾，感知五味杂陈。不同的只是，在生命的不同阶段，生之滋味被按照不同的比例调配勾兑。它持续不停地变化着，最后随着生命的消失，挥发飘荡殆尽，散入虚空。那时候，一切就都彻底了结了，牵挂思虑的对象，连同牵挂思虑本身。

第二天一早上班，下电梯时，恰好和楼上的女士同行。点头，微笑，像往常一样。什么也未曾发生过。什么也不会发生。

快乐墓地

有一些这样的地方，它们的存在，似乎是为了帮助人解答生命中的某些大谜。由于机缘凑巧，一些人来到这里，徜徉盘桓、目接神交之间，原本埋藏心头已久的某种纷乱模糊的东西获得了澄清，至少是显露了基本的内在轮廓。

譬如快乐墓地。

它位于罗马尼亚北部马拉穆列什县，一个叫作瑟彭的边境乡村。地方十分僻远，隔着一条界河，对面乌克兰的果园和村庄清晰可见。大概极少有东方人来这儿，我们一行几人到处都成为众人目光的聚焦点，用当今时髦的话说，是充分吸引了眼球。仅仅因为这处墓地，偏僻的村子得以遐迩闻名。这显然是由于话题本身的分量。墓地是死亡的寓所，而死亡是每个人早晚都要面对的，它并不遥远，而且无可逃避。

墓地紧邻贯穿村子的一条街道，旁边和对面都是人家的院子。

它是个长方形的院落，中间是一间乡村教堂。墓碑整齐地排列着，横平竖直，相互间的距离不大。我数了数，每排大概是十二个，共十几排，几百个。墓碑之间，墓穴之上，花木丛生。墓碑高低错落，大部分都有两米多高，用山毛榉木雕凿而成。墓碑顶部是十字架，为了遮挡雨水，上面罩上了坡度陡峭的小尖顶。墓碑是被雕凿而成的，再被彩绘上多种颜色，以湖蓝色为主。碑身上半部，是介绍死者生前职业、性格和嗜好的绘画浮雕，下半部则是成行排列的诗句，既富于幽默感又充满哲理。整个碑身上装饰着各种图案，红绿相映的花卉、颗粒饱满的麦穗、飞舞的小天使、成对的鸽子等。还有各种几何图案，圆形、三角形、曲线形、等边菱形等。

　　我在墓碑间随意走动，丝毫没有置身墓地的阴冷凄凉的感觉，倒像是在欣赏一处民间艺术馆，周身放松，心旷神怡。初秋的午后，阳光暖洋洋地照射着，四周明亮温暖，静谧安详。陪同我们的中国驻罗使馆年轻的外交官小耿，很认真地介绍着碑身上的文字。其实通过朴拙的画面，已经能够基本了解死者的大致情形。一位健壮的男人正在扬鞭驱马犁地，显然他生前是一位农夫；一位男子坐在拖拉机上招手致意，不用说是位拖拉机手；其他，像全神贯注搓线的妇女、正在刨平木板的木匠、打开蜂箱取蜜的养蜂人、挥刀刈草的夫妻……都栩栩如生地写照了主人在世时的职业和生活。不少画面还介绍了死者死亡的原因。一块墓碑上有三幅画面，第一幅画的是死者在果园里采摘果子，第二幅是后面有一个人用枪顶着他的头，第三幅是死者的头被那人拿在手里，身子躺在地上。文字介绍说，他死于二战时期，是被入侵的匈牙利人杀死的。另外一块墓碑上，正面画着一个埋头读书的女学生，背面画着她正走出屋门，前面是一辆大卡车。猜测她死于车祸，一问翻译，正是如此。有些墓碑，在十字架的中心位置还嵌上了死者的照片，或平静或微笑地望着这个他们业已离别的世界，给人一种恍惚的感觉。

画面下的文字，都是模拟死者的口气，用第一人称写下的。行程匆促，我们所看到的有限，但都一反痛悼、哀伤、凝重的气氛，而代之以一种欢快的、有时是调侃的口吻。有一块墓穴，主人是一位名叫伊利耶的老人，墓碑画面上的他身穿民族服装，精神抖擞地跳舞，当地两位著名的兄弟歌手在为其伴奏。碑文这样写道："村中我最老，生平喜舞蹈……我能活到九十六，祝你活得比我老。"诗句幽默诙谐，老人生前一定是个乐天开朗的人。

这真是一次崭新的体验。墓地，在最好的情形下，也浸透着伤感、悲痛和悼念，是魂催魄伤之所。即便贵为帝王，为了死后能够延续生前的显赫荣华，陵墓建造得富丽堂皇，也依然掩不住砭骨浃髓的肃杀萧瑟。不论是南京明孝陵墓穴，还是北京十三陵地宫，带给人的感受都是潮湿阴冷、凄凉黯淡。就连艺术也不能改变这种深重的底色。俄罗斯画家列维坦的那幅著名的《墓地上空》，全景式的、气势恢宏的画面下方一角处，是一方破败的墓地，几个十字架或歪斜翘趄，或干脆偃卧在地上，气氛死寂凄凉，烘托的是人世的渺小、人生的无助。更何况，墓地还常常笼罩着晦气的、不祥的氛围，是许多邪恶事物的发生地或背景。远的如孩提时候听到的鬼故事，近的如当前影视片上许多鬼祟气十足的场面，墓地出现时，总是和阴森、恐怖、阴谋、恶意等连在一起。

一句话，墓地不论是具体的真实的存在，还是作为一个意象、一种修辞，都是蓬勃欢乐的生命的反面，意味着死亡对美和生命权利的剥夺和虚无化。然而在这里，在快乐墓地，映现在我们眼前的，却是大相迥异的一幕。我们丝毫感受不到身后世界的令人不快的消息，被消解掉的，是所有那些臆想的、自我恐吓的情景和情绪，甚至生者对死者的怜悯——他们已经通过豪迈爽朗的画面和文字，表明他们不需要怜悯。相反，大加张扬的是现世生活中的美好，以及由此而产生的缕缕留恋。你不由得会想，这些画面，在生平写照之外，更是死者对生者的殷切寄语，仿佛在说：活着的人们，珍惜生活吧。我们在这边等待着你们到来时，带来曾经真实地、充实地生活过的好消息。我们曾经那样热爱它们，你们也不要辜负上天的馈赠呵。

看来，将此处命名为"快乐墓地"，的确是名实相符。在数不胜数的墓地陵园中，它无疑是一个异数。早已化为骸骨的亡灵们，在九泉之下，在阻隔阴阳的那堵看不见的墙壁之后，还在赞美生命的快乐。它将死亡映衬得衰弱无力，至少成为一种当其降临时可以坦然领受的状态。所有这些，和我们观念中的死亡，以及与之有关的种种，产生了巨大的对比，为我们提供了一种全新的认识。

不论东方西方，从来都是"生死事大"。远的不说，单单这个说法本身就足以佐证——将一瞬间完成的死亡，同整个漫长而复杂的生存相提并论，足以表明死亡在人们心中的位置。人们被本能的恐惧牢牢控制住，不敢正视它，连睿智如孔夫子者，都以一句"未知生，焉知死"轻轻带过。这实际是一种躲避，以所谓实用理性的借口，掩盖无力破解的尴尬支绌。但回避躲闪并不能使对象不复存在，它暗灰色的影子反而变得越来越大，黑黢黢一片，最终似乎拥有了巨大的体积和重量，令人心悸的品质，无法想象的威力。人的胆量、心智都无法承受、进入，更谈不上剖析和厘清。

然而在这里，却分明显现着另一种解读。生与死的判然分明的鸿沟不复存在，死亡成为生的一种转化形式。二者之间不是尖锐突兀的对立，而呈现为一种很自然的，甚至可以说是十分流畅的接续。当然，没有一块墓碑上的文字是这样写的，但你却能够从墓地的气氛中体验到这点，那种弥漫氤氲的安详、恬静，便是最好的注释。死者好像是跨过一道肉眼看不见的界标，到另一个地方休息去了。没有呼天抢地的抱怨，没有牵肠挂肚的系念，那情形仿佛也是在这样的一个午后，去不远的邻居家聊天，一去，就永远留在了那边。

原来死亡并不总是幽暗、凄清、孤寂，它也可以透射出这样的色调：温暖、慵懒、安详。那么，这也就等于说，死亡并没有原本的、固定的面貌，而取决于每个人如何描绘。

这些墓碑最早的设计者，是村民斯坦扬·珀特拉什，有将近二百多个墓碑出自其手，最早的一块竖立于1913年。这样的墓地，据说在罗马尼亚全境中独一无二，仅凭这点，就堪称是对民族民间文化艺术做出的巨大贡献。未能找到有关这位民间艺术家的更多资料，但我猜想他必定是个乐观而睿智的人，对于生和死有深刻的、独到的理解。如果向更深层的背景探测，这也许与民族性有关。作为征服者罗马人和当地民族达契亚人混血的后代，罗马尼亚人具备鲜明的拉丁民族的特性，风趣、浪漫、乐观。他们认识到死亡的不可避免，而以豁达的心态来对待和迎接它。这如果按中国古人的说法，该是"知其不可奈何而安之若素"。艺术家通过个人的努力和追求，将这种精神特质发掘出来，表现出来，在写照了民族特性的同时，也为自己赢得了不朽的名声。

一朵巨大的白云飘过，将影子投在墓碑上，造成弯曲的、明暗相谐的荫翳。但云朵很快飘过，墓地又是一片灿烂。

这些有关死亡的感悟，最终还是指向和作用于此岸的生存。我想，至少对一些人，这样的心灵嬗变是可能发生的：本来一直是怀抱一种忐忑的隐忧，等待必将降临的死亡，尽管这种担忧并非经常袭扰，但它每次浮现在意识中时，总像是晴朗天空中飘来的一片阴霾。如今却忽然发现，死亡原来一点也不可怕，想象中那副狰狞的面容原本只是心造的幻影。他于是长吁一口气，内心深处的郁积消融殆尽。从此，他会以一种坦然超然的心境，过好他的每一天，不再担心那最后的日子。哪天它来了，很好，跟着走就是了，就像陶渊明的诗句，"纵浪大化中，不喜亦不惧"。不止一次从报刊中读到过，那些曾与死神觌面而挣脱回来的人，都变得更热爱生活，对死亡无所畏惧，那该是一种与此处的精神相通相洽的灵魂体验。那么，虽然是匆匆过客，我们不是也应该抓取些感悟，携带回去，以引导今后的日子？在生死意义的标尺丈量下，地理上的相隔万里，充其量只等同于一个毫微米。离开之前，我以墓地一角为背景，请同行者拍照留念。我头顶的上方，是一株繁茂的苹果树，树冠如伞，枝叶间无数成熟的果子垂垂累累，金黄火红，光彩闪烁。

急管繁弦

　　一种感受的降临，一种觉悟的到来，和植物的开花结果一样，是有着自己特定的时间的。蒙田写道：万物皆有自己适宜的时机。兴盛有时，衰亡有时，相应的慨叹憬悟也便油然而生。就像田埂上的一棵树，随着日头升到不同的高度，投在地面上的树影的形状、大小、长短等，也都在不断变化，此一时辰和彼一时辰，可以大相迥异。

　　生命行进到中途，感觉骤然间提速了。好像一首曲子，由轻拢慢拨，转入急管繁弦。

　　人之不同，各如其面。在智力、悟性方面，我总是比别人更愚钝些、更迟缓些，是在踏入不惑之年时，才较深切地感知到这种生命的匆促感的。在那之前，也并非毫无感受，但却是浮光掠影式的、雾里看花般的，并没有浸润到内心深处去，化作血肉筋脉的一部分。没有成为一种骨鲠在喉那样的异样、长久的存在之感。没有转换为某种浸泡灵魂的汁液，使之战栗或者肿胀。更多时候，它们是来自于别人的感慨，传递到自己心中时，信号已经弱化了不少。这和自己发自内心地叹息唏嘘，其实是两回事，隔着一道巨大的鸿沟。

然而当四十岁的钟声敲响的时候，我却可以说，我的意识完成了一次彻底的蜕变。

我听到了重重的岁月脚步声，挟带着匆忙和慌乱，正从四面八方围拢过来，造成一片回声和共鸣。不去理会都不行，都不可能了。

这当然不是什么新的东西。在人类感受的库存中，有关时光匆促的叹喟，算得上是最为普遍、最为典型的了，随手翻开一页古诗词，字里行间飘荡缭绕的，多是这一类的气息，时时刻刻，黏滞住你的目光，让你的呼吸变得重涩。人们习惯于品尝玩味它们，就像一日三餐中的米和面。但这并不是说，它已经重复熟腻得难以拨动人的神经了。就像诞生和死亡的经验每个人只会遭遇一次一样，这种中年人生的滋味，当落到每个具体的人头上时，也具有一种全新的性质，一种发现的意味。

通常情况下，是渐渐增长的年龄，架设了一架通往感悟之域的桥梁。

除去极少数特别聪慧和特别愚笨的，所谓上智与下愚者，在大多数人的生命坐标系上，作为横轴的年龄和作为纵轴的感悟，二者所呈现的那种关系图式，应该是大致差不多的。酒在地下窖藏多年后，才会醇香绵软，因为只有在时间的流程中，酒液才能发生某种生物化学变化。同样，岁月也是最可靠的感悟孵化器。

当一个人经历的步伐抵达某个年龄里程时，才能领会其中所蕴含的深意，因为渗入了足够多的时间。时间就如同冲洗照片所使用的感光剂，使得生命中原本幽暗隐晦的某些东西，渐渐显现，变得可以辨识和分析。在这之前，他最多只是拥有一些来自于外在客体的观念，是同真实的生命体验相隔膜的。

十多岁时，谁不把生命看作一座花团簇拥四季常青的花园？不说死亡，衰弱都是不可理解之事。二十岁，都知道人会衰老也会死亡的，但总认为那是遥遥无期的事，而且潜意识中，似乎觉得自己会被赦免。三十岁，在浪费了许多光阴后，对未来的乐观仍然不曾有根本的改变，觉得曾经虚掷的终归还可以获得补偿。十几年前，在一次大学同学的聚会上，当某个同学感慨时光无情催人老时，引出一片戏谑的笑声，大家都认为他小资情调过浓了。如今想来，他实在只是比别人更敏感而已。几年前读美国作家厄普代克的一个短篇，看到这样的一个句子——"这些三十五六岁、生活中已经没有多少可能性的人们"。不由得有些愣怔，因为当时我正是这个年龄，自我感觉尚属良好。好像被一根小棒杵了一下，有一些钝痛，一些忐忑。但或许因为乐观和自信那时尚有足够的储备吧，那一缕不安很快就散去了，觉得这个说法未免颓唐了些。

然而，那种种不切实际的念头，总有一天会被证明是浮浅且盲目的。液态的水，可以汽化，也可以变成固体的冰，因为分别到达了两个不同的临界点，一百度和零度。自然界的规律也可以写照人生。只要到了合适的时间，生命面孔上那些伪饰虚假的成分也会剥落殆尽，像一堵风侵雨蚀褪掉了彩绘的墙壁，显露出原本的颜色。

总之，秋风拂面的感觉，此刻是鲜活酣畅地体会到了。

一天、一周、一月、一年，呼啸而过，飞快流逝，杳无痕迹：这就是当前的生命图景。日晷的运转蓦地加快了速度。过去感觉中悠长散漫而各自独立存在的日子，像是忽然被挤压、浓缩在一起了，成为一连串夜与昼的飞快连接，高密度呈现，也许其间的界限就是那些清浅的、常常夜半无来由地醒来的睡眠？被外面的光亮映得微明的一方窗帘，是打在两个相邻的日子上面的一个骑缝章。另一方面，所有连缀在一起的日子又像是被切割了，成为比自身的物理单位更为细碎的片断，因为缺乏完整的特性。当然，这些碎片有着冠冕堂皇的名字，责任或者义务什么的，但也许只是许多鸡零狗碎的算计和争斗，为蝇头小利和蜗角虚名所驱使。

失去了完整和恢宏，时间的流淌自然会让人觉得快了。日子与日子之间，面目模糊，大同小异，相互重叠交叉，好像一条没有落差、体现不出跌宕之势的河流。一家人围坐着吃年夜饭时，还记得去年此时饭桌上的情形、一些细节、某个戏谑的说法出自谁的口中，而中间却分明已经隔开了三百六十个日子。"我不知道他们给了我多少日子，但我的手确乎是渐渐空虚了。在默默里算着，八千多日子已经从我手中溜去；像针尖上一滴水滴在大海里，我的日子滴在时间的流里，没有声音，也没有影子。"现在再来读朱自清的《匆匆》，感慨甚至比作者本人还要深切。他写这篇文章时，还只有二十多岁，少年的轻愁，毕竟难比中年的悲凉。

这个时节，人际间的交往互动，被赋予了一种新的、微妙的功能：他人会成为一面镜子，映出的是你自己的容颜。这是一个从外物回返自身的过程。那些不知从什么时候起繁茂起来的白发、稠密起来的皱纹，虽然生在别人的头上脸上，所激发出的情感波澜，却是在你的灵魂的方寸之地中撞击不已。一颗善感的心，会生发出博大的同情，那是一种物悲其类的同情，这一个族群面对的是一个叫作时光的共同的敌人。左顾右盼，瞻上视下，孩子的成长、老人的衰弱，此时都拨到了加速挡，驶入了快行道。对这点，你在这个生命阶段体会得最为深浓。时间真是铁面判官，对任何人都一视同仁。用最昂贵的化妆品、保健品，都无法贿赂它，不但得不到赦免，想缓刑都很难。

"你还年轻吗？不要紧，很快就老了。"

这个时节，忽然就理解了张爱玲的这句话。过去，最欣赏的是它的机智俏皮，属于修辞的艺术。此刻再念起来，却对其间蕴含的那种沉痛和无奈有一种切肤之感。是的，"很快"，就两个字，却有千钧之重。古人们的感慨就更有力度，因为除了浸透了心血而格外凝重外，还添加进去了他们身后的漫长时光的分量。理解了三闾大夫的惘然："日月忽其不淹兮，春与秋其代序。"理解了古诗十九首的哀伤，"人生寄一世，奄乎若飙尘。"理解了李白的气急败坏，"恨不得挂长绳于青天，系此西飞之白日！"

一次同一位长者聊天，说到十年一晃而过，来不及端详。他是一家报社的负责人，每天忙于开会、传达、审稿、看版面，一应琐碎的事情满满当当，充塞了每一天的每个时段，就像城市里水泥沥青覆盖了每一寸地面。这样，一些感受和思索的种子，多数都来不及发芽就夭亡了，少数好不容易抽出几个叶片，因为缺少浇灌，就又枯萎了。感受是奢侈的东西，从感受中生发的思想就更宝贵，都需要充足的时间来沉淀、结晶，就像一株植物，有一个开阔的空间才能枝繁叶茂。这就是为什么在这个年龄段，我们的感叹可以很多，但感叹的内容却又总是很苍白。

此外，对于此时每每体验到的生活的单调乏味，还应该有这样一种解释：太阳底下无新事。小时候，心灵就像一张白纸，空空的，对一切都热切地敞开，每幅风景、每次遭遇、读到的每本书、听到的每首乐曲，都带着清晨露珠般的新鲜感，都有着美妙的滋味，都能够作为生动的精神财富而被书写、被记录、被吸纳、被藏储，自然不会知晓厌倦为何物。但随着年龄的增加，曾经是全新的经验和感受，都变为重复的出现了。内容重复、感慨重复，对什么都不再惊讶、不再新鲜，当然日子就显得短，短了，自然也就快了。可以举相反的例子作证，譬如旅游，是对于常规生活的暂时逃逸，旅伴、风景、风俗，所见所闻的一切，都是新的，因此隔了许久仍然能够留下印象，虽然只是短短几天，在记忆中却具有了可观的长度。而同样的几天，搁在平时，却如同炎炎烈日下的一星水沫，倏忽即逝，谁会记得？

急管繁弦，嘈嘈切切，总之都是难免的了。

从一列疾驰的火车上，看到的都是什么样的风景？

足音已逝的青年时代，看待事物的方式，大多不是按照它的实际样子，而是按照自己愿意见到的样子，去挑选视野里的目标。年轻的美好可贵，正表现在这里：他可以有意识地遗漏掉不喜欢的东西，同时又把那些可心如意的加倍放大，这样做时，他神色坦然，丝毫未觉得有什么不妥。这都是基于生命力的旺盛。而前行若干里路，到了云雾缭绕处的老年阶段，随着生命力的衰减，生命的自我保护机制被启动，使得一切选择都具有一种趋利避害的意味，记忆中大量痛苦、尴尬的内容被筛选掉了，只留下温馨蔼然的部分，因为这个年龄负荷和容纳全部的真实是一桩困难的事情——一定会是这样的，但这却也是另外一种形式的虚假。

只有中年，既消失了不着边际的幻想，又尚有足够的生命力来承受令他倍感失望的现实情形，因此他看到的是本真，是原貌，是对立迥异的存在：田野、墓地、花园、垃圾站、污水沟、少女、乞丐、简陋的铁皮屋和豪华的别墅。

外面景色是这样了，这时候，他会更多把眼光回返自身，来观察自己生命中迄今业已成形的那一片风景。它是按照他希望的样子呈现的吗？多少人会感到无憾呢？有，但肯定会是一个很小的数字。对大多数人来说，这种体验是强烈的：曾经幻想过的事情一件也没有做成，而且眼看就做不成。失败的恐慌，于是有了真实的形状，沉甸甸的分量。

还想实现什么愿望，做点什么事情吗？差不多是最后的机会了。凉风已经从遥远的死亡山谷飘来，拂动鬓边的茎茎白发。下一步就将浸入肌肤，然后又该是刺入骨髓了。要抓紧，赶在体温还没有冷却、热力还没有散失之时。再也经不起观望和试探、犹豫和拖延，排练和预演的权力不知不觉间已经被儿女辈们夺走，仿佛发生过一场静悄悄的宫廷政变。这个生命是一杯已经续过几道水的下午茶，茶叶中的成分已经渗出差不多了，但毕竟仍能够泡出一些余味，现在就倒掉是可惜了。

当然掣肘和羁绊也是前所未有的。实现目标需要昂扬的意志、奔跑的步伐，但理想的情形和实际的境况、所欲和所能之间，形成了一种强烈的反差。一方面是走下坡路的健康和精力，以睡眠不足、步履滞重作为标志，另一方面，是被四十年的岁月流水侵蚀得沟壑纵横、疲惫不堪的心境，把麻木、倦怠、淡漠的表情写在脸上。董桥曾感慨"中年是文章越写越短、杂念越来越长的年龄"。短下来的岂止是文章？雄心、梦想，都被渐渐消磨，犹如一条消逝于沙漠之中的季节河。悖论式的生存，正是中年人生诸种况味中最浓郁的一道，哀乐交并错杂如同光和影的韵律。

西方神话中希绪弗斯的故事：他因触犯天条而遭天谴，被罚推巨石上山，快到山顶时巨石滚下，于是他回到山脚，重新开始，没有尽头。这当然是对于人难以达到自己的目标的一种极端化的比喻，是对人类的根本处境的本体意义上的观照和把握。推石上山，哪怕它一次次滚落——在对这种境况的平静的认可和接受中，人显示了自己的尊严和力量。中年的人，有相当一部分，甚至是多数，对人对事，都已经是无可无不可了，但仍然有一些人，秉持自己的原则，不想就此舍弃，愿意竭尽全力，拼最后一把。

当暮年的沉沉阴影降临时，回忆便成为精神生活的主要方式。那时，倘若回眸中年岁月而感到欣慰的，一定是这样的一些人。

破　碎

随着年龄一同增加的，除了皱纹、白发和日渐冗赘的肚皮，就主观体验来说，颇为强烈的，便是一种破碎之感了。

这种感觉首先属于时间，作为时间的依存物而存在。晚上熄灯前，试图在脑海里回放一遍这一天的流程，是件自寻无趣的事，每每令自己感到挫败。多数日子都芜杂散漫、缺头少尾、东一笔西一画，整饬是谈不上的：一次会议，一个饭局，接待了两拨来客，编了数篇稿件，翻了几份报纸，上下班在路上约莫两个钟点；进门，晚餐，电视机前不过是稍坐，检查孩子作业也是应尽的义务，但窗外刚才还是万家通明，怎么转眼间已经灯火阑珊？不知不觉，一天过去了。倘若置换成视觉形象的话，大概仿佛是一块破布，由许多碎布头拼接缝缀而成，像小时候从老奶奶百宝箱子里看到的那样，总脱不开寒碜粗陋。完整浑然的意识越来越远，似乎只属于从前，或者，属于某些臆想中的幻影。

不用说，碎布头是拼不出织锦来的，这就让人沮丧。因为人在潜意识里，对生命是有所期许的。然而事实却常常印证了那句话："生命是一袭华美的袍子，上面爬满了虱子。"这是张爱玲的名句，突兀的对比，美丽而惊骇。因为什么缘故，它变得如此不堪？

为生命下定义，是有些麻烦的事情。但简单方便的途径也有，其中一种便是从其物理构成上入手。填充生命使之成形的是时间，时间又被分解成一个个单元，大的是年，中间的是月，最基本的便是日子。虽然我们被名人不虚掷每一分钟的格言打动，但那更像是一个比喻。从可以捕捉的便利性上考虑，计量的最小单位应该是日子。钟点不过是分秒的延伸，一个小时的流逝只是瞬间的事情，但日子却轮廓鲜明丰满；同时，比较起月和年来，日子也更具体、更微观、更便于测量描画，是时间的若干副缥缈面孔中最具象、最有质感的一种。二十四个小时的递传，日升与日落的一次循环，所有的意识、感情、行为、事件，都被纳入其中，都栖身于这个亘古如一的空间中，如果借助我们的想象，时间能够获得空间的可视性的话。排除疾病、自戕、遭逢不测等导致的早夭，在正常情形下，生命无非是几万个日子。这是谁都会说的，小学生们已经在作文里反复写过了。

写到这里，我都能够想象出某双眼睛读到这些句子时嘲讽的笑意。但我不管。一种说法，没有凭借新名词概念的包装，而能够一再使用，从来不曾被唾弃废止，自有其道理。一定是把握了至少是贴近了最真实最本质的东西，才得以口口相传。

从一根细小的头发中，足以检测出血型、遗传基因等生命的密码，这也证明英国诗人布莱克"在一粒沙上看见世界"的说法，并非只在譬喻的意义上成立。如果说，一个人在世间的数十年岁月也仿佛是一具躯体，那么一天该是其中的细胞，理应体现出这个生命的全部品质。从某种意义上讲，通过端详一天中的行止，大致就能描绘出这个生命的整幅地形图：它的高低缓急，它的宽阔和纵深，它的近观和远景。把握了一天，也就意味着把握了一生。

那么不妨来自我检测一番。

遗憾的是，结果往往使我们深感郁闷：生存以琐碎、渺小和萎靡的真实面貌，打破了长久以来盘踞在心头的自以为是的错觉。虽然这种错觉是没有来由的，但倒也能带来安慰。直到此时，才终于无可逃遁，获得了呈现，甚至于尖锐而突兀了。

定义这种破碎感是困难的，但如若将其还原为现象，却并不费力，简直是举不胜举：眼睛已经睁开，仍要在床上赖上半个钟点才肯起床。终于有充足时间做一件早就计划做的事情了，却东摸摸西触触，做一些全无意义的动作，有意地延宕。一次乏味透顶的会议，台上言不由衷，台下昏昏欲睡，此刻，为什么不驱使自己心驰意骋，去某一个艺术想象或理念思辨的国度，做一次愉快的精神畅游？明知肥皂剧乏味无聊，劫掠宝贵的时光，仍然要看到屏幕上雪花飘起……你看到的，不仅仅是破碎状态的诸多表现，还有背后的东西。因果链条清晰可辨。虽然有些处境身不由己，但在许多可以自己正确决断的地方，他放弃了，或者选择了错误。单独抽取一种看似乎说明不了什么，但如果类似的情形每天反复出现在同一个人的生活中，就有理由为他忧虑了。

破碎，作为一种感觉而言，缺乏像刀具或带棱角的东西的坚硬锐利，而是浮泛、模糊、不确定、若有若无，仿佛捏起一团丝绵，踩过一堆落叶。它好像是许多种东西，但实际什么都不是。就其本质来说，是精力的游移不定，是偏离正常轨道的行走，是资源的随意耗散，是缺乏中心造成的无序漫溢，是一种"不可承受之轻"。后果是使目标模糊，最后竟至于失去目标，于是生命的暧昧也就不可避免了。此时，它的含义的明朗确切倒是同喻体本身严丝合缝：当许多棉絮、落叶样的碎片在眼前飞舞时，你还能看清楚什么吗？碎片遮掩了真正的目标，以至于它所承载的那个人的生活，也不再有什么意义。

可虑之处正是，对于相当多的，甚至是绝大多数的人来说，这已经成为常态，一种被认可并且受到接纳的生活的样式。虽然人们偶尔也会抱怨，但从许多人谈到时的神情看，和抱怨牙疼、感冒一样，并不当真。似乎只能如此，不能是别的样子。对其中一些人，它更是具有真理的品德，对其置疑反而奇怪，他们会反过来说你是凌空蹈虚，不切实际。

这种感觉和意识，随着日子的流淌而逐渐积累，有如河床里的淤泥层层加厚。过程漫长和细微，水滴石穿般地侵蚀生命。既然不觉得有什么不合理，对其毒害不甚明了，自然想不到采取什么应对。结果便是两情相悦长相厮守，在一种温暧混沌中度过了一生。缺乏热力，没有光亮，如同即将熄灭的一堆炭火，只散布出一些微弱的余温。

曾经看过一个美国影片，被囚禁大半生的犯人，终于出狱后，反而不知道该拿自由怎么办了，于是有人自杀，有人设法再次犯罪，以便重返监狱中。他们已经习惯了那种被指派、被安排、不存在个人选择的生活，他们逃避自由。同样，当一个人的生命河流中漂浮了太多的碎片，他也不复期盼完整，甚至想象不出这样的生活。

于是生命比曾经期望的样子，比本来有可能成为的样子，廉价了许多，像论堆售卖的处理蔬菜。在意气风发的当年，谁会想到是这样？

可以轻而易举地找出导致碎片化的外在因素。

城市飞快膨胀，原野被步步进逼，退缩到天边。每天上下班耗费的时间成倍增加。同样增加的是诱惑，层出不穷的电视频道，动辄几十页厚的报纸，网上天地无远弗届；水涨船高的物质欲望，以及随之而来的不懈追逐。所有这些，都要以分得一部分时间的方式来完成、实现，而每天只有固定的二十四个小时。生活内容的繁化，通常意味着有限时间被切割得更细密，碎片化更严重。外在环境势必影响到内在心性。

相应地，要想凝聚起时间和精力，矢志做一件事情，聚焦于一个目标，变得困难了。它们意味着要省略许多东西，对许多视而不见。菩提树下坐忘的佛祖、石窟中面壁的达摩，内心是完整的，所以才能有那样大的事功。但他们都属于过去了。在今天，目眩五色，丝竹乱耳，还有多少人钦慕他们的定力，甘愿效仿他们的行止？以人海之阔大，总能够找出个别人等，但通常会被当成例外，要付被取笑的代价。因为专注于思考而撞上电线杆的数学家，内心是完整的，然而在许多人眼中，大可怜悯。在一个炫耀机灵乖巧的氛围中，谁愿意被视为另类呢？与世推移，"哺其糟而啜其醨"，屈子笔下的渔父，似乎提供了一种不错的生活智慧。

于是，我们面临了一个悖论：当旨在服务生活的手段和方式迅速增长时，真正意义上的生活却在急剧萎缩。手段遮蔽了目的，并常常将自身化为目的。僭越随时发生。

然而，行使最终选择权的毕竟还是内心。

想起了那句小时候就耳熟能详的话：外因通过内因而起作用。是否因为，在价值序列里、在审美取舍上，我们已经把票投给了这些碎片所代表的生活形态，所以才会有愉快的接纳？

碎片许多时候能够带来愉悦，像鸦片。它会让人幻想丰富多彩而欣然怡然，会因为变化多端而貌似理想形态。对此一系列常见的说法叫作"享受生活""活在当下"等。命名让人心安理得。语言遮蔽了实在，制造了一次谬误，让人在细碎的、醺然的快意中走入危险，忘记了还有完整、沉重、庄严、宏大的东西。只有清醒的头脑才能认清其本质，小心躲避埋设在廉价快乐下面的陷阱。然而这样的头脑，什么时候都是少数。

另外，我们非但并不真的反对，甚至有时潜意识中还盼望一些碎片，虽然我们不会承认这点。因为只有它们存在，我们才有理由得过且过，才能够推脱责任，才为我们的疏懒和无所作为，提供一个名正言顺的借口。这是此地无银三百两式的自欺，但我们无师自通，玩得无比熟悉。

这样，事情变得很清楚了：我们之所以把日子过成碎片，是因为心中本来就布满了碎片。

因此，对那些始终能够保持一颗完整的内心，从而使自己摆脱了琐碎的生存的人，应该献上由衷的敬意。

只要意愿，内心的力量就不会失效。艰难的时候，正是它最能够显示自己的时刻，恰似深秋开放的菊花，用季节的凛冽来证明自己的傲霜耐寒。对于意志自由的呼唤，贯穿了多少个世纪，今天就更迫切，他们便是这一品格的人格化存在。一颗强大的心灵总是属于汇聚了最多的意志力的人，属于能够阻挡和拒绝的人。他会努力避免一切使存在变得细碎猥琐的因素：对中心目标的打扰、使生活庸俗化的诱惑、时髦却陈腐的说辞……时时刻刻，他的灵魂中仿佛安装了一具调校仪器，随时检测思想和行动，倘若出现了偏离，迅即拽回。他并非没有软弱的时候，但总是会将它制服，而不是屈服于它。

即使如此，碎片也会不时地出现的。这时，他会运用心灵中的力量改造它们，会用意念把它们黏合在一起，像强力胶，使之服务于一个目标。这个过程中，像发生了一次化学反应，碎片产生了质变，成为一种另外的东西。这并不是说它们消失了本身的负性的成分，而是说，错误甚或是毒素，也作为一个必不可少的环节而存在，参与了目标大厦的建造，成为构成其巨大形体的一个部分。那是一种充满辩证法色彩的运动：正题与反题相互矛盾、对立、纠结、冲突，最后形成了合题。

真羡慕这样的一些生命，驾驭、统摄一切的力量来自于一颗完整强大的心灵。

他们获救了，他们是自己的拯救者。但是其他人呢？

那些在碎片里俯仰自得的，不必去管他了。谁都有选择的自由，哪怕选择平庸和卑下，说到底那也是他个人的事。然而，尽管这是一个价值相对论大行其道的时代，也并不意味着所有选择都可以等量齐观。

相信相当多的人，是如同你我一样，感觉到不对头、不满意。这或者是不清楚原因，或者，更多的情况下，是感觉无力自拔。但这不能成为屈服、耽溺的理由。即使可以为之寻找到一千种貌似合理的辩解，但只要认真想一想一件事实，就会觉出它的虚假，相应地，它也就不再拥有牢固不破的根据。

这件事再简单不过：生命只有一次。

"我是这耀眼的瞬间，是划过天边的刹那火焰。"有一首歌这样唱道。音乐叩击着耳膜，歌词却直抵心底，那样尖利痛切，仿佛刀子用力划过玻璃。当然，在歌曲的语境中，这个比喻只是描摹生命在时间长河中的存在状态，并不能理解为价值意义上的优良质地。事实上，在虚无的广漠背景下，没有几个生命能够闪现这样的光亮。想想潮水一样涌来的岁月吧，想想潮水一样流逝的人群吧。然而，期盼这样的光亮，不是一种天然而正当的希望吗？

只要这样想了，我们终究朝自由迈进了一步。

一个人怎样变得衰弱

"人皆向往自由，却无往而不在樊笼中。"这是一句名言。

受这个句式启发，我杜撰了这样一个说法：人总是讴歌强壮，却不幸每每与衰弱相邻。

请注意，这里我并非指身体的衰老和虚弱。衰老是一切生命体的共同原则，对此只有领受而已。就像大山矗立，大河流淌，是一桩铁一样的事实，哪里需要我们思辨诘问？明代理学家王阳明盯着一棵竹子看，"格物"以求"致知"，那毕竟是哲学家的怪癖，说好听些是职业习惯。我们平常人，依据常识行事也就够了。

但我要说的却并非纯粹的生物过程。我说的是一种精神的委顿、情感的倦怠、生命意志的自我否定、欲望热情的主动弃绝。这种情形，并不像生物体的衰老那样，无人可以逃避，而是因人而异、大相径庭。"身未老、心先死"者有之，"老夫聊发少年狂"

者亦有之。既然如此，也就有探究的必要。

生命适合以四季来比拟。先是春天，明媚娇艳，破土而出的禾苗，绽放新绿的树木，皆是生命在欢喜呐喊。继之以葱茏的夏，活力和热情像喷发的暑气，笼天罩地，酣畅淋漓，无从躲避。再之以沉郁的秋，深邃明净，丈量不出的广阔与深厚。最后是冬天，木叶凋零，寒凝大地，在静默中奏响一阕寂灭和轮回的乐曲，安详而神秘。但为什么有那么多那么严重的错位？尚在中年，就预支了晚秋萧瑟的悲凉。黄昏甫至，本来尚留"余霞散成绮"的绚烂，但过早地呈现为霞彩燃尽后的黯淡暮霭，沉重如铅色。

"他提前进入了自己的冬季。"这句话出自某位著名的外国诗人的一首诗作。请原谅我糟糕的记性。

目光浑浊了，声音冷漠了，脚步迟缓了，但并非仅仅起因于自然年龄的增加。激情沉睡了，意志喑哑了，幻想不再飞扬，却完全来自于精神的疲惫。

提前进入冬季的人，远比我们想象的要多。

他可能是我们的父兄，在年富力强时，就早早卸下了行囊，过早地为晚年的岁月筹划。可能是单位的一个同事，每天第一个来，最后一个走，但从他对待每一张报纸、每一条小道消息的热心，你知道他心里是凌乱涣散的。可能是一个朋友，数年不通音信，一朝相见，发现和当年毫无二致。然而你想到的不是青春永驻，而是一种难以忍受的停滞：为什么岁月能够使五谷丰登，却不曾让他在夸夸其谈外增添些许真正令人感到鼓舞的东西？

火焰黯淡了，在本来应该炽烈燃烧的时候。

那么，一个人怎样变得衰弱？

有些悲剧显现很强的因果关联。为什么一些巨大的灾难，会特别眷顾某些人？当一个如花怒放的年轻生命，被一次飞来的车祸、一场绵延的疾病毁灭，我们不能苛求他或她的亲人能够承受这一切，微笑依旧从容，如果这个生命不过是如你我一样的庸常资质。因为，魔鬼的指爪同时也挖破了他的心，伤痕累累，血迹斑斑。还有，在一段漫长的岁月里，非人的政治灾难曾是笼罩这块古老土地的无边梦魇，它繁衍了丰饶的苦难，压碎了多少灵魂。毁损于暗无天日的黑牢中的视力，阳光也无法使之痊愈复原。

但这里，我们只想谈谈一个容易被忽略的方面。它不涉及非人力所能承受的横逆之灾，也撇开戏剧性的起伏跌宕鬼斧神工，而是一些日常的、熟视无睹的负面习性。它们让人想到一个成语"积羽沉舟"——轻得几乎没有重量的羽毛，慢慢堆积，却能够将一条船压沉。

仿佛一片暮色中的、刚刚收割过的原野，未刨尽的根茬，坑洼不平的地面，有那么多让人绊倒、陷落的可能性一样，精神或者情感的缺陷，也随时在生命的路途中设下了陷阱。一个个陷阱就是一张张嘴巴，咬噬我们的生命之躯。

都是些什么样的角色，吸血鬼一样吮吸着我们的精血，使得我们面色苍白，疲惫不堪？我们认识它们吗？

它有许多的名字，仿佛一场戏要求有许多演员。但总有几个是主角，操纵故事发展，决定剧情走向。根据登场的次数频度、发挥的作用影响，其中最活跃的一个主角，名字叫作"习惯"。它最突出的特征，是自身的不停息的增殖和膨胀，仿佛滚雪球，最初只有一小团，越来越大，直到成为庞然大物。而时间，便是那一片使雪球得以不断吸附积雪从而扩张自身的雪地。譬喻以算术，它的形成过程好比加法，由一到二，由二到三，但它所呈现的结果却分明是乘法的，是令人吃惊的大数。到最后，又更接近除法——拿实际的获取和期望值相比较，生命的账目上只有些可怜的零数。习惯，就这样把人拖入无望的黑暗之域。

"冤枉我了！"一个声音在叫屈，为自己辩解。原来它也叫同样的名字，却属于方向相反的另外一支队伍，队首的大纛上，写着的是勤奋、勇敢、进取等字眼。在它的前方，隐约可见一片光明的田野，歌声在飘荡。习惯，可使人死，亦可使人生，全看它是什么标签。看来我们需要加上修饰词，以区别有着天渊之别的二者。需要提防的，实在只是那些戕害生命的恶习，诸如拖延、懈怠、畏惧，都是其麾下羸弱的兵士。

第二主角的名字也许应该叫作"空想"。他怎么看都像是一个思想者，思索贯穿于其生存的每一方面、每一瞬间，如影随身。和前者相比，他的形象似乎更具备某种亲和力。不停顿地思索难道有什么不妥？周密的考虑、反复的斟酌，不正是为了目标明朗、道路正确吗？问题是除了思考，他从不做别的，思考因而成了一颗不发芽的种粒。"生存还是毁灭？这是一个问题。"——他可能会让某些人联想起哈姆雷特王子，面对弑父夺母的僭越者，却迟迟不能挥动手中的长剑。但这只是错觉。二者只是在缺乏行动这一点上相似。哈姆雷特陷溺于怀疑的迷雾中，找不到行动的理由，但我们这位主角的迟疑却没有相应的价值支撑。他清楚自己的目标，却匮乏行动的意志。毕竟，构想比实行容易得多。结果，他每天一遍遍修订自己的梦想，使之无比丰富生动，却从不诉诸实施。在他的梦想和行动之间隔着一道巨大的鸿沟，巨人和婴孩的区别，勉强可以比拟这种不成比例的对照。梦想因此降格、蜕变为空想。

他为什么不跨出这一步？难道他不知道，唯有行动才产生价值，行动才是一切？这有些不可思议，然而却在每天的现实生活中反复搬演。他磨剑的工夫太长了，等到终于决定挺剑一击时——有这样的一天吗——目标早已不知所踪了。这样，一出戏剧就变味了，成了极富讽喻意味的滑稽剧。这样的人实在太多了！哪怕只有百分之一的人成为行动者，世界将会是另外一种样子。

当然还有第三、第四个名字……

绘出衰弱因子的详细家族谱系不是我的任务。我只是举例提醒人们，一定要注意这种静悄悄的杀戮。每一种衰弱的症候都仿佛防波堤上的蚁穴，初看微不足道，但若不及时排除，任其发育扩大，总有一天将溃决生命的堤坝。

与此相关，还需要搞清楚这样一点：当某一张欲吞噬我们的嘴巴凑近脸颊时，我们为什么不但不觉得恐惧，反而感到亲吻般的惬意？

这些精神衰弱的因子，有时会以假面孔显现，甚至是一种接近美德的形式。对此尤其需要警醒。我认识一个有志于成为著名作家的写作者，他的发轫之作确实闪耀着罕见的才华之光，使人不由得对他有所期许。为了创作出伟大的作品，他一再推迟拿起手中的笔。十几年过去，当年远不及他的人都有了丰硕的收获，他却只发表了几篇短小的故事。实际情形是，他不愿承认自己的懒惰，不肯聚集起全部力量同字词搏斗，不敢坦然面对写作中随时会遭遇的过程的艰难和结果的平庸——这其实是再正常不过的事。为了回答人们的疑问，摆脱某种尴尬的局面，他总是声称他在夯实基础，潜心打磨，一定要耐住寂寞，穷毕生之力成就一部杰作。这样的话重复千万次之后，他自己居然都相信了，从而得以纵容自己的堕落而心安理得。等到他终于认识到或者说承认了这不过是谎言时，惰性已经深深地侵入了他的血液和神经，时间已经不允许他走出新路。他唯有出局。

总之，一个人就这样变得衰弱了。

那么，进一步想，这是否意味着，如果我们能够及时地、充分地意识到这些，认识清楚形形色色的惰性行为背后的窒息生命的本质所在，我们就能够挣脱它们的羁绊？

不存在长久的遮蔽。每个人迟早都会憬悟，哪怕天性愚顽、闭目塞听。仿佛街巷间最幽深曲折的旮旯，也会在一天中的某个时辰，渗透进一缕阳光。因为这种事情会无数次重复发生，而时间又是那样悠长，足以完成一次精神的感光，彰显其暗昧的本质。

但重要的不是认识到，而是真实的行动，是与之角力并战而胜之。意志力——这才是关键。

然而此刻，生存显露了其惨淡景象，让我们不由得倒吸一口凉气——失败者满山遍野。

对许多人来说，倘若始终不曾觉悟，也许倒是好事？在不知天空到底有多大之前，井底之蛙是愉快的。他有幸或者不幸醒转过来，知今是而昨非，却难以摆脱积习的缧绁。对这样的情形我们到底应该鼓掌还是叹息？血液中布满了毒素，意志的火苗太微弱了，不足以烤化厚重坚固的惯性的冰块。他们一边诅咒心中的魔鬼，一边依然故我地受其牵领。衰弱，就是这样难以改写。这些人中，有的更坦白些，会承认自己的失败的症结，这样尽管已经于事无补，至少还能提示更年轻的人们，尚来得及时调整好自己的方向。但也有怯懦而虚荣者，宁可把一切归结为天命——这样也许可能获得片时的廉价安慰，却为更严重的衰弱之旅准备了粮草。衰弱，终于不可收拾。在生命的航船灭顶之时，他还会想什么？

这就是一个人走向衰弱的历史。

不幸的是，这样的人到处能够找到自己的同伴，类似的故事从来就生长得葳蕤茂盛。默默的然而又是深刻的悲剧，广阔地弥漫与覆盖，随时消失又随时发生，彼此不相关联但又相互映照——寂寞独处时空无所依的叹息，夜半醒来后生命浪费的尖锐刺痛，面对美好事物无力获取的难堪……尽管呈现万千纷纭的表象，层层剥离后，却是相似的情感图式、相同的灵魂抽搐。这样的故事表面看来远离戏剧性，没有悬念和冲突，不会成为新闻记者笔下的一则短讯，更无缘于历史学家的如椽之笔，但却是诗人和心理学家关注和勘测的富矿。他熟悉这一切：风平浪静的情感水面下的潜流暗河，外表的恬然自若后不足与旁人道及的惶惑和哀伤，疲惫如何一点点累积，以及自尊如何一寸寸丧失。

每一桩这样的悲剧都是一个封闭的循环或递进。它只属于个人，演员就是观众，对他人、社会不产生任何重要的影响，刀刃对着他自己。然而每个人只有一次生命——这个念头使人内心寒战。

可能由于此，寥寥可数的胜利者的荣耀才被映衬得那样光彩夺目。

对这种结果该说些什么？

我们只能以黯淡的心情，来凭吊这些人生疆场上的失意者，同时祈祷，远离这一切负性的因素，并在灵魂中注入足以与之抗衡的神秘的力量。

招　手

　　这两年间，心中最舒坦的一件事，是和年逾古稀的父母做了邻居。他们就住在同一小区，同一幢楼，相邻的单元里。走过去，走过来，包括上下电梯，也就五分钟。

　　十多年前的冬末，他们从近三百公里外的冀东南小城迁来京城，去年夏初，又从近三十公里外的郊区小镇，迁来我居住的三环边的小区。父母年龄越来越大，能够就近照顾他们，是我们兄妹的共同心愿。

　　转眼一年有半。我并没有照料他们什么，倒是又一次受到他们的呵护。骤雨来袭，再不用担心出门时窗户大敞，他们会及时过来关上。晚上回家后，餐桌上经常摆放着母亲做好送过来的吃食，包子或炒饼，茄合或馅饼，温乎乎的，像童年记忆中，抚摸脸颊的母亲的一双手。

父母在身边，我内心的幸福滋长得茂盛。

刚搬过来时，他们说："这下好了，你们晚上别起火，就来这边吃吧。"但很快就失望了：儿子媳妇都忙，晚上七八点钟回家也是常有的事。只能在周末，凑在一起吃上一两顿饭。为了这一两顿饭，母亲会提前很久就做准备，煞费苦心。

虽然不是每天都过去，但每天却能和他们相见，用的是当初谁也没有想到的一种方式：招手。

他们和我，父母和儿子，每天清晨，一方在院子里，一方在房间里，隔着几十米的距离，相互招手。这个动作，成了每天的固定的节目。

父母有早起散步的习惯。一年多来，除了冬季，其他三个季节，每天早晨，他们都会定时出门。六点多钟，我走进厨房，张罗简单的早餐。从窗边向下面张望，多半就会看到父母已经在下面的小花园里散步了。花园是被几幢楼围起来的一个椭圆形空间，不大，尽在我的视野中。通常，母亲走在前面，目光平视，父亲跟在后面十几米处，佝偻着腰，看着地面。但走到迎着这幢楼的方向时，他们都会抬起头来，向着我这扇窗户张望。

我知道，他们在等待我，伸出手去，朝他们挥动。

我住的是这幢楼房的 20 层，要仰起脸来，才能看到我所在的房间位置。我在下面张望时脖颈都感到别扭，他们抬头的动作，就要显得更吃力、更迟缓。因为角度关系，我在上面能望得见他们，他们在下面却看不到我。

窗子通常是开着的。此刻我要做的，就是把固定窗纱的销子拨开，让窗纱自动弹卷上去，然后将一只胳膊伸出去，朝他们招手。这时他们马上就会招手回应，没有丝毫的迟疑和缓慢。手臂互相挥动几下后，我就继续完成早餐准备，他们也继续散步，等走够了半小时，回自己的屋子。

不记得第一次是怎样发生的，但自从有了第一次，以后就每天如此，成了习惯。

这样大约一个来月，有一天早晨，我忽然萌生出一个孩童般的类似捉迷藏的念头。他们在半个小时的散步时间里，每次走到面对这边的位置时，都一如既往地抬头望着，一共五六次，但我没有像以往那样，伸出手去招呼他们。最后两次，他们还停下脚，望着这儿，议论着什么。我知道他们在说怎么没见到儿子。他们向东边走，要回自己住的单元门里去了，在二三十米长的路上，他们还停下脚步，身体扭转过来，仰头朝这边望。

过不了几分钟，电话响了，是母亲的声音，应该是回到房间就直接拨打的。问今天怎么没看见我，没有听说要出差呵，是不是生病了，不舒服？

我心里掠过了一丝疼痛。我觉察到，我的游戏中有一种孩童般的顽劣。

那以后，每个早晨，我进来厨房，第一件事就是先走到窗边，卷起纱窗，伸出胳膊，向他们招手，然后才是准备早餐。

这样，招手对我便有了一种仪式般的意味。做完了它，我才会感到心中踏实，这一天的开始也就仿佛被祝福过，有了一种明亮和温暖。对父母而言，这个动作的意义当会更大。当脚步日渐迈向生命的边缘时，亲情也越来越成为他们生活的核心。

我把这当作是一种冥冥中的赐予。招手，父母和儿女之间，血脉和骨肉之间，呼唤和应答，自然而然，但又意味深长。

父亲和母亲，一位七十八岁，一位七十五岁。

父母这个年龄，让我欣慰，也让我忐忑。每当看到一些耄耋之年甚至接近期颐之龄的老人，身体康健，精神矍铄，不论他们是我认识的人，还是从报纸电视上看到的，都让我欢欣，潜意识中，我总是把父母明天的形象和他们相叠加。但亲友同事家老人的猝然意外也时有所闻，又时时提醒我，命运无从测度、难以掌控，不情愿的事情照样可能发生。

只能叨念，在他们体力衰弱的诸多表现中，在那些动作的迟缓、脚步的蹒跚、目光的浑浊之前，不要再加上一个"更"字。那些一点点剥夺他们的尊严的伎俩，那些让我们心里的疼痛一寸寸累积的东西，虽然终归要来临，虽然无法不来临，但来得迟一些吧，再迟一些。

我自认为一向是毋庸置疑的唯物论者，但到了如今的年龄，有时却希望，真的有一个无所不能的神灵，那样我会向他祈祷——

请你，保持这样的一幕，让我和父母，永远能够像今天这样，相互之间，招手。请将这一幕，固定成一幅永远的风景。

这在你算不了什么，却是我无与伦比的幸福。

对　坐

　　两只沙发，一长一短，围着面对着电视机的茶几，摆成一个L形。我坐在短沙发上，父母并肩坐在我的对面，准确地说是斜对面的长沙发上，看着茶几前面两米开外处的电视荧屏。电视机里正播放着一部古装剧。

　　伸手可触的距离，他们的面容清晰地收入我的眼帘之中：密密的皱纹、深色的老人斑、越来越浑浊的眼球。他们缓缓地起身，缓缓地坐下，一连串的慢镜头。母亲这两天肺里又有炎症了，呼吸中间或夹带了几声咳嗽。

　　我心里泛起一阵微微的隐痛。近两年来，这种感觉时常会来叩击。眼前两张苍老松弛的脸庞，当年也曾经是神采奕奕。在并不遥远的十多年前，他们也是思维敏捷、充满活力。而如今，这一切都已然悄悄遁入了记忆的角落。

我明白，横亘在今与昔巨大反差之间的，是不知不觉中一点点垒砌起来的时光之墙。

记得多年前，在我四十岁左右的时候，有一天母亲端详着我的鬓角，用一种充满怜惜的口气感叹道："儿啊，你都有白头发了！"如今又过了十多年，我也已是人近半百，白发较之当年自然是更呈蔓延之势了，母亲却不再提起。面对时光的劫掠，每个人都无可逃遁，最明智的应对也许就是缄默。但这种劫掠体现在老人身上，显然更为袒露和张扬，更为触目惊心。时光流逝之匆促，想起来，会有一种荒谬之感。不知不觉中，他们都已经年届八旬了。生命是一个缓慢的流程，在成长、旺盛和衰颓之间，他们踏入了最后一个阶段，渐行渐远。举手投足之间的那一份迟缓，无不源自时光累积所形成的重量。

其实，我有充足的理由感谢上苍：父母没有致命的疾病，买菜做饭、洗涮清扫都还能够自理。每到周末，母亲都要拿出最好的手艺，尽量做得丰盛些，做我们最喜欢吃的饭菜，等候我们过去。一家人围桌而坐，那一种平静而深邃的满足之感，是随着年龄的增加，体验得越来越深了。

前年如此，去年如此，今年也如此，这就很容易给人一种感觉，似乎这种状态可以长久地持续下去。但身边众多的事例也让我清醒地认识到，在他们这样的年龄，什么样的事情都有可能发生。眼前看似颇为圆满的一切，实际上都是脆弱的，随时可能会遭遇某种不测。再次感谢命运的眷顾，那种戏剧性的猝然之灾，没有发生在父母身上。但并不是说，他们能够逃脱伴随老年而至的、那一阵阵叫作衰老和疾病的寒风的袭扰。前年初夏，从住了十年的远郊小镇上搬过来不久，一向体格不错的母亲得了一次急性肺病，平生第一次住了半个月的医院。如今她嗓子里时常会有一些浊重的喘息声，就是那次的后遗症。

再退一步讲，即使有少数人十分幸运，一生身心康健无病无灾，也总要走向那个最后的归宿。在自然规律的寒冽秋风面前，人只是一枚瑟瑟的树叶。财产等，甚至，最深的爱，都阻挡不住那个必然会到来的结局，只是可能会延迟到来而已。生命最深刻的悲剧性，正是体现在这里。

于是，我已经清晰无比地望见了，眼下我所看到的父母的一切言行举止，随着时光的流淌，都将会加上一个"更"字。更缓慢的动作、更迟缓的反应、更多的睡眠、更少的饮食——而这，在未来的日子里，在可以想象出来的诸多情形中，将是最好的情况。

除此之外，你不能祈求更多。

理性和感情是两回事。内心深处早已是波澜不惊，但脑海里却每每执拗地浮现出一个童话画面：忽然有一日时光倒流，枯黄的草重返青葱，坠落的果子飞回树上，老人变回青年，童年正在前面等待。

那样，我就可以重返那一个场景，那是我童年记忆中最清晰的一幕：母亲骑着自行车，要把我送到姥姥家住几天。我坐在前梁上，母亲低下头来对我说着什么有趣的事情，我笑得险些从车上掉下来。当小学教师的母亲，那时候还不到四十岁。时节是春末夏初，阳光明亮温暖，庄稼地一片葱茏，生机勃勃。自行车车辖辘在乡间土路上颠簸的那种感觉，穿越岁月烟云，一次次传递到此刻，鲜活真切。

几年前的一个夜晚，我曾经做过一个这样的梦——

也是这样地与父母坐在一起，不过是在当时他们居住的房间里。客厅逼仄，只容得下一条沙发，他们坐在沙发上，我坐在一只小方凳上，在聊着什么。忽然间，没有任何预兆，他们坐着的沙发连同后面的墙壁，开始缓缓地向后移动，越来越远。我大声呼叫，他们也手忙脚乱地叫喊和招手。但无济于事，移动的速度越来越快，他们的身影越来越小，终于看不到了。眼前是白茫茫一大片，似乎是我的故乡常见的盐碱地。

这时候我醒来了，惊魂不定。

这其中的意味，应该再为明确不过了，不需要特别阐释就能读懂。它是关于丧失，关于永远的分离。对于父母来说，对于子女来说，这都是一个必然会到来的日子，我不过是在梦境中做了一次预演。我明白了，这关乎内心中最深最顽固的恐惧，虽然平时自己未必意识到，更有可能是不愿意去面对。在黑夜，在理性的掌控最为脆弱的时候，它释放了出来。

有好几天，这个梦境仿佛一道阴影，笼罩在我的心中。

不久后读到龙应台的散文《目送》，其中有段话带给我一些释然和慰藉："我慢慢地、慢慢地了解到，所谓父女母子一场，只不过意味着，你和他的缘分就是今生今世不断地在目送他的背影渐行渐远。你站立在小路的这一端，看着他逐渐消失在小路转弯的地方，而且，他用背影默默告诉你：不必追。"

从这段话中获得的启示是明确的。既然分离必将到来，与其感叹这个铁一样无法改变的结局，不如在将来的"无"将一切淹没之前，努力抓住现在的这个"有"，珍爱它佑护它，把它的意义和滋味，品咂到充分。对于生命的有限性而言，"来日无多"永远是正确的，即便侥幸得享期颐之寿。因此，对于挚爱的亲人，任何时候，每一次相聚的时辰，都是弥足珍贵的。多少人就因为抱着来日方长的错觉，该珍惜的时候不曾珍惜，过后追悔莫及。

那么，我不是要好好地想一想，在今后的时日中，哪些是需要认真去做的。应该尽量多过来陪伴他们坐坐，不要以所谓工作紧张事业重要云云，来为自己的疏懒开脱。和挚爱亲情相比，大多数事物未必真的是那么神圣庄严的。当他们唠叨那些陈年旧事时，虽然我已经听过多少次了，也要再耐心一些，那里面有他们为自己衰老的生命提供热量的火焰。他们大半辈子生活在几百公里外的故乡小城，故乡的人和事是永远的谈资，他们肯定会有回去看看的想法，只是怕影响我的工作，从来没有明确地提起。我应该考虑，趁着某个长假日，开车送他们回去住上几天，感受乡情的滋润和慰藉。

我要好好地想一想。

回到眼下。让我将眼中的这一幕场景，深深烙刻在我灵魂的版图上：

　　出于一辈子养成的节俭习惯，他们看电视时只开着沙发边小茶几上的台灯。从灯罩上方的圆孔中放射出的灯光，在天花板上扩散开来，晕染成为一个大了好多倍的圆圈。电视机荧屏上变动的光影，把他们的脸映照得忽明忽暗。后腰和沙发之间，塞上了一只棉靠垫，以支撑住他们日渐衰疲的躯体。父亲起身，慢慢地走到厨房里，倒一杯水，慢慢地走回来坐下，小口啜饮着，嫌烫，又放回茶几上。母亲摸索着剥开一颗花生，还没有送到嘴里，目光变得迷离了，慢慢阖上了眼，喉咙发出了一声轻微的鼾声，但马上又醒过来了。

　　多么盼望，这一幕能永远驻留，天长地久。这当然不可能。那么，就默默祈盼，让它注定会变作记忆的那个时间，来得越晚越好。

　　我已经认识到，而且随着时光流逝，将会越来越强烈地认识到：这，就是幸福。

远处的墓碑

那个地方，蓦然间变得邻近了。近得仿佛就在身边，伸手就可以触摸到。

此刻，掌心中有一丝轻微的寒凉之感，分明是当初手贴在大理石墓碑光滑的碑面上时的那种触觉。但此时的感觉，十分确凿地来自眼前的骨灰盒。因为这个物体，因为抚摸它而产生的感觉，使得长期以来藏匿在意识深处的那个影影绰绰、飘忽不定的东西，一下子变得确切和坚实。灵魂受到一种突兀的叩击，仿佛身体被飞来的石块击中。

我说的是对死亡的感知。

两个多小时前，在八宝山殡仪馆火化室门口，家人亲属一同迎接了岳父的骨灰盒，驱车带回家中，放置在他生前使用的那张书桌上。八十六岁的岳父，生命化为另一种形式，寄寓在这个长方体的木质匣子里。青黑的颜色，也和墓碑近似。因为它的存在，在观念中那一道横亘于生死之间的巨大鸿沟，一瞬间化为乌有，仿佛强风掠走一缕云烟。

骨灰盒后面的书架上，摆放着岳父的遗像。不久之后，遗像将被烤制成瓷像，镶嵌在五十公里外的那一处墓园中、属于他的那一块墓碑上。

仅仅是一夜之间，将来容纳这个匣子的地方，那个仿佛不真实的远处，变得生动真切，如在眼前。

是在前年的岁末，预购了这一处墓地的。那时岳父做完肿瘤手术不久，大夫对疗效不乐观的预期，让我们意识到这是一个需要考虑的问题了。

这个地方与十三陵山脉相接，驶出京藏高速公路不远。墓园视野辽阔，坐北朝南，背倚层峦叠嶂，地势由高到低舒缓地延伸。初冬时分，空气寒冽清新，阳光明亮澄澈，勾勒出山体刚性硬朗的线条。而经霜后的松柏和草地的绿色，又平添了一种凝重。整体的气氛肃穆、宁静、高远，合乎心意，所以当时就确定购买了。

岳父被查出顽疾是在单位组织的例常的体检中。在那之前，他身体一直颇为健壮，极少生病，每天至少步行一万步。家里人都相信他肯定能够活过九十岁。虽然得知病情后，观念中的死亡开始萌生出了明确的形状，但由于他在手术后的一段时间里恢复得不错，加上作为亲人都会顽强地抱持的期望，因此在多数时候，想到那个地方时，潜意识中仍然把它当作一个不甚确切的存在，一个远处。

直到两个月前，仿佛断裂一般，他的病情急遽恶化，一周之内两条腿先后瘫痪。然后是辗转于三家医院的病房间，各种抢救手段轮番使用，除了一步步地增加痛苦之外，没有效果。一周前的那个黎明，在熹微的晨光中，他呼出了最后一口气息。

现在终于明白了，对岳父来说，以发现病情为起点，他到那个地方的距离，是十七个月。

最后的数日，在高烧不断引发的意识谵妄中，岳父口齿不清地反复念叨两个字：回家。

此刻，他终于如愿以偿，回到了自己的家，回到这间他度过生命最后几年时光的屋子里，栖身在他生前阅读和写作的那张书桌上。房间里的一应陈设，都是他最后离开时的样子。只是骨灰盒前面摆放的一碟数种水果、一缕袅袅飘荡的燃香的青烟和气味，让人意识到已然是生死暌违，物是人非。但情感自有自己的执拗，面对岩石一样坚硬的事实仍然不愿相信，迟迟驱散不尽那一阵阵袭来的恍惚。

这里只是他暂时的寄居之地，是迈向另一段旅途的中转站，一个承前启后的旅舍。那个远处，才是他的长眠之所。

已经确定了下葬的日子，是三月下旬的一天。西北方向的那一座陵园中，那个位于东区竹园中的墓穴，覆盖墓穴的石板将被移开，在家人的目送中，在哭泣和泪水中，在深深的鞠躬中，骨灰盒被缓缓地放入。

那时正值生机盎然的时节，满眼都是从冬眠中醒转过来的大自然蓬勃淋漓的活力：野草青翠鲜嫩，树枝摇曳新绿，迎春、玉兰、连翘等一批开得早的花卉也已经竞相绽放。在这样的背景下举行生命告别的仪式，显然更容易让人体会到生与死互相接续、彼此融渗的意味。

遗像上的岳父，笑容爽朗欢畅。这样的笑容，即将被镌刻在墓碑上，凝固成为一种超越了时光的永恒。

但将来，在漫长的日子中的绝大部分时间里，遗像上的那一双眼睛所望见的，将不会是下葬仪式上亲人们的悲恸和依恋。他看到的将会是另一种风景，缓慢、静默、递嬗往复。那是春天恣肆的新绿、夏天骤至的暴雨、秋天飘坠的落叶，还有冬天寂寞的积雪。在这一处远离尘世喧嚣的山坳中，时光的流逝和表现，充分依从自己的法则。

每年的清明节前后，还会有另外的日子，家人会来这里看望他。可以肯定的是，这样的场景会在此后的多年中反复出现。而悲痛将随着时光推移而逐渐减弱，等到多年后，每次的祭扫，更像是一次家庭的郊游踏青。当鲜花和水果摆到墓碑基座上，家人们肃立鞠躬时，每个人眼前都会闪现出当年他的样子、某一句话、某一个表情或者动作。哀伤不复汹涌和持续，但缅怀会在心中年复一年地叠加。

还有一点不同的是，前来祭奠的亲人们，会渐渐地变老。

某一天会有人不再前来，某一天来的人中也会有新加入的人，那是现在还没有诞生的孩子，他的孙辈的子女，这个家庭的第四代。最让人难堪的，是必将会出现的一幕：这些前来祭奠他的亲人，在难以确定的年月之后，也将一个接一个，次第消逝，不复存在。那时，如果墓碑还在，遗像犹存，那双眼睛所望见的，将会是一片虚空。

我努力让自己的思绪，止步于这一道虚无的边界。

但这真的需要躲避吗？既然已经越来越多地目睹真切的死亡，既然这样的事实每时每刻都在发生，那么，仔细端详一番那个必然会降临的日子、每个人最终的归宿，不也正是一件值得去做的事情？

如果将生命的过程给予一种形象化的呈现，岂不是可以说，不分你我彼此，每个人的一生，其实都是在向着那个地方，向着某一个墓碑所在之处，移动脚步。那是他的远方，他的终极目的地，他一出生就注定了会抵达的地方。

每个人都走在路上。通常这会是一个缓慢的过程，仿佛电影镜头中，一个人的身影渐行渐远，越来越模糊，最终走到了视野之外。在相当长的时间内，行走者对于自己所奔赴的远方，或者浑然不知，或者只有一种观念上的了解，仿佛一道虚幻飘忽的色彩。随着他拥有的岁月的增多，那个地方也会变得越来越近、越来越清晰，遮掩它的神秘面纱也被一寸寸地抽走。最终，每个人都将与它直面相向，真切地体验到一种贴近感。

行走者的步伐，同样是千姿百态的。有的人要走很久，走得跟跟跄跄精疲力竭才能抵达，有的人却到达得爽快麻利，某一条血管破裂，顷刻间绊倒了他的脚步，訇然倒地，来不及说出一言半语。当然，也还有那些因为坍塌、火灾、撞车等飞来横祸而猝然离去的，更是以一种尖利的方式，直接被一双冥冥中的手臂投掷到了那个远方。天涯变作咫尺，只在一瞬间。

于是，每一个生命与所对应着的那个远处的墓碑，在这样的想象中，便呈现为两种面貌的距离。一种是空间的，一种是时间的。前者是刚性的，仿佛岩石一样坚硬实在。后者却具有不确定性和伸缩感，仿佛岩石上缭绕着的雾霭，经常变换形状。谁能说得清相互之间的那种纠结和缠绕、那种神秘和诡谲？

所以，那一句话才被广为传布："一个人应该在从墓地回来的路上成为诗人。"

因为诗歌是语言的闪电。它的形象凝练的语句，以一种特异的感性力量，瞬间照亮了生活和存在的天空，使其幽昧中的本质得到显影。引发这道闪电，需要一些特别的机缘和触媒。而因为绾结了生与死这个人生最大的话题，墓地显然是一个诗与思、情感与思想的合适的催化之地。

陵园很大，逝者按照生前的职业身份，被埋葬在不同的区域。园中的主要道路旁，一处醒目的位置，是一个知名曲艺艺术家庭的墓地，两代家庭成员的几座雕塑，参差排列又彼此相望，形成了园中园的格局。这种家族墓地想来还会有，只是逝者不那么出名，未被人们注意到。

岳父的在天之灵，不会感觉到孤寂清冷。他的岳母、我们称呼为老奶奶的外婆的骨殖，不久前已经从西山旁的一处墓地被迁来，葬进了这个三人规格的墓穴。我至今清晰地记得，二十年前，九五高龄的外婆辞世后，遗体被移到复兴医院太平间保存，岳父将自己关进外婆居住的那间屋子里，来回地走动，眼角挂满泪痕。共同生活了四十多年，他们两人的关系胜似亲生母子。在数十公里、二十来年的时空距离后，他们又将厮守在一起，从此天长地久，再也不会受到任何的阻隔。甚至妻子退休的姐姐、姐夫，也在这里为自己提前预订了墓地，为了将来能够长眠在父母身旁。

想象一下那种超越了时间的相伴相守。

那更像是一场变换了地点的聚会。如今在这间屋子里言谈走动，将来移到那里安静相处。两代人之间，距离也就是百十来米的样子。同样的一片星光照耀，同样的一阵雨水浇淋。从这个墓碑上方吹拂过的风，到达那边的墓碑时，摇动树枝的强度是同样的，发出的窸窣声是同样的。这样的想象，会让人感到一种深长的安慰，即便他是一位彻底的唯物论者。

以半百之龄，行走于生命路途的中段，我们的生活还可能有一些变数，还不能确定属于自己的那一块墓碑，最终会被安放在哪一个地方、哪一处山陬海隅。但我在此为自己年过八旬的父母预购了墓地，为了应对那个必然会到来的结局。他们退休后搬来京城，接近二十年了，已经成为故乡的异乡人，我不可能更不情愿将来把他们送回冀东南的家乡。他们将来长眠于这里，方便分散在天南海北的几个兄妹前来祭扫，也可以和多年来默契友好的亲家继续相伴。

没有告知父母这个安排，但相信一旦他们知道了，内心会感到慰藉。

岳父即将入土为安。近和远，此处和彼处，这些曾经对应着他的距离，随着肉体生命的消失，也即将消弭无痕。而家里活着的每个人，仍将面对各自的远方。

最核心的问题，对每个人其实都是一样的：这段距离有多远。

譬如说，我的父母。

这样想时，地理的勘测倏忽间转换成了时间的度量。他们现在住在城里，和我同一个小区，离这一座陵园差不多六十公里，开车走高速，也就一个多小时的样子。但他们移居到这里，需要多少年？或者说，时间的距离是多长？

作为人子，当然期盼这是一段漫长的距离。二十年，三十年，多多益善。属于他们的那一块墓碑，黑色大理石碑面的底端，简约地镂刻了一朵莲花图案。期盼莲花上方的空白处，将来要刻上他们名字的地方，能够年复一年，空旷如斯。期盼不得不搬动覆盖墓穴的石板的那一天，遥遥无期。

然而这不可能。于是，问题就转换成，面对一天天减少、越来越有限的时间，我能做什么。当望着他们的身影不可阻拦地渐渐远去，难道仅仅是叹息？

显然不是。虽然最终的结局无法躲避，我们仍然可以做出自己的抵抗——

用耐心和细致，用呵护和眷注，时时刻刻。这样，就会有一种力量生长出来，虽然肉眼难以看到。这种力量拽紧他们朝着那个方向倾倒的身躯，让倾倒更慢一些，再慢一些。让掌心更多地触摸到他们的体温，让脸颊更多感受到他们嘘出的气息。不要过多地戚戚于他们的眼神日趋昏花、声音日益嘶哑、步履日渐蹒跚——因为，连这一切都将彻底失去。

将这一段望得见的距离，尽可能地抻长，让那远处的墓园，尽可能地，总是在远处。让那黑色的墓碑，只是偶尔在意识中闪现，而迟迟不会面对目光的直接投射。

努力让这一切，接近最大值。

第七只眼睛

1911 年的一天，世界电影的先驱者、意大利人乔托·卡努多庄严地向世界宣布："第七艺术诞生了！"于是，继文学、音乐、舞蹈、绘画、雕塑和建筑之后，电影成为人类睁开的第七只眼睛。

这一只眼睛笼天罩地。

每个人的感知都很有限，同时又都梦想着扩展和伸延，他是自己的浮士德博士。电影迎合了这种内在人性的隐秘需求。拜现代科技所赐，它将文学艺术的诸多要素汇聚为一，人物和故事、画面和动作、色彩和声音，成就了一个个梦境，变幻无穷，魅力无限。

电影以一种近乎奇迹的方式让我们看到了一切。时间和空间的屏障都被撤除了，今古可以瞬间往复，异域随时能够穿越，现实和想象的一切区域，都在其覆盖和辐射之下，无所逃遁。生活与存在的种种状态与可能性，被表达，被展现，在声光摇曳中接近最大值，接近一种无限的敞开。

在那里，我们看到一个原本智力缺陷的人，怎样凭着诚实、认真、勇敢而最终取胜（《阿甘正传》），看到在二十年的牢狱绝境中，希望、意志和忍耐会生发出多么巨大的力量（《肖申克的救赎》）。这样的电影，是一部声光版的人生励志书。如果说传奇生涯并非属于每个人，那么平凡庸常的人生中，也不乏丰厚的意蕴和启示。《阳光灿烂的日子》，伴随性的发育而来的懵懂、躁动和叛逆，也一样曾经咬啮当年的我们，那些疼痛便是精神成长的代价。《克莱默夫妇》，人到中年的龃龉、扯不断理还乱的烦恼，最终的和解基于对于责任、对于宽容、对于两性平等的认知。《金色池塘》，古朴的小木屋、洒满湖面的金色阳光、相濡以沫的老夫妇，屏幕上表达出油画一样的生动质感。"执子之手，与子偕老"，正可以描摹彼此间那种深沉的温馨。

当然，我们的好奇心不会止步于个人的悲欢，正仿佛摄影机的广角镜头不肯舍弃一株大树后面的田野、一艘帆船后面的海面。个人的背后晃动着丰富生动的现实生活，而随着时间的流逝，一切当下又都将化为历史。今昔之间，变动和延续之间，便构建起了一种广阔和幽深。它们诉诸电影画面时，便是在形象地表达有关生命、历史、人性的种种。《活着》，以二十年的时间跨度，描绘了共和国历史上写满荒谬和苦难的一页。主人公福贵固然卑微可怜，但其默默承受苦难的韧性，何尝不是一个经历过漫长血腥历史的民族的精神写照？《现代启示录》则以越战为题材，揭示了战争如何使灵魂中最黑暗、邪恶的东西急剧滋长和爆发，兽性最终吞噬了人性。一种不动声色的张力，在屏幕上的光与影、明与暗之间，悄悄地酝酿、滋长，然后在某个时间化作一支箭镞，直射灵魂的深处，疼痛之处，便生长出思想的根苗。

随着时代的发展，生活中的混沌、破碎、隔膜和不确定性更加彰显。《通天塔》是一幅后现代的拼接画，分布在南美、东亚、北非的不同民族、肤色的几个家庭，命运如环相连，而将他们联系在一起的事件，怎么看都像是一个纯粹的偶然。以《圣经》中创世纪的传说作为片名，电影隐喻了时代的突出病症——人与人之间沟通的艰难。它来自于不同国度、文化和语言间的隔阂，也来自于同一个屋檐下彼此紧闭的心扉。最先进的科技、最便捷的联络，却无助于融化那一大块无形的坚冰。电影的野心是囊括生活的一切形态，勘测存在的每一道沟壑。在传统的地盘之外，它扩张的野心不容小觑，为此它屡屡觊觎周围的广阔领域。它试图预言，它也经常作为寓言。它试图赋予当代生活一种更为适宜的表现形式。不少情况下，它果然做到了。

它的斩获还不仅如此。借助现代科技的利器，电影这门艺术扩大了表现的领域，因此有能力在经验之外讲述经验，在虚幻中触摸真实，在具象中抵达抽象。科幻灾难大片《后天》，通过电脑合成技术，营造了视觉的奇观，描绘了温室效应带来的恶果——纽约转瞬间被北极冰川融化带来的巨浪吞没，然后在一天之内进入了新的冰河纪。当切身体验了人类行为导致的种种气候异常的灾难——它们发生的频率越来越高——之后，就不会认为它的想象荒诞不经，它的警示可有可无。在伯格曼的《野草莓》中，七十九岁的老人伊萨克梦见没有指针的挂钟、没有面孔的人时，导演试图传递的理念是时间的消失、生命的终结。怪异的画面成为哲学思索的载体。当观赏改编自小说的电影《哈利·波特》系列时，我将它理解为是对于人类的想象力的一次长久致意。从小主人公在九又四分之三站台登上开往魔法学校的神奇列车开始，一系列的魔幻境界便以奇异的姿态出现，匪夷所思，令人瞠目结舌。这种为人类所独具的能力，正是创造的最初的动力，是今天一切成就和荣耀的原点。

当然，明晰、单纯和素朴，在什么时候都会是艺术的常态，一种最普遍因而也最受欢迎的风格和形式。在《幸福的黄手帕》中体会什么是爱的忠诚，在《我的兄弟姐妹》中重温手足亲情，在《拯救大兵瑞恩》中认知人道主义的真谛，在动画片《冰河世纪》里，从护送人类弃婴回家的三只不同品种的史前动物身上，感受纯洁温暖的友谊——动物被赋予了人的情感和行为，这一点电影可谓是独擅胜场。所有这些情感，正是一切美好事物的基石，是永恒而普遍的价值。对它们的需求不可一日或缺，就如同日常食用的小麦和稻米。精神体质的长成，有赖于它们的滋养。

通过电影这只眼睛，世界被我们注视。不管是主观色彩浓郁的蒙太奇，还是看上去超然舒缓的长镜头，都是接近、打量和勘探存在的有效方式。观看并非单向的，投向银屏上的目光成为一条无形的渠道，会有什么东西顺着它注入内心。有时舒缓如同泉水的浸润，有时则剧烈仿佛巨雷击顶。他人的故事、别处的生活，电影让我们见识了存在的种种形态，尤其是扩大、提升了灵魂的容量和质地。通过观看，人变得坚硬而柔韧、温暖而悲悯。

因为这些，我们热爱电影。

大事不着急

悖论常常反映了事物的本质，世界的真正的模样。庄子笔下的樗树，树干臃肿，枝条卷曲，完全不合乎工匠的要求，因而得以免遭斤斧，自由生长。格拉斯的《铁皮鼓》中的主人公奥斯卡，也正由于是鸡胸驼背的侏儒，在二战的炮火中，才成功地躲过了好几次性命之虞。

有一天我忽然想到一句话：大事不着急。

什么事让我们魂不守舍、心跳加快、血流加速？一篇一个小时内就要写出交稿的新闻特写，报纸就等它付印了；火车三分钟后就要开了，还未到检票口；内急得快憋不住了，却到处找不到厕所……那个时候，那件事就是整个世界。但很快，世界又完整如初，在那件事情被做完后。它甚至丝毫不再被想起。它们是急事，但不是大事。

　　真正的大事是不着急的。开凿一条运河、建造一座城市（"罗马不是一夜间建成的"），绝对着急不得。修筑长城用了几个朝代。有意思的是，卡夫卡在《万里长城建造时》中，将之作为一个隐喻，表达其目标永远无法达到的思想。长城形体的巨大，恰好对应了人类生存的永久的、可悲的困境。从甘地到曼德拉，大事也在另外的维度上展开。让一片土地挣脱桎梏、一个民族当家做主，也远不是几番声明、几次集会能做到的。答案在一双从南到北丈量印度半岛的光脚板里，在那一架手纺车的转动中（我们都见过那幅著名的甘地纺线的照片）。它纺织着次大陆的棉花，也纺织出一幅独立的梦想。答案还在罗本岛上的那间单人囚室中，室内，三十多年的阴暗潮湿，室外，三十多年的潮涨潮落。普通人的个体生命当然无法和这些丰功伟业相比，然而平凡的一生中但凡称得上重要的事，也都是耗费时光的。把一个热爱的女人追成妻子，不是一朝一夕的事；将孩子从一团粉红的肉养育成高大的少男少女，还要小心不让他或她学坏，要多少个寒暑的操心劳神。

　　大事有时甚至和体积、数量这些空间范畴并无关系，而表现为一种深刻和纯粹，但大事却注定了和时间结缘。大事不是即时的催逼，而是长久的压迫；是一种苦乐交织的厮守，灵魂的纠缠不去的负担。如果它受到阻碍，那是钝物割肉的疼痛，如果它获得进展，那种喜悦也该像啜饮一杯清茶，而不会是大汗淋漓时痛饮冰镇汽水的畅快。它脱离了庆典、仪式的短暂和喧哗，而和日常的生活相依相偎，也因此具备大地的品性。真正的大事不事张扬，就像真正的劳动者不炫耀掌心的老茧。大事是以工作为发端的一条直线，抵达它的距离很长，它所能延伸的距离就更长，就像夕阳光里，大树和它的影子。它的光荣镌刻在时间里。

不着急，不是不能着急，是着急不得。当然，我们也熟悉这样的话："一万年太久，只争朝夕。"它表明了一种进取态度，张扬了主观意志，但仅仅靠它是不够的。大事的本质决定了我们应取的态度。大事既然是卓越的、超常态的，就需要更多的悟性、心智和体力，更深入更持久的劳动，而这些是着急不得的。它是百年老树，而非那些速生的、用来做一次性筷子的树种。它的长成需要更多的阳光、风和养料。它有着自己的节奏和周期。佛经称"三界如火宅"，情境够危急的吧？但欲求解脱，还得靠修行，而修行是缓慢的功夫。菩提树下佛祖的正觉是一个伟大的寓言。

我想谈谈诗，还有文学。它们是精神生活的大事。

记述这样的"大事记"用得上数字：歌德写《浮士德》花了六十年，曹雪芹创作《红楼梦》耗去的是一生。普鲁斯特用最后二十年的时光，息影绝交，在厚重的窗帷隔出的阴暗和寂静中，达成了与时间的和解。《追忆流水年华》，一个开放在时间深处的花园，芳馥幽雅，同时却具备了最为坚固的金属的性质。几个世纪后，一定还有人在它的旁边，徘徊流连。通过同时间最紧密持久的拥抱结合，作家连同作品得以超越时间，存在于时间之外。

里尔克写道："我们应该以一生之久，尽可能那样久地去等待，采集真意与精华，最后或许能够写出十行好诗……为了一首诗我们必须观看许多城市，观看人和物，我们必须认识动物，我们必须去感觉鸟怎样飞翔，知道小小的花朵在早晨开放时的姿态。"大事需要纯朴憨厚的心灵、坚信和虔诚、毅力和耐心、与时间的相守相忘。诚笃朴拙比机敏灵巧更值得称颂。大事的尺度是时间。然而我们这里多的是速度的大师、数量的模范，蔑视价值是必要劳动时间的凝结。他们争先恐后，一星期看不到自己印成铅字的名字就着急，一年没有新著出版就怀疑自己堕落了，他们本来也许是想做大事的，却不知不觉把大事做成了急事。

帕乌斯托夫斯基的散文集《金蔷薇》，是对作家的劳动的生动的表述。一个巴黎的贫穷清洁工，多年中收集首饰作坊里的尘土带回家，因为里面混杂了极少量的金屑。每天，他筛出尘土，留下一点点肉眼几乎看不到的金屑。岁月流逝，金屑积少成多，终于铸成了一枚金锭。清洁工请人将它打成一朵金蔷薇，要送给一位他一直关心的、不幸的女性。作家在文章最后写道：这朵金蔷薇或多或少便是我们创作活动的写照。相信每一部小说、每一首诗、每一篇散文，只要具有足够的纯正，在其完成的过程中都有这样的图式。

还是里尔克，他说："如果春天要来，大地就使它一点点地完成。""……不能计算时间，年月都无效，就是十年有时也等于虚无。艺术家是：不算，不数；像树木似地成熟，不勉强挤它的汁液，满怀信心地立在春日的暴风雨中，也不担心后面没有夏天来到。夏天终归是会来的，但它只向着忍耐的人们走来。"（《给一个青年诗人的十封信》）

连续

连续，首先是一种时间的维度，是在此刻中含有过去，是现在成为孕育着下一个时辰的种子。连续，也就是不变，是同样的事物的反复呈现和无限循环。时间所向披靡，但在它面前败退了。

如果诉诸可感知的形象，连续应该是天空自远而近又复远去的滚动的雷声，是大海里一波波浪涛的递送，是大地上连绵延展的峰峦。此外，那些矗立了上千年的古堡，那些传唱了几百年的曲子，那些被一代代人口口相传的神话和寓言，也因其超越时光无限伸延的特质，而在人心中唤起同样的感受。

连续，带给人的是安稳和从容，是一种值得信赖、可以托付之感。不变的事物最让人感觉安全。父母是不变的，兄弟姐妹是不变的。一日三餐是不变的。家的大门，总是敞开在同一个地方，等候着孩子放学归来。放眼四望，青山依旧，绿水长流，祖父的祖父曾经在那棵老榕树下嬉戏追逐。一代代人的脚步，把那条石板小径踩薄磨亮。也正因为如此，对恒久和有常也即连续性的认同，已然深深贮存于人性的基因中。

连续，也体现了自然界最为本质的节奏和韵律。季节的递嬗是连续的，春天后面是夏天，冬天后面是春天，年年岁岁，莫不如此。设想一个乱了次序的季节，六月飞雪，寒冬惊雷，反常和悖逆往往昭示着不幸，是灾难片驰骋想象力的领域。

大量的美的事物，正是通过连续性而诞生、而达成的，仿佛强力胶将木和铁牢牢黏合在一起一样。它们体现在皖南徽州古民居中，那些马头墙和美人靠，那些木雕和砖雕上的人和动物、花卉和叶片，处处荡漾着浓郁的明清情韵。体现在被称为永恒之都的罗马古城的每一条街巷、每一座雕塑上，那里几百年一个模样，仿佛时光凝固了。坐在当年拜伦流连的西班牙广场环形的盘绕台阶上，仿佛诗人刚刚走开不久，耳畔还回荡着他的吟诵声。正是凭依时间的累积，这些事物永恒的价值才得以凝聚和显现。

人情、人性之美，常常也是经由连续性的通道而抵达。翻看一本家庭的旧相册，在页码的翻动中，年华悄然流逝。先是新婚的照片，目光明亮，笑容灿烂，青春的余音尚自缭绕；然后是中年的平静内敛，神态中，飞扬和淡定此消彼长；最后是相濡以沫的白发暮年，温馨而疲惫的眼神，阐释着什么叫作相濡以沫。仅仅是连续看下来，就足以让人感动。因为时间的绵密而悠长的存在，爱情的深长便显得毋庸置疑。

而一切有着长久生命力的事物，也都是因为持久的爱和坚持——一种堪称杰出的能力——才造成的。二者的纠结属于彻底的正相关。许多名垂建筑史的经典屋厦，建造过程常常要历经数十年甚至上百年。以耐心为经，以技艺为纬，劳动在漫长的时间背景下缓缓展开，心血一寸寸渗透进去，才使其具备了，或者说被赋予了坚固的本质，足以抵抗风雨剥蚀。我们的建筑倒是造得快，快到几个月就竣工了，但最先坍塌的也是它们。精神的产品亦是如此。伟大的作品，都是多少年连续工作的结晶，如此才能够保证质地的卓异。米开朗琪罗用四年多的时光，为西斯廷教堂的屋顶绘制壁画，他夜以继日地工作，多次从脚手架上摔下来，伤痕累累。再想一想普鲁斯特吧，他把生命的最后几十年封闭在寂静和幽暗中，心无旁骛，因此《追忆流水年华》才具有了金石般纯正明亮的特质。别相信一不留神写出杰作云云，那只是意志薄弱者的异想天开和痴人说梦。

习惯形成性格，性格决定命运，说的都是个体凭借不间断的行为方式，成就了自己生命的独特性。当然，有好有坏。播下什么，收获什么。个体如此，放大视野，集体亦无二致。一个民族的生活中体现出来的某种连续性，也便成为一扇展示这个民族独特的精神文化蕴涵的窗口。它们往往通过某些特定时刻的集体仪式而显现，像清明节的祭奠先祖，端午节的龙舟竞渡等，都系连着汉民族深长悠远的历史文化记忆。它不可替代也无法复制，让人感觉到和历史、和先民、和土地的关系，产生一种灵魂的归属感。连续甚至也是神的价值取向。《圣经》里要求相爱的人长相厮守："你必要陪伴。"这样的话语传递到东方，就变成了"上邪！

我欲与君相知，长命无绝衰"。一个内向含蓄的民族，此时的表达却是这样坦荡炽热。

星移斗转，变化成了当下最为突出的特征。技术的飞速发展，让我们时时刻刻面对新事物，享受种种便利和好处，眼花缭乱，心满意足。但与此同时，内心的感受也被切割得凌乱、无序、碎片化。不再有某个原点、某个恒久的存在物，作为思考和行动的参照系和坐标轴，方向感变得茫然阙如。过去—现在—将来的连接被打乱了，不知明天怎样，明年又会如何。

也许更为糟糕的是，对于这种对灵魂的侵扰，我们尚未具备正确的应对态度。今天，一个人若体现出人格和行为的连续性，体现出坚持和固守，不但难以得到赞许，反而常常会招致诟病。这些值得珍视的品格，在当下语境中却每每和保守、惰性、不思进取等负面评价相伴随。对一位专心埋头于田间劳作的农人，一位执着于自己私人化的爱好而对其他不闻不问的人，我们经常会投以某种怜悯的眼光，而难以觉察这种念头中的谬误。我们自觉不自觉地鼓励变更，颂扬革新，变化本身便成为价值，至于内容，无暇或者不愿去进一步想。结果便是，我们的生活中充满太多的见异思迁，太多的志大才疏，使我们无法和连续结缘，无法长久地钟情于某一种价值。因为被疏离了、抽空了时间这一要素，许多事物便变得空洞、浮泛，让人疑虑。

需要把连续作为内心的一座神祇，加以供奉，至少是怀有一份尊重的。这样能够使自己变得更有定力，更丰富，更能够接近那些永恒、坚固的事物。佑护之后，必有提升。

尺 度

　　辩才无碍的哲人也会有遭遇窘困的时候。苏格拉底曾这样给人下定义：无毛双足的动物。于是有好事者将一只鸡拔光了毛给他看，问这是不是人？苏格拉底是否因表述不当贻人以话柄而沮丧，已经不可查考，但这个定义委实欠缺周密。它只描述了人的外部生物属性，没有考虑人之为人的社会属性。而后者才是人区别于动物的根本特征，是最重要的、不可或缺的衡量尺度。

　　对绝大多数的人物、行为、事件，在绝大多数情形下，有两个字是躲避不开的：尺度。尺度与事物如影随形。尺度描述、判断、界定事物，为之贴上形形色色的标签。无法想象没有尺度的存在物，虽然可能因为时间、空间等种种因素不同而存在各异。古人如此称道女人的美丽：增之一寸则脈，减之一寸则瘠。美丑妍媸的区别具体化为可以度量的准确尺寸。今天的选美，"三围"达标是必需的前提，适量智商是宜人的花絮。这当然只是举例说明而已。几乎每一个领域、一切事物，都要通过尺度的介入、参与而存在、运行、自足自立。尺度仿佛电脑中的驱动程序，驱动的是现实人生的运转。这实在是一个魔幻式的空间，虽然我们因熟视无睹而感觉平淡无奇。

驰骋一番想象，像波德莱尔在巴黎大街小巷徜徉一样，让思绪的脚步迈过城市一日的寻常生活。早上，把孩子送进学校，期望他作业全做对、考试得高分，老师的好评、三好生的奖状，是衡量成绩的标尺。它决定了孩子的未来，也决定了自己在别的家长面前是脸上有光还是臊眉耷眼。进了单位，应该努力工作，不出纰漏，让同事认可、上级赏识，得到提升，这正是社会意义上成功的尺度。到对口单位联系工作，对方出来接待的人，必定级别相当——一种被称作"对等"的标准派生出了相应的游戏规则。中午休息时去农贸市场闲逛，摊主殷勤推销，旁边媳妇在低头点钞，一天的收获如何、净赚多少，比什么都来得要紧。下班回家，老父亲正和一班老人在楼下小花园里健身。健康、长寿，是眼下他们第一位的话题。一天忙碌终于结束，躺在床上却感到一些迷茫：这是我希望的生活吗？如果是，为什么惶惑？如果不是，应该是什么样子？这种思索绝大多数情形下是没有答案的，但你得承认，此时你是引入了一种新的尺度，哲学的或是美学的。

尺度具有相对性。在一种人群一种环境中被视为天经地义的，换一种背景来看，可能匪夷所思、莫名其妙。环肥燕瘦，大相径庭，但不妨皆成美人——在不同时代不同的调焦镜头之下。君临无边无际的想象王国的作家在那厢悲壮地叫喊"不创作毋宁死"，而另一边，浸润了实证精神的科学家会奇怪，如此虚幻的勾当何以会让人付出整个身心。这时尺度之不同简直成为一道墙垣了。不同的标准有主观的、神秘的、不讲道理的一面，却又是真实存在的，被奉之为圭臬的各方信仰膜拜，所以这个世界上才会有那么多的隔膜、误解乃至对抗，小到一个家庭中长幼辈之间的代沟，大到亨廷顿所谓"文明的冲突"。这些都印证了一个论点：世界是由我们的看法组成的。

人生是一次演出，不同的人物被分派扮演不同的角色、遵循不同的尺度、采用与之相适的行事方式。做帝王或是跑龙套，扮相当然不同。这属于最基本的游戏规则，轻易不会被打破、混淆。春行夏令、牝鸡司晨、越俎代庖，都是要不得的。陈凯歌的影片《霸王别姬》里的旦角程蝶衣的悲剧，就在于他是将戏中的情境代入现实人生，造成脱榫错位。但话又说回来，即便是同一个人，行为也常常会改变，其程度有时甚至比换肾换血还要剧烈。对于当事人而言，剧变或巨变是由于更换了一种标准。放下屠刀，立地成佛，是因为尺度由嗜血大变成为慈悲。我认识的一位商人，驰骋商场日进斗金，忽然迷上了园林设计，不是投资，而是亲自操练，从此沉湎日深，终至改弦易辙，上演了一出法国后期印象派画家高更身世的中国当代版。几年后再见，言谈之间变得悠远淡定，与昔日的机敏过人相比判若两人——新的职业并不需要那种玲珑和伶俐。同样，一个曾被公认为十足书虫的同学，因为学而优，更因为偶然的机遇而致仕，曾让大家为之捏一把汗，但几年历练下来，却也进退应对得合辙合式，令人刮目相看。面对旧友的调侃，其话语间也不由流露出当年何以那般冥顽的自嘲。这些既足证人的潜力的巨大，又足证尺度的十分之得。人生历程是时间的延伸，也是不断调校、新建尺度的过程。爱好、喜恶、价值观……一把把标尺在无形中挥动，不断地调整、收放、丈量，好像洗牌，不同之处是节奏舒缓，在时间的广漠背景中慢慢地展开。

尺度具有普泛性，但也不时会有意外，仿佛当今赛事的频爆冷门。以木桶为家的古希腊哲人第欧根尼，对前来探望的亚历山大皇帝的唯一要求，是"不要挡住我的阳光"。当代语言分析学派哲学家维特根斯坦放弃巨额的家族财产，因为它们妨碍了他的哲学思考。明代公安派代表作家袁中郎，放着苏州行政长官的肥缺不愿要，连续数次上书辞官，因为"上官如云，过客如雨，薄书如海，朝夕趋承检点，尚恐不及"。他自问："人生几日耳，长林芳草，何所不适，而自苦若是？"他的趣味是无羁无绊，与山水相唱和。这些人当然是常人眼里的"另类"，是不按常规出牌的，但你不能说他没有尺度。也许梭罗的这句话概括得最到位："如果谁没有跟随队伍的步伐，很可能因为他听到了另一种鼓点。"他们对公认的尺度不以为然，往往是因为心中有着自己独特的标高。越是杰出者、大人格，就越容易偏离流俗，因为他们的目力更能洞察事物的本质，更能窥见大美之所在。五岳归来不看山。除却巫山不是云。相比人云亦云的景从者，他们更乐于自己决定怎样迈步。如果没有合适的尺度的话，他们甚至自己动手创制，他们如尼采所言，是立法者。

这就接近了一个重要的观念：尺度的核心是个性。或者说，个性决定了尺度的面貌。一条清晰分明的因果之链连接起了二者。而所谓个性，不过是源自对于生活的独特领悟，和由之而生的特异的行为姿态。围绕这一点曾有过那么多的表述。认识你自己。这是德尔菲神庙墙上镌刻的句子。一种未经省察的人生是不值得过的。这是苏格拉底的智慧的起跑线。孤独的个体。这是克尔凯戈尔学说的逻辑原点。成为你自己。这是尼采哲学的进门票。存在即选择。这是萨特理论的关键词。人与人之间，外在的区别可谓多多，种族、文化、宗教、贫富、尊卑等，但删繁就简，到最后个性的有无该会是一个明显的分野。当其他因素遁隐或模糊时，这点仍然是真实鲜明的。于是有了隐居瓦尔登湖畔玄想天道的梭罗，有了辞去高官打游击战的切·格瓦拉，有了去非洲瘟疫区行医的法国人史怀泽，有了孤身走天涯的余纯顺。在常人难以理解之处，他们凭依所遵循的大写的尺度成就了大写的人生。他们的身影被拉得长长的，将一直投射到今后久远的岁月中。

越是在这个复制的时代，独特的个性就越显得重要。而个性的极致是与臻于极致的尺度互为表里的。然而我们看到的情形却不容乐观，众多的生命样式都仿佛是在一个模子里铸成的，更令人忧虑的是人们对此每每视而罔见。据说随着基因工程等现代科技的发展，人除了得享长寿外，甚至可以定制自己的器官形体。你大可以选择梦露的容貌、乔丹的体型。这当然令人雀跃。但为什么很少听人谈及要为自己选择独特的生存尺度呢？为什么不努力将尺度设定得更好、更合理、更杰出特异呢？不同的人、不同的生存状态之间，当然有尺度的巨大区别，就像存在着小溪和大江、土丘与高山的分别一样，就像哈勃天文望远镜里的视野与肉眼所见迥异一样。做到这一点并不需要求助于技术的神力，只要一颗虔诚的心、一种牢固的善念、一种持久的耐心。对万物的爱和怜悯、创造的热忱、超拔的追求……让我们选择这样的尺度吧，即使无关民生社稷的宏大叙事，即使仅仅为了自己的尊严。

岁月河流上的码头

一年的日子，仿佛是一条长长的河流，缓缓地、平静地流淌。每个季节，便是河流上不同的河段。自春徂夏，经秋涉冬，便是河水由上游至中游再到下游，次第流淌不息。水上风光，四时各异，春天活泼驳荡，夏天喧嚣匆遽，秋天静谧澄澈，冬天，皑皑白雪覆盖了冰封的河面。

但这样说未免还是浮泛了些。须知天下的季节都是一样的，赤道南北、半球东西，当岁月之河从某一片土地上流过时，是什么使得它和其他地方的河流不同？是船上的风帆，是波涛的颜色，还是飘荡在水面上的歌声？

对于这一片古老的、被称为华夏的、我祖先的土地，时光有着许多呈现自己的方式。其中之一，便是借助一系列独特的民俗节日。这样的日子，镶嵌在一年三百六十多天里，使得原本混沌迷离难以辨识的一片，显现出区域和轮廓，产生了节奏和韵律。因为它们的存在，日子不再是物理意义上单调、枯燥的数字，而变得生动，变得温暖，充满了情感和韵致。

被称为中国人的三大节日的春节、端午和中秋，我们已经耳熟能详，且不去说。其他节日，名气虽然不如它们，但每一个也都有着丰厚的内涵和独特的魅力。让我们从时光河流的上游，解缆泛舟，漂流向若干个这样的节日码头。

正月的背影刚刚遁去，煮元宵的香甜糯软尚在回味之中，便走近了又一个节日：二月二。"二月二日新雨晴，草芽菜甲一时生。"这个时节，阳气萌发，气温升高，降雨增多，土地变得润泽松软，适宜播种。对于一个有着悠久农耕文明传统的国度，这个日子无疑是重要的。"二月二，龙抬头，大仓满，小仓流"，许多地方都把这一天当作龙的生日，加以祭祀，期盼雨水丰沛。龙是中国人的图腾，龙降甘霖，昭示着丰收的希望。歌谣反映了先民对于自然力量的敬畏。那是一个天地无间、人神共处的时代，现实与想象相互交融、浑然一片。

顺流而下，河面渐渐变得宽阔，水流湍急。当岸边蒲苇繁茂、草木飘香时，我们知道，已经接近了那个被称为七夕节，又名乞巧节或女儿节的日子。牛郎织女的传说，将农历七月七这天，装扮得温柔旖旎。这个晚上，未嫁的女儿家，要向织女乞求赐以聪慧的心灵、灵巧的双手，以及美满的姻缘。依稀记得童年的夏夜，在姑姑家院子的丝瓜架下，表姐和邻居的姐妹们指点着，高远晴朗的天穹上，横亘南北的白茫茫的银河两岸，哪是牵牛星，哪是织女星，一串轻轻的笑声。正值怀春年龄的农家少女，该是被古老的传说逗惹出了某种迷离的情怀。这是中国人的情人节。一个浪漫、美丽的日子，让人知道在这片以所谓实用理性著称的土地上，也有着那样的湿润、空灵、深邃和悠远。"两情若是久长时，又岂在朝朝暮暮。"它让人们知道了什么是忠贞的爱情，什么是生死以之、海枯石烂。

"独在异乡为异客，每逢佳节倍思亲。遥知兄弟登高处，遍插茱萸少一人。"吟诵着王维的诗句，菊花的清香在幻觉中徐徐飘拂过来。九九重阳节来临了。时维仲秋，天空晴朗高远，空气清冽干爽，让人心思沉静笃定。移舟近岸，将船缆系于丹桂树粗壮的树干上，拾级上岸，青石的台阶上足音登然。这一天，要登临高处、插茱萸、簪菊花、饮菊花酒。遥想故土山水佳胜之地，定是亲朋团聚，言笑晏晏，唯独自己天涯羁旅，孑然一身，思之能不黯然？亲情惘惘，系念依依，诵之成诗。这其间的深情厚意，岂是电子邮件、手机短信能够表达和传递的？现代高科技的利器，已经将窖藏百年的佳酿，稀释成了一盏薄酒。

继续泛舟漂流，渐渐木叶脱尽，霜雪时作，江天寥廓。然而尽管风景萧索，空气里却悄悄酝酿着一种欢欣，传递出一种暖意。腊八节，正在前方守候，依稀能够望见村庄里家家灶台的火光。古代庆祝丰收、感谢祖先和神灵、驱逐瘟疫的祭祀仪式，在农历十二月初八这一天，欢快登场。一年将尽，一度轮回，春节已经伫立在不远处了，但似乎担心人们一时无法消受那个盛大的庆典，便安排下一次预演，作为铺垫。腊八粥被用多种粮食和果实熬制而成，糯米、桂圆、红豆、花生、薏米、松仁、莲子、核桃……这些大地出产的精微之物，鲜明生动地寓意了丰收。每年这时候，母亲都要自制腊八醋，挑选个大匀称的蒜瓣，放进盛满醋的阔口的瓶子里，等到春节时，蒜瓣已经被浸泡得碧绿仿佛翡翠。除夕夜吃饺子时，打开瓶盖，浓郁的香辣味道扑鼻而来，让人垂涎。

清明节、中元节、冬至节……古老的民俗节日还有很多，它们的起源，都和土地、和农耕时代的生活、和先民朴素的梦想有关。在形成和流传的过程中，又渐次衍生出更为丰富的内容，仿佛村口一棵百年的榕树，向四周伸展出众多气根和分枝，独木成林，几乎遮蔽了数条街巷。这样的节日，内涵丰富，意味深长，在计量时间的功能之外，还负载了灵魂的喜悦和哀伤，蒙披了一层温润柔和的光辉，仿佛月光笼罩下的一切。四季递嬗，岁月轮回，它们在时间的缓缓流动中闪现，使大地上飘荡着渺远的诗意。

如果说，岁月的累积形成了历史，那么，这样的日子的反复叠加，就是在参与一个种族、一种文化的构建。它们千百年来，被这块土地上的一辈辈的子民们，经由文字的或口头的方式代代传递，而逐渐累积成为一种公共记忆时，便也是在铸造某种民族的精神和文化的基因，使人产生集体的身份认同和共同的历史归属感。这是一种不露声色的渗透，润物无声，在我们懵懂无知的童年，已经潜移默化地进入血脉，左右了我们的思维和行动的方式和路径。

今天，地球已经成为一簇簇的村落，被飞机、轮船、网络紧密地编织为一体，同样型号的汽车奔驰在不同大陆的道路上，同样的香水润泽着不同颜色的女性肌肤，电视荧屏上闪现的面孔，总是那几位走红的国际影视或体育明星。到处都是一样的东西，固然容易令人产生某种万物皆备于我的虚幻感觉，但同时却又是多么乏味。希望在习俗、风尚都日趋统一化和标准化的今天，每一片土地、每一个族群，都能够保持自己的某种特性、某种区别性的特征。这是一种源于灵魂深处的祈求，有着人性的强大依据。

罗密欧手持玫瑰，在朱丽叶的窗下，用歌声呼唤心上人，固然深情款款，而张生崔莺莺的绣帕题诗，暗诉倾慕，不也有着一份入骨的缠绵？正是这样的独特的地方，让我们确立了自身存在的真实感。即使远离家国，置身于不同肤色、语言的人群中，在某个特定的日子，对于赛龙舟、包粽子、饮雄黄酒的共同的记忆和理解，会让我们相视一笑、莫逆于心。放眼望去，到处都能够发现相似的情形，在证实着一个朴素的真理。犹太民族的总人数并不多，且散布在世界各个地区，能够历经数千年的劫难而存留下来，并且为人类生活的众多领域做出了巨大贡献，与保持了本民族文化血统的纯粹有密切的关系。安息日、赎罪日、逾越节、五旬节……每个日子背后都连接了这个古老民族的悠久历史，应和了千万颗灵魂的跳动，涌动着一股强大的生命的力量。

正是无数这样的事物的存在和汇合，使得世界丰富多彩。纪念它们，既是寻找每个民族自己的根系，承传文化的血脉，也是向人类文化的浩瀚宝库，贡献一份特色鲜明的藏品。

上元节、寒食节、灶神节……泛舟时光河流上，每走过一段距离，船都要停靠一个景色别致的码头，加入一次风格独特的庆典。它们让旅人得到暂时的憩息，心中贮满诗意的沉醉，对于天空和大地、山河和岁月、生活和命运，生发出种种感悟。船在水面上轻轻摇晃，他因此而感到从容、安适，感到一种和这条河流、这片土地的脐带般牢固的维系，仿佛在记忆尚未形成的生命之初、在混沌的梦境里，安睡在母亲温暖的怀抱中……

劳动和幸福在一起

四十年前，一位女作家写了一部长篇小说：《工作着是美丽的》。

仅仅由于这个书名，十几年前，我知道并且记住了这样一部书。这样的书名是一句诗，是灵魂的耳朵最喜欢聆听的音乐。但是奇怪，随着默诵这句话的次数的增加，找来小说一读的愿望反而变得越来越淡了。也许是这句话本身已经直接地、不会带来任何歧义地表达了小说的题旨，再读已经不重要了，但更可能，是由于担心具体明朗的叙事会干扰这句诗中如月光一样沉静弥漫的氛围。

但同时，我也带一点儿遗憾地想，要是稍微改动两个字，"工作"变成"劳动"，就更好了。虽然词典的释义中，这两个字的区别是细微的，但对于我，后者更容易给视觉带来一种质朴、形象的感受。读到它，面前仿佛出现了农人挥镰收割的场面，那是劳动的最初始、最基本的形态。这很可能只是一种个人的、修辞学意义上的癖好，但却正是这种主观性叩响我的诗情之门，在心底荡开一圈圈感动的涟漪。

劳动着是美丽的——说得多么好！

一句朴素而深邃的赞美诗。它的声韵向远处扩散，会在所有的地方、所有的事物上撞击出回声。很少句子能够像它一样，具有一种几乎是无边无际同时又是无始无终的概括力，就像风吹彻一片大陆，阳光照遍一个国度一样。在余韵袅袅欲散时，会接续上灶火噼啪燃烧的声音、羊羔柔弱的咩咩声、机车的轰鸣、键盘的敲击声。一曲恢宏阔大的音乐，由万千种旋律与和声编织而成，回响在时间的所有的维度里、在空间的一切中心和边缘——这就是劳动和生活的关系。

劳动用辛勤和汗水，铺设了一条道路，通向丰盈与收获。谁能说得清，大地上有多少种形态各异的劳动？可以肯定的是，每一种劳动，只要是诚实的，都将通向一种美丽。打谷场上稻谷的山丘、船舱里碎银似的鱼儿、芳香四溢的水果、欲与天公比高的楼厦，都是丰收之神在不同场所的显形。它还藏匿于一幅画、一首曲子、一本书、一张碟片、一堂课里。劳动，用体力和心智，描画出了大地上的灿烂。

但我似乎不应该在这一点上过久滞留。女作家的那部作品，使用的是进行时态。它直指劳动本身。

这才是更重要的。我们迟早会发现，仅仅是劳动本身，便是一种自足的美，而无需假借什么。劳动，额头上闪亮的汗珠，臂膀上绷紧的肌肉。肢体形骸的动作中有画，吭唷嗬哟的号子声萌芽了最初的音乐。从春秋时代的《诗经》，到古希腊的叙事长诗《工作与时日》，从内蒙古阴山崖画的狩猎图，到南太平洋群岛上土著的舞蹈，最原始的文学和艺术都是以劳动作为表现对象，展现它的丰富多彩的表情和细节。同时，最优秀的艺术家也喜欢通过它来表达对于生活的理解，看一看梵·高《麦田里的人》，或米勒的《拾穗者》吧，坚定、豪迈、虔敬、静默，属于人性的和神性的一切，都是自劳动中孕育生长，如同晨曦从东方地平线升起，如同泉水从大地深处汩汩涌现。有时，我们会看到劳动的另外一种相对阴柔的面貌，它属于作家、艺术家、工程师、学者和教师，属于用知识和智慧同世界建立联系的人们。它的外在形态似乎枯燥了些。然而，那是平静水流下的漩涡，蕴藏着内在的紧张和冲撞。从声音的洪流中捕捉一个飘忽的音符，为找到一个恰当的词汇而精疲力竭，调色板上千百次的涂抹、长夜中与一盏孤灯的默默相守……这其中有着另一种坚韧决绝。

外婆九十几岁时，仍然摸索着做些活计。按她自己的说法，"一天不做活，难受得要死"。在生命的最后两年里，她唠叨最多的话是："我做不了活了，我快要死了。"活力是生命的另一个名字，它只能是来自劳动，就像歌声来自歌唱。我们时常会看到一些人，平时丝毫不引人注目，甚至常常显得迟缓愚钝，但是只要进入工作，马上变得神采飞扬、身手矫健，让人想到一头正在追捕猎物的狮子。劳动将一股生气灌注进他的躯体。如果长久地坚持，它就会变成一股火焰，炙烤着他的身体和精神，使之不会冷却。户枢不蠹，一个颠扑不破的真理。我们也经常能够遇到一些老人，体格硬朗、精神矍铄，或者是退休发挥余热的工人，或者是不废著述的学者，职业不同，但这种老树挂花的生命奇迹，却出于同一个简单的原因——他们无一例外地是勤恳的劳动者。一般来讲，一个与劳动缔结了密约的人，不容易消沉、绝望、自轻自贱，因为劳动已经在其精神中注入了免疫剂。从肉体到灵魂，劳动是生命最可信赖的卫士

不但如此，劳动带来的创造、征服感，还是劳动者情感满足的最主要的源头。搬迁新居前，请人来装修，我记得油漆工因为一面墙壁刷得光亮可鉴，木匠因为一扇门板刨得光滑平整，而流露出的那种得意的神态。甚至在这种雇佣色彩明显的活计中，劳动都带有一种谋生手段之上的意义。那些从生命的深处生发出的、依从内在声音召唤的行动，就更具备深远的蕴涵。自由的劳动不会让人厌倦，倒是远离劳动常常导致精神的失衡。这该是为什么衣食无忧的食利者阶层，反而最容易罹患心理疾病。相对于丰裕乃至奢侈的肉体生活，他们的灵魂如瘠薄的土地，或者一片荒凉，或者长满芜杂的野草——因为缺少劳动的侍弄而抛荒。因此，当感官的狂欢登峰造极，再也难以形成新的刺激时，悲剧的幕布也揭开了。这也是一种"生命中不能承受之轻"。

劳动还是道德之源。既然它是一件最自然的事情，因此一个诚实的人，一个融化在劳动中的人，便会获得一种正当质朴的人性。一个农人是最远离虚妄的念头的，他知道汗水与收获的关系，知道土地的原则。一个沉浸在工作中的艺术家是谦逊的，尽管在

别人看来，他的成就已经相当骄人。他懂得艺术没有止境，高峰总是相对的，不断进取才是他唯一应该选择的姿态。风浪凶顽，暗礁险恶，因此勇敢就成为渔民的最基本的素质。这些品德的产生，其实是很自然的。它就寄寓于每一种劳动中，就像绿色和树木的关系。宽厚、仁慈、善良、忠诚，都是自劳动中获得，或者被劳动激发、扩大，就像火焰被风鼓荡一样。人是不定型的，不变的只是其肉体存在的某种形式，而作为人的本质的精神性，是处于开放和变动之中的。它决定了个体的高贵或卑贱、超卓或平庸。它的成因复杂玄奥，然而一个人只要选择了劳动，就是守护住了人性中最基本的也是最重要的东西，替自己的精神世界涂抹了一道亮色。劳动是道德的打磨器，能够领悟这点并且加以践行的人是有福的。几乎可以说，他为自己的生命投注了一笔最大数额的保险。道德堕落的许多表现，如好逸恶劳、坑蒙拐骗等，寻根溯源，都是由于缺乏对劳动的虔敬和信仰。损害从个人开始，最终却是指向人群和大地。赞美和卫护劳动吧，哪怕是最平凡的、卑微的、默默无闻的劳动。只要它们广泛存在，就足以抵抗灵性的坍陷。就好比装点大地的绿色，有时只需要一些不起眼的野草。

　　劳动给了我们面包和生存，也给了我们尊严和期望。我们一生受到它的佑护，在意识刚刚成形仿佛岛屿浮出海面的童年，田埂间祖父忙碌的身影、灶头雾气中祖母时隐时现的脸庞，给予了我们有关这个词汇的朦胧的感受。及至长大，向往则如同一支搭在弦上的箭矢，遥遥指向某个远方。一个海边渔民的儿子盼望成为远洋巨轮的船长，一个闭塞山沟里农民的后代梦想走遍地球的每个角落，你不能嘲笑这些念头是虚妄的。大地上的一个真理是：劳动使得一切成为可能。拼搏、奋斗、追求——"劳动"这个词汇的不同表达——已经为无数原本平凡卑微的生命，增添了辉煌和荣光，仿佛安徒生笔下的那只变成了白天鹅的丑小鸭。成功属于追求成功的人——它是如此的真切、普遍，它使一个人相信，不断超越是可能的，只要握紧了劳动。劳动就是古希腊神话传说中养育万物的土壤——是的，从本体的意义上说就是如此，梦想的花朵开放在劳动的土地之上。一切真正的荣誉归根到底都来自劳动，是对于劳动者的奖赏。

在《工作与时日》中，赫西俄德写道：

> 从劳动中，你将得到神和人的
> 爱的祝福；懒虫则遭鄙弃
> 可耻的不是劳苦，而是懒惰
> 荣誉和美德与富裕同行
> ……

我们还记得一首五十年代的歌曲《在一起》，其中有一句就是"劳动和幸福在一起"。是的，就如同这首歌曲里开头那句"星星和月亮在一起"所表明的，在我们最大的愿望——幸福，和最日常的行为——劳动之间，原来是一种如此简单、直接的对应关系，朴素得让人惊讶。然而我们没有理由怀疑这一点。

让我们听从它的导引吧。

活着，诚实地劳动着，憧憬着未来，多么好。收获劳动的收获，多么好。是的，一切都像早夭的诗人海子的那两句诗所吟咏的——

双手劳动

慰藉心灵

苏东坡的旷达

苏轼晚年被贬惠州时，开始的一段时间寓居嘉祐寺，每天爬近旁的一座小山，到山顶的松风亭上歇息，游目四方。有一天，他刚刚走到半山腰，便感到十分疲惫，脚力不逮，很想倚着路旁的树木休息一会儿。抬头远眺，亭子犹在很远处，仿佛浮在层层叠叠的树梢之上。他不禁有些发愁：何时才能登上山顶？但后来转念一想，何必一定要爬到山顶上去呢，"此处有什么歇不得处"？

一念既生，他即刻感到周身轻松。他进一步议论道：

由是如挂钩之鱼，忽得解脱。若人悟此，虽兵阵相接，鼓声如雷霆，进则死敌，退则死法，当恁么时也不妨熟歇。

——《记游松风亭》

不妨这样说：这一则笔记浓缩了一个秘密。它可谓是读解苏东坡的一把钥匙，能够了解他何以面对接连不断的困厄和屈辱，永远是那样的乐观旷达、神采奕奕。

纵观东坡一生，几起几落，从巅峰到谷底，形成了巨大的反差，可谓是世罕其匹。他先是因为反对新法，后是因为开罪于小人，一再遭到贬谪，浪迹四海，一生中，以戴罪之身谪居穷乡僻壤的时间，远远多于在庙堂官衙中的时间。更为不堪的是，年龄越来越大，身体越来越不好，他受到的迫害却越发变本加厉，他的贬所一次比一次遥远、偏僻和荒凉：从长江边上的萧条小镇，到瘴疠之地的岭南，再到极其荒蛮的海南岛。对此坎坷困顿，东坡曾经这般自嘲："问汝平生功业，黄州惠州儋州。"

换成别人，遭逢这样的境遇，早就该愁肠百结、痛不欲生了，至少也会是自怨自艾、长吁短叹。但东坡独不然。虽然命运赐予他的是一杯杯苦酒，他仍然平静坦然，随遇而安，永远是那样明朗乐观，努力要从苦涩中品咂出一缕甘甜。"诗言志"，诗为心声。这样的一种精神情怀，印证于他的大量诗词、信函、日记等文字中。

在黄州时，与友人出行突遇骤雨，这当然是败兴之事，同行者纷纷抱怨叫苦不迭，四处躲避，他却安然处之，沐雨而行，"莫听穿林打叶声，何妨吟啸且徐行。竹杖芒鞋轻胜马。谁怕？一蓑烟雨任平生"。人生的宠辱进退都不足挂虑，何况天气阴晴晦明的变幻呢？他被贬惠州时，因经济窘迫买不起羊肉吃，便用很少的一点儿钱，买下无人要的羊脊骨，回家放在锅里煮熟，再趁热漉出，浸一点米酒，撒一点细盐，微微烤焦，可以剔出一星半点的肉来。他给弟弟苏辙写信，说自己"意甚喜之，如食蟹螯。率数日辄一食，甚觉有补"。须知这不是无缘品尝荤腥的穷人，而是曾经侍奉于皇帝左右、曾经在美食之都杭州做过太守，享受过数不清的珍馐美馔的高官苏东坡呵。不久，他就适应且喜欢上了这个地方，称道"风土食物不恶，吏民相待甚厚"，甚至写下了"日啖荔枝三百颗，不辞长做岭南人"的诗句。令常人闻之色变的险恶军州，在他的随缘委命精神的投射之下，变成了一方人间乐土。

这些洋溢乐观情怀的诗文传到首都汴京，让把他视为眼中钉的政敌章惇气急败坏，"苏子瞻竟然如此快活"，于是一道朝廷诰命，又把他放逐到更僻远、更荒蛮的海南儋州。海南孤悬海外，当时是完全不曾开发的蛮荒之地，自然条件比黄州、惠州恶劣得多。"此间食无肉，病无药，居无室，出无友，冬无炭，夏无寒泉。然亦未易悉数，大率皆无耳！""岭南天气卑湿，地气蒸溽，而海南尤甚。夏秋之交，物无不腐坏者。人非金石，其何能久？"可谓艰苦之至，对人的生存构成了巨大的威胁。置身这等险恶之境，他十分清楚自己的未来——"垂老投荒，无复生还之望"。新居不但不能和黄州时的相比，连惠州的也不可比，地势低洼潮湿，居处狭隘，房屋前后蛙声一片，野鸟筑巢于窗前，烟雨迷茫时分，恍惚野人的洞穴。但东坡却安之若素，"且喜天壤间，一席亦吾庐"。有道是"真金不怕火炼"，他的乐天知命的精神人格，在迟暮之年更是被发挥得淋漓尽致。"然儋耳颇有老人，年百余岁者往往而是，八九十者不论也，乃知寿夭无定，习而安之，则冰蚕火鼠，皆可以生。"自昏昧之处发现美的光亮，为困厄中的精神力量呐喊，在他已经成为根深蒂固的习惯，不，不如说是一种本能。和在惠州一样，未过多久，他又爱上了这里的自然之美和朴实人情，甚至写诗说："海南万里真吾乡"，"我本海南民，寄生西蜀州"——他真的是"反客为主"，把蛮貊之邦当作故乡，反而把富庶繁华、山温水软的四川家乡当成了寄居之所了，这需要怎样的胸襟气度。有他的豪迈精神的映照，炼狱又一次转换成了天堂。

对这样的人，你拿他有什么办法？无论如何颠踬，总是一路歌声。真正是苦难压不垮，困顿奈我何。设想一下，这一回章淳会有怎样反应？无疑会是越发恼怒，但他再也无能为力了。他权势熏天，可以轻易地驱使一代文豪拖着老病之躯，颠沛流徙，一直走到天涯海角，但这地理上的尽头，也是他的邪恶力量的边界了。他只能将苏轼的躯体囚禁在某地，却无法从精神上束缚和控制苏轼。在那个无限的精神世界里，在看不见的较量中，失败的一方是他。

这一切背后的答案，即精神强健的秘密，可以从开头的那段笔记中找到，那就是：坦然面对命运，接受降临到人生中的一切。

对于秉持了这种人生态度的人来说，对待生命的正确姿态是"无待"。不应该为生命预设目标和状态，认为生命一定要如何如何，要达到何种目标，不能如何如何——这种念头的实质，是画地为牢、自设陷阱，限制和伤害的正是生命本身。应该彻底颠覆这种观念，摆脱这种自我拘囿，微笑着面对降临到生命中的一切，好事也罢，坏事也罢，既来之，则纳之，照单全收，泰然应对。

　　既然不将生命和外在的境遇捆绑在一起，就会获得真正的心灵的自由。他明白，正如月有阴晴圆缺一样，悲欢离合、顺遂和坎坷，都是人生中的一部分，是生活的题中应有之意。不论顺境和逆境，他都坦然处之。灵魂自身所拥有的力量是如此强大，他能够适应外在的环境，而不为外部力量所左右、役使。一切艰难困厄都无奈他，他无往而不适。他成了自己生命的主人，而不是奴隶。

　　深入推究下去，东坡这种达观、健旺、豁朗的精神世界背后，是哲学思想的凭依。那是一种超越常人和世俗的角度打量事物的目光，自然会有不同一般的获取。其中，有佛老思想的影响，认为存在的一切世相皆为空幻，如露，如电，如梦幻泡影，不应执着，不必耿耿于怀。人生的烦恼，常常就起因于过分地关注与执着外物。倘若认识到穷达、荣辱的本质都是虚幻，自然就会将之置之度外，还有什么值得畏惧的呢？苦难、坎坷其实也是幻象之一种，所以亦不必时时萦绕于心，戚戚不安。

　　但更主要的，还是庄子思想对他的深入而长久的浸润。苏轼自年轻时起，就对老庄哲学心醉神迷，有颇为深入的研习，充分吸纳其精髓，并内化成为自己的精神养料，可以说，庄子思想极为深入地参与了他的精神人格的构建。庄子主张顺应自然、乐天安命、知足常乐、满足于命运赐予的一切。庄子有"齐物"之说，泯灭一切分别和差异，认为荣辱、哀乐、穷通、顺逆等，原本是相对的，没有绝对的区别。长期受着这种思想的濡染，东坡也让自己的生命，达到了一种"也无风雨也无晴"的状态，进入了庄子所谓的"安时而守顺，哀乐不能入也"的境界。比如，在惠州谪所，他把自己想成是一个从来没有离开过本地的穷书生，"譬如原是惠州秀才，累举不第，有何不可。"退一步想天高地阔。这样自宽自解，内心的郁闷便被很有效地纾解了。如同他最喜爱的诗人陶渊明那样，苏轼真正做到了"委任运化""纵浪大化中，不喜亦不惧""知之无可奈何而安之若素"，成了"一个不可救药的乐天派"（林语堂语）。

精神血脉中生长和流淌着这样生机勃勃的健康因子，所以，在别人愁苦的地方，他开颜，在别人哭泣的时候，他歌唱。飘逸洒脱，旷达乐观。

这种做法似乎颇有几分阿Q精神，但不可否认的是，在一个人根本无法改变现实处境的情况下，抱持这样的态度，却能有效地排遣悲苦，培植乐观，使生之艰难变得可以忍受。千载以来，苏东坡博得人们极大的喜爱，很大程度上，正是因为他深刻感悟出并身体力行的一种生存的智慧，一种乐天知命的襟怀。"不如意事常八九，可与人言无一二"，不分时代，无论地域，对一切人生而言，缺憾都是普遍的、弥漫性的存在，是每个人迟早都会面对的人生大命题。在这一点上，苏东坡无疑树立了一道令人仰望的标杆。

自由在呼唤

——从陶渊明到袁中郎

陶渊明是真心喜爱田园。有些人身在山林，心存庙堂，昼谈抱朴，夜梦飞黄，想走曲线达到目标，是南朝孔稚圭在《北山移文》中所讽刺的名士那一类人物。但陶渊明完全是内外如一，"表里俱澄澈"，水晶一样的透明。心之所思，身之所行，高度合拍，毫无违忤之嫌。他来做小官，本来也是心不在焉，是出于"为稻粱谋"的一时之举，根本不曾把它当成生命的依托，当作自我确立自我实现的路径。说到底，这个角色是和他的本性相背离的。

因此，当情势要求他在这勉强而为的勾当之上，再做出一些有违天性的事情时，他的忍受力就表现得不是一般差，他的反应的激烈程度也就超乎一般人的意料。

按照通常的眼光看，引起他发作的事情，其实似乎也没有什么。接待来本地视察工作的上一级领导，是多大的事？敷衍一下也就过去了，无非殷勤一些，客套一番，也未必要像当今某些官员在上级面前那样战战兢兢、丑态百出。但在他却是感到自尊心受到侮辱。"我岂能为五斗米折腰向乡里小儿！"这话里有一种自负，有一种道德和智力优越者对在自己之下的人的蔑视。换成今天的俚俗一些的说法就是："我不尿你！"于是他"即日解绶去职"，回到农村，回到山川草木之间，隐居耕种。

在一些人看来这是小题大做了，但这是不了解这颗心灵对于自由的酷爱程度。对于"不慕荣利""质性自然"的陶渊明而言，心灵的自由，就是他的生命。除此之外，再没有什么更值得珍重的东西。或者这样说，正因为对心灵自由的看重和执着，陶渊明才忍受不了在常人眼中根本算不了什么的事情。也不妨说，这件蕞尔小事，实际上是个引信，他蓄满胸襟的自由心性的潮水被引爆，波涛汹涌，一发而不可收。

这一点，突出体现在他告别官场、返回故乡田园时的心境上。那颗终于摆脱桎梏的心，充满了愉悦舒畅，《归去来兮辞》将此表达得酣畅淋漓，无以复加。"舟遥遥以轻飏，风飘飘而吹衣，问征夫以前路，恨晨光之熹微"，何其欢悦，又何其急切。这可不是装扮出来的，而是真正的内心愉悦的自然流露，再说，在草木遮掩行人稀少的乡间小路上，要作秀给谁看呢？随着脚步迈动，田园愈加广袤开阔，内心的喜悦也在飞快地涨满。联想到混迹官场的往日，置身于那种阿谀奉承、尔虞我诈的生活中，每天都感受着别扭憋屈，便觉得今天的改弦更张，实在是太正确了、太及时了，所以他忍不住要说："实迷途其未远，觉今是而昨非。"等到回到熟悉的家园，重新感受了风光、亲情之美，体验了悠然、安逸之趣，他又一次忍不住感慨自己的选择是何等正确，而对那些执迷不悟者生出深深怜悯："寓形宇内复几时，曷不委心任去留，胡为乎遑遑欲何之？"生命短暂，你们忙个什么劲头啊，为什么不按照自己的心意去率性地生活？

他从此当上了农夫，完全彻底地劳作歇息于田园之间，直到生命结束。田园生活带给他的是从容适意、无拘无束、陶然悠然。一颗热爱自由的心灵，在大自然的怀抱里，可谓如鸟投林、如鱼得水。在这样的心情的投射之下，眼前原本平淡无奇的乡村景致也都具有了大美。"榆柳荫后檐，桃李罗堂前。暖暖远人村，依依墟里烟。狗吠深巷中，鸡鸣桑树巅"。（《归园田居》五首之一）多么普通，但又是多么的韵味无穷。这中间的美，是那些热衷于功名利禄、时刻盯紧红尘扰攘的眼睛难以看得见的，或者说视而不见的。乡亲邻里在田边路旁相逢，说的也都是稼穑之事，"相见无杂言，但道桑麻长"，没有那么多额外的想法。每天和这样的人来往过从，人会变得越来越单纯和满足。在田园中讨生活，日日同大自然晤对，既安顿了他的躯体，更慰藉了他的精神，所以归田之后，他才会写出那么多的好诗，因为他看什么都是那样好，或行或止，或作或辍，所见都成了诗。"平畴交远风，良苗亦怀新"，躬耕田间，这是秧苗孕育新芽的可爱。"微雨从东来，好风与之俱"，偷闲读书，这是神骛八荒仰观俯察的快乐。等到"采菊东篱下，悠然见南山"时，个中滋味是那样的丰富浓郁，他都觉得找不到合适的词句来加以描述了——"此中有真意，欲辨已忘言"。

　　和以前的几次时而出仕时而闲居不同，这回是彻底地和官场做了切割，死心塌地过隐居耕读的生活。这种生活体验得丰富而深厚之后，他越发感觉到自己曾厕身其间的官场之可悲、可悯与可憎。这种感情在《归去来兮辞》中已经咏诵过了，但仍感意犹未尽，在《归园田居》五首中，陶渊明又一次发抒内心："少无适俗韵，性本爱丘山。误落尘网中，一去十三年。"那一幕实在是个误会，是对于生命的本真状态的违逆。好在，那一页已经永久地翻过去了。"久在樊笼里，复得返自然。"

　　田园间的劳作是艰辛的，挣得温饱并非容易之事。陶渊明也从来不曾有意掩饰这一点。《杂诗八首》之八写出了其间的艰辛困苦："躬耕未曾替，寒馁常糟糠。岂期过满腹，但愿饱粳粮。御冬足大布，粗絺以应阳。正尔不能得，哀哉亦可伤！"亲自耕种从未停歇过，但仍然常常受冻挨饿，以糟糠为食。希望冬天有粗布衣服御寒、夏天有粗麻布遮挡日晒，这些愿望很卑微，但却经常难以满足。有时甚至还不免"饥来驱我去，不知竟何之"（《乞食》）的极度的困窘。但彻底自主、不受人左右遣使的那份满足，足以抵消和弥补这些缺憾了。

　　陶诗还有陶文、陶赋，都真正做到了"诗言志"，写下来不是为了给别人看，而只是为了抒发自己的内心、表达自己的真实感情。他做人做到了本真，作诗也是本色得无以复加。淳朴、浑然、圆融，仿佛从树林枝梢中发出的天籁之音，仿佛自田野间稻穗上掠过的微风。

　　陶渊明寻找到了一种最适合自己的生命方式。这种生活方式所遵循的理念，并非建功立业、光宗耀祖、名垂青史等为主流社会所公认和信奉的价值观，它与外在的事功无关，而更多指向内心。所以，他的愉悦才显得独特，他的选择更标举了一种特别的价值。多少人能够做到这点呢？阅读古代诗文，不少人言谈中也表露了羡慕，向往这种适情任性毫无羁绊的人生境界，但真正付诸实行的，却是少而又少。因为这样做是要付出不菲代价的。从体制中自我放逐，固定的收入没了，虽然以陶的官职而言十分微薄，但毕竟尚可以挣得一份糊口的报酬。如今连这种最基本的生存条件也要靠自己打拼才能挣得到。另外更重要的一点，这种姿态是与社会公认的评价标准相背离的，倘若一个人的见解和自信不是强大到足以与之抗衡，是极难走出这一步的。

说到这里，不能不提起苏东坡的评价。东坡是陶渊明的真正知音。他骨子里受到老庄思想深深的浸润，向往摆脱一切的桎梏，生活得洒脱适意、毫无拘限。陶诗让他感到深度的亲切和契合，对他充满艰辛困苦的贬谪生涯是一个很大的慰藉。尤其是晚年被放逐岭南时，他写下了大量的和陶诗。本来陶诗一直到唐代都不甚流传，影响有限，正是因为他的大力推举，才得到广泛的传播，今日陶的名声，基本上正是奠定于那时。苏轼评介陶渊明，千言万语，有一个词很独特醒豁：豪迈。这曾经使很多人感到不解——说他朴实、平淡、超脱，都可以，豪迈从何说起呢？苏轼到底不同于常人，坎坷的身世，给了他超逸的见解。陶诗那种彻底的率真、完全的洒脱，倘不是他有一股十分充沛的元气作为支撑，又如何能够做到？而这种痛快，不瞻前顾后，不是可以用豪迈来描绘和概括吗？真是陶的解人。

以自由为最高追求的灵魂，每个时代都会有，尽管与汲汲于名利者相比，委实显得太稀少了。毕竟，这是一块孕育了老庄思想的深厚土壤，一种高蹈远举的人格，总会在适当的时候通过某个人物获得显现，让人们惊讶和感叹，并意识到这一精神血脉的真实、悠长和生动。

一千年后的明代，袁中郎又让我们看到了这种奔放和无羁。

在富甲天下的苏州吴县（今吴中区）当县令，在别人看来是求之不得的肥差，他却感到苦不堪言，因为应酬太多，扰乱了生活和心境。那几年间的信札，不论是给友人的，还是给兄弟的，还是给亲戚的，多是叫苦不迭的抱怨。"甥自领吴令来，如披千重铁甲，不知县官之束缚人，何以如此。""上官如云，过客如雨，簿书如山，钱谷如海，朝夕趋承检点，尚恐不及，苦哉，苦哉！""弟作令备极丑态，不可名状。大约遇上官则奴，候过客则妓，治钱谷则仓老人，谕百姓则保山婆。""自入秋了，见乌纱如粪箕，青袍类败网，角带似老囚长枷，进退狼狈，实可哀怜。"他感慨："人生几日耳，长林丰草，何所不适，而自苦若是？"他对陶渊明的辞官归隐有一种感同身受的深入理解："每看陶潜，非不欲官者，非不丑贫者，但欲官之心，不胜其好适之心，丑贫之心，不胜其厌劳之心，故竟'归去来兮'，宁乞食而不悔也。"

和陶渊明相比，袁中郎似乎是从一开始就厌恶官场，未见他有过什么屈辱的经历，也未见有过从向往到幻灭的过程。摆脱官场束缚、满足向往自由的意愿，这种渴望，始终在他心中激荡。

为此他屡次给上级递交申请书，要求辞去官职，返归自由。因为他在知县任上干得不错，人也是清官，得到上司赏识，百姓拥戴，因此被一再挽留。但他去意已定，连续七次上书坚辞，方得获准。终于如愿以偿了，他的欢快之情溢于言表。"败却铁网，打破铜枷，走出刀山剑树，跳入清凉佛土，快活不可言，不可言。投冠数日，愈觉无官之妙。""乍脱宦网，如游鳞纵壑，倦鸟还山"，他纵情山水，快乐无比，"湖水可以当药，青山可以健脾，逍遥林莽，欹枕岩壑，便不知省却多少参苓丸子矣"。和陶渊明一样，田园、大自然，完全就是自由的代名词。此时他忆起昔日不得自由的仕宦生涯，大有早知今日何必当初的感慨，甚至连入仕前的科举攻读都认为是个误会，予以彻底否定："不唯悔当初无端出宰，且悔当日好好坐在家中，波波吒吒，觅甚么鸟举人进士也。"

若是比较陶渊明和袁中郎的精神境界、文学成就、历史影响，当然有高下之分、厚薄之别、大小之异。陶渊明浩荡如原野上的风，袁中郎灵秀如山间的小溪。陶渊明质朴本真，袁则多少有几分造作的文人气。陶渊明对大自然是彻底融入，物我一体，浑然无间，袁更多是将自然当作品赏把玩的对象，主体客体之间的分野是明显可感的。陶渊明让人想到真山真水，袁则处处显示出盆景般的精巧细致。归田后，陶渊明完全靠自己的稼穑劳作过活，袁中郎出身官宦世家，祖父官至巡抚，是省部级的高官，这样的家庭条件，即便他辞职后没有收入，也不至于有冻馁之虞。放在历史的大背景上来看两人，陶渊明的身影投射在其后的整部中国文学史的篇页中，其影响至大至宏，袁中郎和以其为领袖的公安派文学，尽管也给有明一代的文坛吹进了一股清新的气息，但就其格局气象而言，却难以在文学史长卷中占据显要的位置。

但两人之间也有一个共同之处，一个最大的公约数，那就是都淡漠于世俗事功，对某类社会公认的价值、对人人孜孜矻矻梦寐以求的东西不以为然，甚至是公开表示蔑视。这在当时当然是与社会氛围格格不入的，在今天又何尝不是如此？西哲有言"太阳底下无新事"，不仅仅指的是盛衰成坏的轮回不已、离合悲欢的反复搬演，也指价值取向上的守恒不变。无论什么时代，获取成功都是社会大众普遍认同的主流价值，不管这种成功体现在官位上、商业上还是其他方面。

对陶渊明辞官不做的举动，古今以来一直有人不以为然，说他们这是只顾个人适意，漠视和放弃对社会应该承担的责任义务云云。这个说法乍看仿佛有理，实则似是而非。且不说陶渊明是有抱负的，"少时壮且厉，抚剑独行游"（《拟古九首》），"猛志逸四海，骞翮思远翥"（《杂诗》），有干一份大事业的雄心壮志，只是当时社会的黑暗，特别是严格讲究出身和等级的门阀制度，让并非出身于豪门世族家庭的他无法施展自己的抱负。这种情况下，回归田园，过一种让自己感到惬意的生活，至少是守护了生命的完整，为生命做主。生命何其短暂，直如电光石火、白驹过隙，早在陶渊明之前的《古诗十九首》的时代，诗人们就发出过那么多的感慨——"浩浩阴阳移，年命如朝露"，"人生忽如寄，寿无金石固"……与其等待渺茫的希望，俟河之清，不如重新选择一条可能的路途。后退一步，眼前反而展开了一个更开阔的空间。

而且，人们通常所说的建功立业，基本上指的也是那种外在的事功，它们并不应该被当作衡量一个人的价值的唯一标准。一个社会，需要有人施以良治，有人致君尧舜，有人开疆守土，所以，那些英明君王，那些辅弼良臣，那些威猛将军，理应获得尊崇和颂扬。但同时，一个民族的精神世界，也需要有人来呵护和养育。从民族灵魂的生成的角度来看，这也是一项丰功伟业，关涉千秋万代，其重要性丝毫不弱于前者。

陶渊明和袁中郎，做的便是这样的事情。

他们让人的灵魂和山川草木的精神相交流，让心跳的声音应和着大自然的脉搏，与宇宙万物达成一种和谐，也因此使得人更能够贴近自己的原初本性。他们最突出的贡献，是给中国人的心灵世界中增添了许多新的意味，是让心灵收放自如、不为外在的东西所羁绊，是对于大自然的美的沉浸和迷醉。他们的思想和文章，为中国文学乃至中国文化添加了一种独特的品质，一种奇异的声音、色彩和姿态。中国文学缺少了他们，肯定是不完整的、缺少均衡的。不像其他事功表现得那么明显，他们的影响是长远的，作用是渐渐显示的，可以历经多少个世代，在潜移默化中，滋润和养护千万颗心灵，进而塑造一个民族的精神世界——如果从这个方面着眼，就能够更深入地认识到他们的价值。

但写到这里，忽然又有一些踌躇。

这样谈论和评价他们，其实仍然是从事功的角度着眼，仍然不脱人要有所成就的逻辑思路。也许这样想会更恰当：他们在后世所造成的不亚于任何伟业的巨大影响，并非他们的初衷，而是自然产生的。对他们而言,这样做只是因为适意,就像是花朵要开放一样自然。他们听从内心的呼唤,过一种顺乎本性的生活,使得自己的生命摆脱束缚获得解放。虽然清贫甚至经常遭遇困窘,但比起那些位高权重、过着富足甚至豪奢的生活,但却每天如履薄冰、精神高度紧张的人,或者以屈辱自己的人格换来某种利益的人而言,他们自有一种难以言传的幸福感。做任何事情都要付出代价,关键是他是否认为值得,而这又取决于他对生命意义、生命价值如何理解。陶渊明选择了亲近自然。他们使自己的心灵获得解放的同时,更是把一种人生美学播撒到了众多灵魂中。这个过程,也并非他们主动和有意的,而是因为它们实在是太精妙太美好,无法不传播开来。桃李不言,下自成蹊。

因为这点,他们的人格和作品才会有这样永恒的魅力,经历上千年而流布不息,为一代代人们传诵不已。出于同样的理由,对他们的敬仰和赞美,也将一直地持续下去,天长地久。

王子与玫瑰

从前，有一个孤独的小王子，他住的那颗星球只比他大一丁点儿，他很想找个朋友。于是，他离开自己的星球，降落到地球上。在长时间穿行沙漠、岩石和雪地之后，他遇到一只狐狸……

不用说，这是一个童话。

这是一个颇有名的童话，法国飞行员作家圣埃克苏佩里的《小王子》。也并不是仅仅有狐狸，还有蛇，有绵羊，有猴面包树，有困在沙漠中的飞行员，有小王子依次拜访过的好几个小小的星球上的稀奇古怪的人物——一个没有臣民的国王、一个自吹自擂的家伙、一个酒鬼、一个忙着计算星星的数目以据为己有的商人等。每个人都够说上半天的，都能让你笑出声来。比如，在好虚荣的人的星球上，他建议来访的小王子"拿你的这只手去拍那只手"，然后，他很谦虚地脱帽行礼。你不由得会想：这说的是谁呢，怎么都那样熟悉，就好像身边时常会碰到的某些人？

可是，读着读着，你的笑容收敛了。分明有一种柔软的、温暖的、流质的东西来到你的胸中，久久不肯离去。你有点儿想哭。

这一切全都因为玫瑰。

在小王子居住的星球上，有一朵孤零零的小花，仅此一朵。不知她是从一颗来自何处的种子发芽长出的，但她确实绽放得光彩夺目。她用自己的娇憨、任性、狡黠，弄得小王子又快乐又苦恼。小王子在地球上的一个花园里，看到这种花儿之后，才知道她的名字：玫瑰。他目瞪口呆了：他的玫瑰曾经告诉他，在全世界，她是这种花儿的唯一的一株。可是在这么一个花园里，就有五千株和她一模一样的花儿！他不由得有些伤心。

正是在这时候，狐狸出现了。

狐狸像一位循循善诱的哲学家。它发表了一通需要和不需要、相似和唯一的见解。它认为，"对我说来，你和成百上千的小男孩完全一样。我不需要你。而且你也不需要我。对你而言，我和成百上千的狐狸毫无两样。但是，假如你使我驯顺了，我们二者彼此之间就互相依恋了。对我来说你在这世界上是唯一的。对你说来我在这世界上也是唯一的……"

这番话里，关键是"驯顺"这个概念。按狐狸的说法，叫作"创造联系"。

狐狸使小王子明白了，他的那朵花确实是独一无二的。因为他和她，也只和她有着联系。所以，"她比你们所有的花总合起来还要重要得多。因为我给她浇水。因为我把她罩在玻璃罩子里面。因为我用屏风把她保护起来。因为我是为了她才杀死那些毛毛虫的。因为是我在谛听她倾诉哀愁，或是自夸自赞，或是有时甚至一声不吭。因为她是我的玫瑰。"

街上行人如织，交肩接踵，但又相向漠然，如汛期过后河滩上的石头。"地上的人群像天上的星星一样拥挤，天上的星星像地上的人群一样疏远。"比大多数流行歌曲高明，这句歌词难得地达到了一种洞察的深度。那些陌生而冷漠的面孔在眼前飘过去，和深秋时节飘旋的落叶有什么区别？顶多，某张年轻俊俏的面容让脖颈扭动一些角度，让瞳孔里的映象延长若干秒钟。也就是这些了。但每张脸都是一台信号仪，都发射也接收着属于自己的信息。他或者她都知道自己正在挂念着谁，也会被谁系念。对方之于自己，自己之于对方，都是唯一的、无可替代的。

"是你为你的玫瑰所花费的时间，使你的玫瑰变得这样重要。"

是的，这是毫无疑问的。只有我们真正魂魄所系的东西，对我们才是有意义的。所以小王子才会对五千株玫瑰说，你们很美，但是你们是空虚的，你们徒有其表。因为在他和她们之间，并不曾建立起任何联系。

想起那个美丽的字眼：爱。它是情感中的情感，联系中的联系。它之美丽正由于它体现了联系的极致。可以说，只有借助于联系，它才是真实的，否则则是不可思议的，就好像说树不是从地上生长，雨不是自天空降下一样。

"狐狸不吭声了，长久地注视着小王子：'求求你……收下我，驯养我吧。'"

读到这里你心里发颤，眼眶发痒，鼻孔热辣辣的。这只和小王子一样孤独的动物，期待着心的碰撞，发出的是爱的恳求呵，你怎么能够不理会，甚至轻慢都是一种罪过。小心翼翼地照顾它、呵护它——"驯养"它吧。它的幸福，就在于你的给予中——

"我的生活平淡无奇，我觉得有点儿腻味了。但是，如果你使我驯顺了，我的生活就会充满了阳光，欢快起来。我将会听出一种与众不同的脚步声。别人的脚步声使我钻到地底下，你的呢，把我从地洞里召唤出来，有如一种乐声一般。"

人生来是孤独脆弱的，需要寻找什么东西来支撑依靠，仿佛藤萝要附于树干。借此，生活变得可以忍受，人也获得了自我确认。爱无疑最能够赋予生命这样的意义感。

"还有，你看！你看见那边的麦田了吗？我是不吃面包的。对我说来，小麦毫无用处。麦田不会唤起我的任何记忆。但是你有着一头金发。于是乎，一旦你使我驯顺了，这将变得妙不可言！金色的小麦将使我回想起你来。于是我就会爱上穿行麦浪的风声……"

想起那句宋词："记得绿罗裙，处处怜芳草。"爱到深处的人，一颗心盛不下饱胀的情感，它洋溢流布开来，便能够消弭事物间的界限，时时处处发现对方的存在。它不仅使相爱的双方心心相印，"欢喜着你的欢喜，忧愁着你的忧愁"，更可贵的是同时推及万事万物，使个人同世界发生关联。就像街头热恋中的情侣总是更易产生同情心，对老弱、病残、乞丐给予怜惜施舍。爱是个人走向他人和世界之路。

也不仅仅是两性间的情爱，联系的含义远为开阔。我们赤裸裸而来，又赤裸裸而去。我们如何确证自己曾经存在过，曾经和这个世界发生过关联？当血肉之躯被时光之镰轻易割取，到哪里寻找它的呼吸歌哭的痕迹？相对易坏的肉身，古人提出德行、事功、著述"三不朽"，不失为一种较为妥帖牢靠的尺度。规定了我们本质的，正是我们与之产生深刻关系的事物。当全部身心存在的意义仅仅因某个对象而呈现时，我们无疑也附着其上、融入其间了。对这种成为个体存在的依据的、最高程度上的联系，是完全可以用爱来加以定义的。

自然，那些守财奴、权力欲、色情狂乃至病态的嗜痂者，若用同一个字形容他的爱好，你也无可奈何。这是汉语的暧昧。但好在这不是一个需要费力才能分清的问题。

一旦真正爱了，再没有什么更能令爱者倾心。

后来，小王子遇到了因机械故障被困在大沙漠中的飞行员。他请求他画一张绵羊，来陪伴他的小伙伴——小小的星球上实在是太寂寞了！飞行员画了。但后来小王子得知，吃草的绵羊也可能吃花，他坐不住了，问这问那。飞行员正忙着修飞机，有些心不在焉。小王子生气了。

"难道绵羊和花儿之间的战争不是重要的事情吗？若是有谁爱的那朵花，是在千百万颗星星中存在着的唯一的样品，那当他看到花儿的时候，他自然感到无限幸福。他对自己讲：'我的花在那边的什么地方呢……'但是如果绵羊吃了花儿，对他来说，那就如同所有的星星顷刻都熄灭了！难道这还不严重吗？"小王子说不下去了，恸哭失声。

飞行员赶忙安慰他，答应给绵羊画上一个嘴笼，这样，它就吃不到花了。

飞行员被深深地感动了，"因为他对一朵花儿的忠贞，因为那朵玫瑰的形象"。我们可曾有过那样的时刻，为一个人寝食不安，恨不得全身心地去缠绕、呵护、抚爱，和他或她同呼吸、并冷暖、共歌哭？如果回答是忐忑的、闪烁的，则应当警觉：我们还不够纯正，生命和情感中还有太多的杂质尚待祛除。

"上邪！我欲与君相知，长命无绝衰。山无陵，江水为竭，冬雷震震，夏雨雪，天地合，乃敢与君绝。"汉代一个女子的爱情誓言，为那种感情给出了形象的阐释，也给所有的爱者树立了标高。她担当了那份炽烈，也准备担当可能会有的千难万险。

这样，我们便一步步接近核心了——爱是一种联系，但更要紧的是要"创造联系"。

联系不是天然生成的，而是要靠后天培养的。它归根到底是一种主动的投入。也许，有罗曼蒂克的一见钟情，四目相对时产生触电般的感觉，很快泛滥成淹没一切的热情，当事人仿佛罹患热病，行事举措再也由不得自己。但这种每每被赞美称羡的神秘情愫，究其实是过分虚幻、肤浅和易于磨损了，生灭都在转瞬之间，如同夏日雷雨天满地的水泡。一旦从形相的或自造的幻影中撤身，一颗曾经热极的心会即刻堕入冰凉。即便有少数功德圆满的，也必定是另有依恃。因为一种坚实的感情不大可能是戏剧性的，它们充其量只是一个不坏的开端。要指望修得正果，就需用你的才情尤其是耐心，一点点去培植它，去看着它在几乎不知不觉中成长。

"必须很有耐心，"狐狸对小王子解说驯顺之路，"你先坐在草地上离我稍远一点的地方。我从眼角瞧你，你什么话也别说。可是，每天，你可以越来越坐得靠近我一些……"

可见的位移后，是不可见的心的靠近。两极接通时，迸出的火花就叫爱。它们大概离不开在某个亮灯的窗口外长久地踟蹰，离不开默默而长久的念想，它在多少年中和几天里一样。但也不一定非是距离的贴近，心有独特的衡量标尺。相距咫尺尽可以仿佛天涯，而遥隔万里亦能够如同比邻。关键是是否真正建立起了联系。

但有一点是确凿的、不可或缺的、寓于一切方式之中的，这就是"交付"。只有以它为基石，联系的楼厦才能搭建起来。狐狸说："比方说，你在下午四点来，从三点钟开始我就感到快乐了。会面时间越临近，我越发感到欢快。四点的时候我已经开始激动不安了，我将要发现的是幸福的代价！"只有首先交付，应答才是可能的。

可惜，这个方面有着太多的迷误。我们渴望被爱，却不明白它是互动的。相对献出，我们更熟悉的恐怕是索取。我们像商人一样掂斤播两、投桃报李，唯恐吃亏。殊不知在这个方面精于算计的话，也就拆散了那条最柔软的维系之绳。爱在本质上是将自身纳入他人。你便是世界、便是神明、便是我生死以之的一切。我因你的每一次痛苦、欢乐而战栗，我甘愿放弃自己。古希腊哲学家苏格拉底说过：真正值得赞颂的是追求者，而非被追求者，神是在追求者那里的。爱是最难诉诸言辞的、行动的哲学。许多大声叫喊的人，其实离爱最远。正像集市上，叫卖最起劲的人，货物往往最差。

　　小王子将狐狸"驯养"了。这时他也明白了，他和他的那株玫瑰之间，原来早已是互相驯顺了。他比平时更清楚地认识到，她的幸福依仗他。狐狸说得好："对于所有你使之驯顺了的东西，你是有责任的。你要对你的玫瑰尽责……"

　　小王子要回到原来的星球上去。"你知道……我的花儿……我要对她尽责啊！她又是那样娇弱无力！还有她是那样单纯天真。她只有四根毫无用处的刺来保护她对付全世界……"

　　爱就是责任。

　　小王子的所思所想，所作所为，都是在宣告和实施这个命题。它并不新鲜，但体现在小王子对玫瑰的系念中，却是那样真实、生动，有一种震撼人心的东西。爱就是责任。担当这种责任，就是要时时刻刻付出关怀和牵挂。唯有这种关怀才能够验证这种感情。否则，爱岂不是太容易了？

　　爱的领地无边无际。弱水三千，每个人都只取其一瓢。对小王子，是挂系他的玫瑰，对我们呢？它难道不是儿女牵挂患病的母亲，不是母亲思念远行的游子，不是想分担所爱的人的一切、"欢喜着你的欢喜，忧愁着你的忧愁"，不是看到你一向珍视的信念被人诋毁亵渎所感到的愤慨和拍案而起——不是所有这一切中我们的关切、焦灼、悲欣交集、心甘情愿的自我舍弃，和历经千辛万苦终于遂愿时所感到的喜悦和幸福吗？

只有爱着，人才像一个人，爱将人提升了。再平凡的行为，只要它是来自爱的策动，便都是和神的约定。尽管水仅一瓢，里面却有大江的律动。那些无所爱的人实在是最可怜的。他逃脱了责任，但这样一来，他也自逐于大野茫茫之中，仿佛无根孤蓬随风飘摇。生命之轻亦不堪承受。

凭着这点，我们还能够很容易地辨别真爱者和扮爱者。对于后者，责任是个躲避唯恐不及的东西，仅仅是想到这点就使他们蹙眉。它仿佛他们贪慕的肉体上的一根芒刺，在猎欢的过程中刺痛他们，败坏兴致。他们恨不得埋葬这个词，使其万劫不复，但显然无力做到，于是便玩弄起所谓消解的把戏，努力使人相信它其实当不得真，也使自己更加心安理得些。结果，他们将爱变成了一场骗局、一种心智和肉体的练兵场，使之散发出一种腐臭的气息。

当这样的人在另外的场合侈谈爱的意义时，你如何能相信他？

于是，在降落地球一周年之后，为了他的玫瑰，小王子义无反顾踏上回返的路。他煞费苦心，说服毒蛇咬自己，当躯体訇然倒地时，他就摆脱了重量的羁绊，飞走了。这是多么壮烈的牺牲！他将生命献身给玫瑰，也把一个启示留给我们——爱的极端处、责任的巅峰状态，是与献身牺牲为邻的。

然而，能够真正理解这一点的屈指可数。

我们还要在误区中陷溺多久？爱是一支小夜曲，是在黄昏花园漫步时的心旷神怡，是感官的适意，是享受、甜蜜等的同义词——所有那些言情小说和三流影视都在如此这般喋喋不休，奇怪的是人们却相信。倒也无须特别指责他们。尽管是被夸大被模式化了，但爱中确有它们的存在。对小王子，是玫瑰花开放时的光彩夺目，是她的芳香，是他看到嗅到它们时的愉悦。对我们，则也许是恋人的一个眼神、孩子的一个笑靥。这样的瞬间是生活的花朵。

但这远远不是全部。它并不是实质，甚至不是中心。对于神，这样的时刻只是他的试炼的序幕。在提供一点小小的甜头之后，紧接着，他要领受他的赏赐的对象证实自己当得起这种赐予，或者相反。和自然界的规律相符合，用以试炼的材料是些相反的东西，正如用高压制造钻石，用高温烧炼精瓷。对合格者，他加倍赏赐，不合格的，则全部索回。在这样的汰选中，他一步步将人的目光引向高处。

爱的制高点——多少人泫然而骇然了。

那是一条发端自山脚平畴绿野的山路，开始时两边花木可人，流水潺潺，风和日丽。麇集的登山者摩拳擦掌，都想拔取头筹。

随着攀爬，山径渐渐狭窄蜿蜒，跌滑不堪。越到高处，山路越发险峻，出现了断崖绝壁，毒虫当道。也不复是和风习习，时而淫雨霏霏，时而阴风骤至。不时有人颠踬，有人落伍，有人叹息，有人止步。最后，在漫长的跋涉后，只有很少的人攀上峰巅。

胜者的面目逐渐清晰了。最前面的是爱情的强者，一些平凡而伟大的女性，她们的整个生命为爱而燃烧，直到耗尽自己，訇然倒地。这里有千里寻夫的孟姜女，把十二个月的思念织进寒衣，刻在一路趔趄的脚印里。这里还有俄国十二月党人的妻子们，甘愿放弃莫斯科和彼得堡的贵族生活，跟随丈夫到遥远荒凉的西伯利亚服苦役。漫长泥泞的驿道，肆虐弥漫的暴风雪，疾病和死神无时不在觊觎。这也是《日瓦戈医生》中的女主人公拉拉对分别多年的、身为红军军官的丈夫安季波夫的感情——如果在世界的尽头再次闪现他们共同居住过的房子，哪怕从天边，她爬也要爬到那儿。这还是那个荒谬年代的无数妻子们的牺牲——从"反右"到"文革"，她们的爱弥合了多少伤口，支撑了多少即将断裂的生命。这种沉重的压力由女性柔弱的肩膀来担当，尤为决绝悲壮，令人动容。

在领受花冠者的行列中，我们更发现了声震遐迩的人物。他们出现在这个殉情的处所，开始未免让观者诧然，但紧接着就疑虑尽释了：爱之路上，并非只有情爱一条辙印。这是一些更为强悍博大、特异卓绝的生命，两性间的爱对之过于局促了，他们满溢的情感要投向更为广阔、久远的所在。屈原自沉江潭、谭嗣同慷慨赴死、女杰张志新将带血的头颅从容交出，在扩散的波纹中，在喷溅的热血里，他们和所爱——社稷、民族、真理——牢固地结合了，他们用生命为爱确立了标高，使人想到杰出俄国思想家别尔嘉耶夫的著作《俄罗斯思想》中的一段话："俄国革命者中最优秀的人物都赞同尘世生活应以迫害、贫困、监狱、流放、苦役、死刑为基础，不能期待另外的、彼岸的生活。"正是一般人无法感知的、深厚丰沛的爱，给了他们大无畏的勇气。

聚集在峰巅的大爱者脚步踉跄，伤痕累累，嘘气成云，品尝着从心底涌流出的、不足与外人道的甘美。他们面貌各异，他们的所爱有着不同的名字。但在其最深处，都抱守着同样的内核。他们都是以生命殉一样东西。在神的尺度里，它们的区别只是相对的。

从山顶下瞰，遥遥的远处有许多茕茕孑立的身影。在这场需要虔敬远胜过角力的竞赛中，他们是败北者。他们尽管也羡慕得胜者，却或者脚力不逮，更多由于信心不足、走不动了或者中途放弃了。犹豫、怯懦、自私的算计如同沙包一样坠住他们的步子，把他们拖入孤独之域，只怕终其一生也不能突围。至于那些玩爱者，不在视野之内，他们从开始就未打算参加。

这篇童话的作者，圣埃克苏佩里，不但在其一系列作品中揄扬"人的真理在于使其成为一个人"，更是一名伟大的践行者。他短暂的一生充满传奇色彩，是在飞向未被开发的领域、开辟新航线、冒险和抢险中度过的，最终在纳粹占领区上空驾机执行侦察任务时英勇捐躯，将名字镌刻在天上。像他笔下的小王子，他以生命殉其所爱——正义、和平、人的大写。这是他的玫瑰。

血管里流出的是血。 他的关怀和想望，规定了他的行动的思索，以及这种行动的方向，都浓缩和体现在他笔下的小主人公身上了。这使得这篇童话最终更接近一个寓言。

我们，不是也应该有自己的玫瑰吗？我们准备好为她献身吗？准备好在必要时用我们的汗水甚至鲜血浇灌她吗？

路漫漫其修远兮。这是一门重要的、有待学习的课程，我们还差得太远。

读安徒生

"公路上有一个兵在开步走——一,二!一,二!……"

我在给一个六七岁的小客人讲故事,准确地说是念故事。我手里捏着一册薄薄的小书,照本宣科地读着。

"我知道,这是安徒生爷爷的童话,他是外国人!"小男孩兴奋地大叫,打断了我的话,小脸涨得通红。我仿佛看到了二十年前的自己,在小学课堂上,高高地举着手,热切盼望着老师点自己的名,然后起身做出一个漂亮的回答。

是的,正是安徒生。这本书是他的十六册童话中译本的第一册,这个故事正是第一册中的第一篇,而这句话,则是第一篇里的第一句。这篇童话名叫"打火匣"。

"哟,真不简单!你还知道什么呀?"

"好多呢,妈妈给我讲的!"小男孩更加洋洋得意了,"还有

《丑小鸭》，还有《皇帝的新衣》，还有《拇指姑娘》……好多好多呢，叔叔！"

小男孩眼睛睁得大大的，黑黑的瞳子里浮现出梦幻般的色彩。这种奇异的神情我再熟悉不过了，随时可以从男孩子和女孩子们的脸上找到，只要对他们提起安徒生。

那个身材瘦削、颧骨高高、脸上总是挂着沉静羞涩的微笑的作家，他的那管鹅毛笔该是充满魔力的神物吧，像他的故事里的会说话的八音盒、会跳舞的小玩偶一样？只能比它们更奇妙、更法力无边才是，因为它们都是它创造出来的。墨水从笔尖淌出，落到洁白的纸上，一个陌生、神奇的世界便诞生了。那是精灵和小鬼头们的世界，迷人、怪异、不可思议，然而孩子们相信，并怀着隐秘的欢喜阅读它。

读读这样一些句子吧，不论是谁，只要他对语言的魅力不是过分迟钝，他一定会微笑的——

"你大概知道，在中国，皇帝是一个中国人，他周围的人也是中国人。"

多么天真无邪。这样的文字，只能出自对孩子熟悉到仿佛自己就是儿童的人笔下。这是《夜莺》。

"他打开第一扇门。哎呀！那儿坐着一只狗，它的眼睛有茶杯那么大……于是他走进第二个房间。哎呀！这儿坐着一只狗，它的眼睛大得简直像一对水车轮……随后他又走进第三个房间。乖乖，这可真有点吓人！这儿一只狗的两个眼睛真有圆塔那么大！……"

喜爱夸张是童年的天性。在孩子的小小心眼中，诱惑天然地是同变形连接着的。小时候，谁不曾觉得屋后的小山包是天底下最高的地方，谁不曾骄傲地认定自己的父亲是全世界本事最大的人？因此一定能猜测出孩子们读到这段文字时的情形了。这是前面说到的《打火匣》。

还有《妖山》里的那一大段描写：

"女妖们已经跳起舞来了，披着雾气和月光织成的披肩……地板已经用月光洗过了，墙壁都用巫婆的蜡油擦过……厨房里满是烤青蛙，塞满了小孩指头的蛇皮，用毒菌籽、湿漉漉的老鼠鼻子和毒人参做的凉拌菜……还有用来磕着玩儿的锈钉子和彩色碎玻璃……"

与这段文字显露的惊人的想象力相比，今天占据了大部分儿童电视和连环画册的变形金刚、机器猫、太空超人之类，通通黯然失色了。密不透风的工作间里程式化的制作，怎能比得过有真实的月光、湖沼和森林作为背景的灵魂的梦想？这是原野的树木同客厅里的盆景的区别。

在我们生活的世界之外，还有着一个世界。一个名叫哈·阿顿的美国人这样写道："你可以通过各种各样的方式进入这个世界。比方说，你可以一个倒栽葱，跌跌撞撞地掉进兔子窝，或者攀着一根豆藤往上爬，或者骑着堪萨斯州的旋风飞越斑斓的彩虹，再不然，你就翻开汉斯·克里斯汀·安徒生的童话吧。"这段话堪称生动地概括了安徒生童话的梦幻色彩。

安徒生就这样走进千千万万孩子的生活中。孩子长大了，做了父母，到了某一天，他们的孩子也会为同一个故事迷醉。一百多年来，这在很大程度上已成为一件循环不已的事情。如果没有洞见儿童心理的奇特眼光，没有建立在这种基础之上的巨大的想象才华，以及既亲切幽默又意味深长的独特口吻，这样的情形是不可想象的。

但这些就是他的童话魅力的全部奥秘吗？

与人们寻常的理解不同，在对训诫作用的要求方面，童话并不比其他体裁来得弱，因为它被赋予了某些启蒙的功能。"从前有只小羊到河边喝水，一只狼走上前来，恶狠狠地说……"这样的故事通常总是归结出某种寓意。相比之下，故事的表述方式在多数情况下并不被看重。只有到了安徒生那里，它们才得到充分而集中的提升，获得了诗的美丽气质。然而所有这些仍然是为了更生动、更有力地表达出具体的内在含义。至少在大多数的、由他创作而非搜集整理的故事中，这一点是被强化了的。

时光证明，他得到了所追求的东西。今天，提到他的名篇《皇帝的新衣》，人们马上会想到帝王的愚蠢和大臣们的谄媚，宫廷生活的浮华和虚伪；《牧猪人》则嘲笑了唯利是图，与《恋人》一篇中对一只小球的虚荣心的挖苦一样，都是对人性中的弱点的善意讥讽。而另外更多的篇章中，则充满了明朗的思想。像《三只小猪》，说明善于用智远胜过凭借蛮力，像《老头子做的事总是对的》，揭示了相互的信赖谅解正是快乐生活的前提。这些思想借助通俗生动的故事进入孩子们童稚的心灵，帮助他们建立起对于这个世界的最初认识，也使他们的父母思索自己曾经历过的生活。

"我采用一个适合成年人的想法，"安徒生写道，"然后把它说给孩子们听，同时记住父亲和母亲也在旁边听，得给他们一点东西，让他们想想。"

读过安徒生童话的人，没有谁能够忘记那篇《丑小鸭》。这个动人的故事寓意深刻。在经受了那么多不幸和苦难之后，一只粗笨丑陋人人讨厌的鸭子变成了美丽的白天鹅，梦想中的幸福在向他招手。萦绕全篇的淡淡伤感的笔调，终于被结尾时满纸洋溢的欢快冲散。这个故事如此有名，以至"丑小鸭"已作为极富表现力的比喻，在不同的语言中植下根，被屡屡引用。

一般认为，这是一篇自传性的作品。借助这个形象，安徒生写出了自己的经历、他的梦想和期望、坎坷和荣辱。这位丹麦奥登塞小镇上贫穷鞋匠和洗衣妇的儿子，通过艰难而顽强的个人奋斗，终于取得了令世人瞩目的成就。成功是甘美的。"他感到太幸福了，但他一点儿也不骄傲，因为一颗好的心是永远也不会骄傲的。"这也正是安徒生的本质，热诚而谦逊。"只要你是天鹅蛋，就是生在养鸡场里也没有什么关系。"这句话里有安徒生对自身力量的确信，或者更确切些，是对人的力量的确信。他写的是鸟兽草木，所要映照的却是人的世界中的声色形相。

这样，我们就开启了一扇窥测安徒生童话国度的窗口。许多篇章，尤其是早年的作品，文字间正是缭绕着这样一种明朗的思想。

在《海的女儿》中，对人的讴歌达到那样的高度，人被描写得那么庄严、那么高贵、那么美丽，有些段落读后不禁有种仰视天穹般的泫然之感。"海的女儿"，美丽的小人鱼公主，爱上了"上层世界"即人的世界里的王子，在无望的思念中忍受熬煎。她爱上的其实是人的生活，因为"人类有一个灵魂"。人的生活、人的世界，在她看来就是至高的、永恒的幸福。小人鱼甘愿牺牲自己，"只要我能够变成人，可以进入天上的世界，哪怕在那儿只活一天，我都愿意放弃我在这儿所能活的几百岁的生命"。为了获得王子的爱情和一颗人的灵魂，她喝下了巫婆熬制的魔药，忍受着嘹亮的歌喉变哑、美丽的尾巴被劈作两半的剧烈痛苦，以求得到人的形体。牺牲堪称惨烈，梦想却并未成真，她从波涛深处救起的王子和别的姑娘结婚了，小人鱼的心都碎裂了，但她丝毫不后悔自己的选择。她自此全心献身于善行，这样，在三百年以后，就可以为自己创造出一个不灭的灵魂，从而升入她理想中的天国——人的世界了。

如今，海的女儿人鱼姑娘的塑像已成为丹麦的象征。日复一日，她侧身坐在哥本哈根海边的一块岩石上，眺望着海面，迎送千帆过尽、涛生云涌。她可曾望见过她热恋的王子？她依然怀着对人的一腔热爱吗？

在安徒生早期的童话作品中，到处可以发现这样明亮恢宏的思想，它们都根植于对人的信念，文字间轻快活泼的想象也正适宜于使这些观念得到播扬。因为他热爱人，他就热情地歌颂人应具有的优良品质，像勤劳、勇敢、坚强的毅力、牺牲的精神、克服困难的决心等，像《野天鹅》中的艾丽莎，像《拇指姑娘》里的拇指姑娘，就是他理想中的人的缩影。即便在《皇帝的新衣》中，对统治者愚蠢的揭露也旨在衬照民众的智慧。在安徒生看来，人的优秀本质正是寄托在这些普通的劳动者身上的。

这些文字仿佛一面镜子，很容易映现出作者当时的心境。1835年，三十岁的安徒生已在文坛取得相当的成功，他的诗和小说出版后受到好评，他的剧本在皇家剧院上演。这时他决定转向童话创作。这在别人颇感突然和意外，在他却是经过深思熟虑的。"我要争取未来的一代"，他在写给一位朋友的信中说。他要把这种对于人的信念传授给孩子们，他们代表着明天的生活，光明美好的未来将从他们手中产生。这些，一定是他决定献身童话的初衷。

这一阶段有十年之久。十年里，他手不停笔，几乎每年一册。它们好像春夏之时的天空，明媚、亮丽，又像一系列欢快谐谑的曲子，心灵的憧憬和希望从文字间跳荡欲出……作为故事的背景，安徒生站立在草丛树冠水妖湖怪们之间，沉静地朝着人们微笑。

可是，有一天，敏感的人们发现，这孩子般纯真的笑容蒙上了一道阴影。那只仿佛他的故事中的夜莺似的、总是流泻着欢乐美丽的音符的歌喉，几时起渐渐变得低沉了，而且时常听到一声沉重的叹息。

最早读到这一点，是在他的著名的《卖火柴的小女孩》中。从贫苦中走来的安徒生，自然不会不清楚穷苦人生活境况的悲惨。

看到那个可怜的小姑娘在除夕夜的风雪和寒冷中冻饿交加、瑟瑟发抖时，谁能不鼻腔酸楚、喉咙哽咽？借助这个难忘的形象，安徒生为挣扎在底层的不幸的人们一掬同情之泪。故事结尾，那个小女孩死去了，死前，在火柴的光亮里，小姑娘看到她的已经死去的老祖母、世界上唯一待她好的人，出现在眼前，把她搂在怀里，"她们两人在光明和快乐中飞走了，越飞越高，飞到既没有寒冷，也没有饥饿，也没有忧愁的地方去了——她们是跟上帝在一起！"

当地上没有路时，便只有把目光投向天国——安徒生用这个理想来安慰读者，也安慰自己。

阅世越深，安徒生目睹的苦难越来越多。他开始怀疑，人单单靠自己能否获得幸福。这种疑惑促使他将目光投向上帝。上帝不会无视人们受苦受难而不伸出援助之手的，因为他就是爱的化身，他的仁慈广阔无边，只要真心信仰上帝，总有一天，幸福会降临在你面前！这点，可以说正是安徒生长久以来所坚信的，不论是当初苦苦奋斗的时候，还是后来面对掌声和花束的时候。因此，这篇故事尽管很凄凉，但尚没有冰冷彻骨的感觉，而是依然沁出一缕暖意——他让小女孩的灵魂升入天国。这显然是一种自我安慰，但能支撑这样的幻象，却实在要有足够的热力和诚笃。安徒生揭开了苦难的一角帷幕，然而又努力用微笑去冲淡它的愁惨。他以极大的热情和虔诚，在许多作品中赞美上帝之爱的动人，相信上帝会拯救受苦受难的人们。

直到有一天，他开始怀疑自己的笑容。

这个过程漫长而不易察觉。那是一种悄悄的生长、一种逐渐的侵蚀、一种像日子一样的累积。变化在心中展开，造成它的是现实生活的材料。它们缓缓地磨砺他，他终于觉出疼痛和疲倦了。

安徒生的童话创作一般被分做三个时期。第一个时期的也就是"讲给孩子们听的故事"，是在他三十岁到四十岁之间写成的，想象丰富、故事生动、语言活泼、诗意浓厚是它们突出的艺术特征。这一点，我们在《丑小鸭》、《打火匣》、《海的女儿》等中都已见识过了。四十岁以后，他开始写一种他所谓的"新的童话"，其实读来倒似乎有些"旧"。浪漫成分减少了，代之以对现实生活的更为直接的描写，像《卖火柴的小女孩》。又过了七八年，他干脆把他的新的创作称作"故事"。它们直接刻画现实的色调更浓重了，虽然与一般的小说相比，仍然保有某些童话的特色和幻想。

他的后期作品常常被人们忽视，这是不应该的。这会遮蔽甚至割裂一个生命的完整性。无疑，早期童话中无与伦比的才华奠定了他的名声，但后期的故事却让人看到他的情的厚度和思的深度。由于它们系连着的是一个生命在最成熟时期对生活的感悟，便更能够揭示本质。安徒生的所有创作都基于对人的瞻望，在长达数十年的热切注视后，他最终发现的却是人在命运面前的无能为力，尽管他已耗尽全部的心智和气力。

《柳树下的梦》，一个愿望得不到满足的忧伤的故事。获得童年时的伙伴约翰妮的爱，是小鞋匠克努得最炽热的梦想。远在他们的儿时，从卖蜜糕的人那儿听到的、一对羞涩的姜饼恋人的故事，让他得到启发——如果你想得到什么结果，就应该说出来才是。然而热烈的追求并没有得到响应，已经成为歌唱演员的约翰妮无法回报他的爱情。地位的差异阻断了心的交流。现在，他懂得了故事中的男子为什么胸口上有一颗苦味的杏仁。他只能默默地咀嚼他的悲哀——"一个人心中所能感觉到的、最深的悲哀"。他离开祖国，在异乡四处流浪。他居住的德国小城，老柳树和开花的接骨木树的香气让他无法忍受，不得不朝更远的地方走去，因为它们勾起他痛苦的记忆，让他想起故乡的小花园、他和约翰妮度过的童年时光。他的脚步跨过莱茵河，跨越阿尔卑斯山，最后停留在意大利平原上。大山在他和他的回忆之间筑起一堵墙，而工作和时间也在慢慢抚平创伤，仿佛是上帝取去了他心中的重负。"上帝会给人勇气应付一切，只要人有这个志愿。"约翰妮为安慰他说过的话，仿佛正在得到印证。然而有一天，这种内心的平静给打破了——他在歌剧院见到了他的恋人，她光彩夺目，演出大获成功，接受着众人的欢呼崇拜。一位绅士扶着她，他们已经订婚了。克努得心上几近愈合的创伤被撕开了，他收拾行装，决定回到故乡去，回到接骨木树和柳树下去。在严冬荒野中的一棵老柳树下，疲惫患病的他睡着了。在梦境里，他和她手挽着手向教堂走去：他终于得到了她的爱情。

"这是我生命中最甜美的一个时刻！"他醒来时说道，"而这却是一个梦！上帝啊，让我再梦下去吧！"

他又重新睡去，沉浸于他的幸福中。天亮时，过路的人发现他已经被冻死了。这莫非是上帝特别的怜悯，让他在死亡中看到幸福的幻影？

现在我们来看看另一篇，《老单身汉的睡帽》。一个人凄凉的一生，被他洒在睡帽里的泪珠映现出来。我们听得见它们夺眶而出滚落到地上时的声音，多像一声声从心里流出的发问。

那个店铺老伙计老安东，因为贫穷，远离祖国德国，到丹麦的店铺谋生。异国的漫漫长夜寒冷而孤寂，他渐渐衰老了，疾病缠身，只有在回忆往事中挨过单调悠长的光阴。他曾有过的苹果花一样美丽的童年和幻想，他的夭折了的爱情，常常像针一样刺痛他的心，让他一次次流出热泪，落进睡帽里。它们凝结了那么多的辛酸，以至于谁戴上睡帽，就会梦到失恋、破产和困苦的日子。和《柳树下的梦》一样，贯穿故事的是一个无望的爱情，只有在死亡时的幻觉里，他才嗅到苹果花的香气、望见它芬芳绽放的花瓣——那是他的幸福的象征。

"这世界是多么不同啊！实际的人生跟一个人在儿时所想象的是多么不同啊！"这是从一颗伤痕累累的灵魂中发出的叹息。他默默忍受了这一切，因为他信奉"上帝的意旨总是最好的"。然而谁能不怀疑这点呢，当他经受了这样多的困苦挫折？而它们除了加快他的衰亡，又何曾给予他一点慰藉？既然如此，上帝的慈悲又在哪里呢？

一阵彻骨的寒冷，在我们心中积聚，并化作一个尖锐的疑问，寻求一个答案。

这样，我们就走进了《沙丘的故事》，它是一次全面的清算、一个最后的归纳。如果说，在前面那些篇章中，更多还是疑问的话，这里则是一种确认了。

但这是一种怎样难堪沉重的确认呵。

这个篇幅颇长的悲惨故事的开始，却展现出一幅天国花园般幸福快乐的图景。一对西班牙富有的商人家庭的新婚夫妇，拥有人世上一切美好的东西：健康和愉快的心情、财富和尊荣。"生活像一件充满了爱的、大得不可想象的礼物！"年轻的妻子由衷地赞美道，"上帝的爱是没有边际的！每个生命都会得到自己可以享受的、适宜于自己的一份幸福。"然而命运在将它的狰狞乖戾显示给人看时，是并不挑拣的。一次海难中，夫妇双双丧生，妻子在最后时刻产下一个男婴，一对渔人夫妇收养了他，给他取了个名字"雨尔根"。这孩子是应该在幸福和豪华中长大的，但是上帝却让他生在一个卑微荒凉的角落，分担着穷人的命运和艰难的日子。他长大了，学会忍受穷人的生活——饥饿、寒冷、睡眠不足、沉重的工作，还有咒骂和鞭打。来世的幸福是他唯一的向往。即使被诬陷关进监狱，他依然虔信上帝，在长达一年之久的阴暗寒冷中，它是一丝安慰的光。

事情终于查清了，雨尔根重获自由。"生命的酒并不完全是苦的，没有一个好人会对他的同类倒出这么多的苦酒，代表爱的上帝又怎么会呢？"故事这样写道。这是安徒生的愿望，无疑也是每个人的愿望。接下去，我们应该看到上帝之爱的更具体的表露了，因为这样一颗浸透了苦难而热诚如初的心，如果得不到应有的补偿，上帝还有什么存在的依据呢？他的光荣又何从体现呢？

然而回应他的憧憬的，却是更为致命的一击。为了救一位心爱的姑娘，他在冰冷的海水里挣扎到奄奄一息。恋人终于未能被救活，他的脑子也受了重伤，理智丧失了。他的生活现在只是一连串艰难的日子、痛苦和失望。"难道一切都是由命运在那儿作祟吗？不是的，对于他所受过的苦难和他所损失掉的东西，博爱的上帝一定会在来生给他报偿的。"即使命运这般超乎想象的悲惨，作者仍然试图安慰人们也安慰自己。它听来多么浮泛无力，倒更像是一个反讽。来世未可窥知，可以看清的是上帝在此地的无情、无意和无力。

结尾，一场飓风掀起沙暴，滚滚沙浪掩埋了教堂，埋葬了正在唱圣诗的雨尔根。它意味深长——上帝抛弃了这个孤苦无告的灵魂。苦难仿佛风暴，他好像一粒微小的沙尘。死亡映出上帝的不义。

这一切终于酝酿出一个暴发。在《冰姑娘》中，借一位目睹了同伴死亡的小姑娘之口，安徒生喊出了对上帝的绝望——

"多残酷啊！"巴贝德呻吟着说，"他为什么刚刚在我们的幸福快要到来的时候死去呢？啊，上帝啊，请您解释一下吧！请您开导我的心吧！我不懂得您的用意，我在您的威力和智慧之中找不出线索！"

从这哀哀欲泣的叹息里，分明能觉出一种砭骨般的凛冽、一种风扬起雪片抽打在脸上的疼痛。它让人想起某些冬天的日子，在灰暗的天空下，飘扬的雪花闪着微茫的光。

在安徒生的作品中，冰雪和严寒常常是人的悲惨结局的背景。卖火柴的小女孩、克努得、老安东、小洛狄，都是在这样的背景下走完了他们痛苦的一生的。这固然是北欧气候的真实写照，但又何尝不可以认为，它也正是严酷无情的命运的象征？那寒冷乃是精神上的，它熄灭的是梦想、期冀，是灵魂深处那簇幽幽的生命之火。

我们多么不愿意看到这样的结论，然而无法回避。这是一个生命在苦苦追寻、在耗尽自己后得出的答案。它残酷得难以直面，但我们又必须直面。

命运的乖戾、生存的不可测知、无所不在的偶然性……它们展开了一幅人生的黯淡图景。在它的前台，我们看到一个人，左奔右突，拼命想挣脱缠绕束缚，却始终难以得到梦寐以求的解放。最终，他承认他的努力的无力与无望。他无法成为自己的主人。冥冥之中仿佛有一双看不见的手，有一股神秘的水流，他的一切其实都是受到它的操纵，被它冲击着沿了早已设定的轨道行进。它的名字就叫作命运。一切不过是它的游戏——这正是安徒生最终要告诉我们的。

对此一定会有人不以为然。他们是乐观主义者，相信历史便是通往天堂的一个过程。在他们看来，昔日和今天的一切人生的痛苦和不圆满，都将在时间长河的流湍中被化解掉，仿佛它们是某一类型的结晶体，而融化它们的水流便是种种措施、方案、制度、改良以及革命，总之，是在人的热情和智慧范围之内的，是人的创造的产物。不能说他们没有一点依据。时代的发展确实极大地改变了生活的面貌，一百多年后的今天，贫穷的丹麦已以其高福利闻名全球，她的孩子们恐怕难以理解卖火柴的小姑娘的悲剧。这些似乎都在证明他们的正确，安徒生的感叹仿佛也已经随之成为历史，成为一页尘封的文献。

但这样去理解安徒生显然过于拘泥穿凿了。它只进入了表象，而没有洞见更重要的层面。如果安徒生描写了现实的悲惨，那是他从中发现了晦暗的本质。他为受欺凌的人们洒下热泪时，也始终试图揭示出压迫的力量。他看到了人生的基本形式和永恒矛盾，它们与生活共始终，不会因为人为的努力而消失。它们更多的是在时代和政治层面以外的东西。它体现为老安东们被注定了的孤独，对幸福的永远可望而不可即，体现为雨尔根那无法躲避的厄运——总之，它们在人的力量甚至于人的认识之外，无从窥知更无法掌握，是宇宙中的盲目力量，是吞噬一切的黑洞。它们普遍而恒久。在今天，它们依旧蓬勃葳蕤，如果说有什么区别，那只是在呈现的方式上与以往不同。仅此而已。

因此我们要说，安徒生不仅是一位构筑奇妙世界的童话作家，不仅是反映社会苦难的清醒的现实主义者，他还是从根本上窥见了人的悲剧性命运的哲人。他看到了人的限度。它是在种种可能的措施、方法、手段之外的东西，超越时间和空间。正是这点使他的作品永生，我们在遥远的今天读时，仍然会被深深触动。在一个个现实层面的故事背后，他触及的是某种巨大的实质，是不同时代人们都要置身其中的困境。

这样，我们就能感同身受地理解巴贝德绝望的呻吟中蕴含的巨大哀伤。在经历了对现实人生的失望后，对上帝的信仰成为最后的防线和依凭。上帝代表了希望，代表人力之外的实现奇迹的力量。我们无法实现的，他能帮助做到。对于绝望中的人们，他使人想到溺水者努力要抓住的一段木板。然而它最终还是飘走了，险恶的水面四望茫茫。这段沉痛的话确证并宣告了人的无助，毫无依恃便是他在此世的命运。

从对人的热情讴歌，到认识了他的脆弱转而寄望于上帝，再到对上帝也失去信心，安徒生的作品展现出这样的内在逻辑。一阵寒意扑面袭来，让人顿感心力交瘁。我们多么希望不是这样，然而生活的逻辑并不依人的好恶而稍许更动。

是的，我们挣扎、忍受、梦想、追求，这一切，都是为了使生活变得更好，让痛苦和灾难无影无踪，让每个人都时时觉得自己紧紧贴近了幸福。但什么时候，我们才能真正拥有自由的感觉，才能不再受由偶然、隔膜、不可知、阴差阳错以及种种莫可名状的因素所构成的宿命的摆弄？

就像别的书籍一样，我们也会合上安徒生，也许很多年不再去翻动它。生活越来越被匆忙和繁杂塞满，一本一个多世纪前的童话书不会也不应过多让人牵神。

但对于某一些人，它会成为一种不会被过滤掉的经验，潜伏在他的意识深处。当他由憧憬而失望、沮丧、哀伤时，当他面对种种他无能为力的境遇试图思索时，它会不由自主地浮现，作为一种印证和映衬、一个尺度和一个参照系，以它无形的触摸让人感喟、思绪连绵。正如在孤寂的寒夜里侵扰老安东的回忆，它们常常像刺进肉里的尖针，使人发烧，有时还使人流出眼泪。

然而我们只能有伤感的泪水吗？为什么不能是欢喜的，幸福的？

尽管生活从来都是吝啬后一种给予的，我们看到的大部分是前者，并因此怀疑乐观论者的大包大揽，但还是愿意相信，在某个未来的日子，这样的梦想有望实现。这仿佛自相矛盾，却自有着明晰的逻辑。既然向往幸福是生命最强大的动力，便注定了他将追寻不已；而更大的安慰源自人类的生生不息，它的向着未来的无限伸展本身便提供了一种模糊的期许，一种开放的可能性，使希望不会被轻易弃置，尽管在最无望的时刻。也许，由于今天尚无法得知的神秘，一种明朗强大的力量终将降临，人类包括它的每一个个体，将会得到彻底的解放，体验到自由、舒展和强健？

在《光荣的荆棘路》中，通过对荷马、伽利略们悲惨遭遇的描述，安徒生告诉读者，"那些造福人类的善人和天才的殉道者在怎样走着荆棘路"。经历了漫长岁月，明朗的图画终于穿透黑暗的背景映现出来，他们获得了无上的光荣和尊严。今天，举目皆是的苦难也仿佛丛生的荆棘，它也会有被幸福的无边花朵覆盖的一天吗？

让我们祈祷。

阅读的季节

在今年这些难得的阴雨连绵的夏日，我用一周时间读完了托尔斯泰的《复活》。掩卷沉思，第一感受却是为当年未读而庆幸。准确地说，不是未读，而是未能读下去。上次同它面对，大约是大学二年级的时候。记得读到聂赫留朵夫下决心和女囚犯玛丝洛娃结婚，以洗涤自己的罪恶时，就再也打点不起继续阅读的兴致了。大概由于正值绮思连绵的年龄，那时大脑中的感应神经对于与浪漫爱情有关的种种信号最为敏感、最能捕捉，而在这部小说中，这些内容正集中地体现在开头的几十页里。年轻的士官生聂赫留朵夫在姑妈家的乡村别墅度假时，对侍女玛丝洛娃萌发了爱情，那是一种纯洁无邪的精神之爱，羞涩快乐，温情脉脉。三年后，他再次回来时，他的灵魂已经受到军队中兽性淫荡风气的腐蚀，对玛丝洛娃起了邪念。尽管在复活节夜晚的晨祷仪式上，目睹美丽善良的玛丝洛娃亲吻祝福一位乞丐，他的精神世界曾一度返回到纯洁无瑕的当年，但最终灵魂中的兽性占了上风，聂赫留朵夫屈服于自己的淫欲，就在接下来的那个夜晚，占有了玛丝洛娃，成为其人生悲剧的始作俑者。那些有关爱情的生动的描写，曾在我记忆中长久地萦绕：两人在花园里丁香花丛旁的追逐嬉戏、第一次亲吻的激动颤抖；复活节之夜，少女玛丝洛娃脸上被对人、对万物的纯洁之爱点燃的红晕，和那双乌黑发亮的眸子。同样铭刻在心的，还有那个罪孽之夜的环境气氛：浓雾弥漫的院子，迷蒙模糊的灯光，远处河面上冰块崩塌、坼裂的声音……当时经常能看到一位西语系女生从宿舍楼下走过，这时每每会联想到小说中的女主人公，可能因为她也长着一双微微斜睨的眼睛，和少女喀秋莎一样？如今想来着实荒唐，但在习惯于将自己和身边的他人比附为所读过的书中的某个角色的当时，我倒是未觉得有何不妥。这些，便是当时我对于这部杰作的几乎全部的印象了，至于其他，对帝俄时代草菅人命的法庭、监狱等国家机器的谴责，对道德纯洁和灵魂净化的思考，所有这些既在篇幅上占了大半，同时又构成这部小说灵魂的内容，当时却隔膜得很，难以进入。文学社会学中有一派说法，认为一部作品的完成，是作者和读者两个环节共同作用的结果。同样的一部作品，因读者感受反应的不同，效果大相迥异。这样来看的话，我当时的阅读趣味，更多的是止步于一种清纯的诗意的情境，从这种幼稚的判断力出发的阅读，自然难以领略一部伟大作品的深刻之处。

相比之下，那时我对屠格涅夫的《猎人笔记》却读得十二分地投入，品尝到了无穷的、酣畅淋漓的乐趣。俄罗斯大地的迷人风光，树林、草原、庄园、池塘的四季胜景和晨昏之美，被屠氏一管生花妙笔描摹得生动如画，令我如醉如痴。对于不久前还以向本子上抄录风景描写的名段佳句为乐事的我，这本书显然是一座巨大无比的宝库，琳琅满目，美不胜收。在当时我的文学观念中，风景描写是衡量作品的一个重要标准。

但时隔二十年后的今天，再来读同样的两本书，却发生了明显的感觉位移。读《复活》，当年吸引自己的那些内容，在暌违多年后，依然能够以其深邃的人性描写唤起一缕激动，夹杂了一缕对已然消逝的青春心境遥相祭奠的复杂情绪。而当年难以进入难以深切体会的部分，也清晰地显露出丰厚的内涵：一颗真诚的灵魂对于如何建立一种合乎道德的、善的生活的严肃认真的思考。这样，这次重读事实上就成为一种全新的阅读。读《猎人笔记》，也仿佛寻回了一件丢失已久的珍宝，回返了当年和大自然亲密无间的心境，但却不再有当年的激动，而代之以一种平静的愉悦，仿佛嚼完甘蔗后，唇齿间一缕淡淡的回甘。

这种变化，首先应该归因于时间。

时间是酵母，是酒曲，是神奇的催化剂，变换心情，改写认识，修正观念。既然对同样一件事，不同年龄可能有大相径庭的看法，对同一本书，不同时间产生不同的感想评价，也就不奇怪了。说到底，阅读是和生命大致同步的，被一圈圈生命年轮围在中间的，是作为载体的不同的书籍，和经由它们催生、折射、反映出的阅读主体的不同的生命感悟。

现在明白了为什么叔本华说"有些书不宜读得过早"。除了极少数的天才和弱智这两种极端的智力状态之外，一个人什么年龄适合读什么，大致差不多。书籍是一颗种子，阅读者的灵魂是播撒其间的那一块土地，种子能否发芽，发芽后长势如何，取决于土质、温度、湿度是否合适，而这些指标更多隶属于时间的范畴。你不能要求小学低年级孩子能够理解《论语》、《孟子》、老庄佛学，尽管他可能熟诵里面的某些句子，但与真正领会其意义内涵是两回事。因为后者仿佛开在高处的屋门，需要经历来充当垫脚石，才能够登堂入室。我的女儿今年十岁，前两年喜欢《蜡笔小新》或《樱桃小丸子》，现在又缠着我让给买《数码宝贝》和《哈利·波特》系列，我觉得再正常不过，并不拿名著杰作来揠苗助长。所以，在一次老乡聚会上，当一位望子成龙心情迫切的家长说到除了各种外语、奥校课程外，他还为正在读小学三年级的儿子报了少儿哲学班时，我不由得失态地笑出声来。着什么急？等他步入青春的门槛，生和死的困惑开始像地平线上的闪电那样在远处闪现，像虫子一样咬啮他的灵魂时，哲学自然来找他了，挡都挡不住。为了呼应前面叔本华的说法，我还要说，有些书读得过晚，也是一种损失。年过而立，再来读维特和绿蒂的寻死觅活的爱情故事，恐怕很难心跳加快。如果他抛书而他顾，这既非书的过错，也非他的过错，只能怪缘分错失。

不揣浅陋，回顾一番自己的阅读经历，觉得大致也能够佐证此点。更早些不去说了，将大学时的阅读趣味和今天比较一番，就大相径庭。因为所读为中文系，举例也仅限于文学作品。当年，诗歌中最爱卞之琳，"明月装饰了你的窗子，你装饰了别人的梦"。看风景的人儿呵，又被人当作风景来看。落寞轻愁，如淡烟如飘尘一般的缥缈，恍若无迹。还有朱湘的《采莲曲》，一度能通篇熟诵，因为印象镂刻得太深。"小船呵轻飘，杨柳呀风里颠摇，荷叶呀翠盖，荷花呀人样娇娆。"一个青春的、轻柔的、青绿色的梦境。唐诗宋词中，也爱读凄凉怅惘的吊古伤怀之作，"江雨霏霏江草齐，六朝如梦鸟空啼"，"六朝旧事随流水，但寒烟、衰草凝绿"等。其实当时并没有也不能够理解那种砭骨的悲凉，只是因为青春生命中的哀伤淡淡急于寻找一处落脚之处、托身之所，"为赋新诗强说愁"，而将之误读、使之浪漫化了。不知从什么时候起，肯定是后来许久的事，开始喜欢上了宋诗，欣赏蕴藏其间的那种沉稳扎实的理趣与机锋："问渠哪得清如水，谓有源头活水来"，"不识庐山真面目，只缘身在此山中"等。钱钟书先生的那本《宋诗选注》，页边被翻得起皱了。散文中，当年最爱的是抒情散文，徐志摩的《翡冷翠山居闲话》，繁花照眼，幽香拂面，信口唱歌，随兴起舞，真是好文章。今天重读，却只觉得轻佻造作，俗艳不堪，奇怪当年自己怎么会如醉如痴。如今，那一代的散文作家中，由当年的隐身幕后而变为登上前台的，是梁遇春、丰子恺，他们的作品远非徐氏那样的华丽浓艳，却是从心田里流淌而出的，具有切实的生命感悟，不由得不打动你。不过要说到今天最令我心仪的，还是蒙田、爱默生等域外大师的随笔文章。既有来自经验和思索的透辟、坚实、强大的理性，同时依然涵养着鲜活的感性、热情，想一想，该怎样状写它们罕见的特质？

　　读小说，前后也不同，甚至是大异。当年读雨果的《悲惨世界》，简直崇拜得目瞪口呆。错综复杂的人物、跌宕起伏的故事、瑰丽奇伟的文笔，天下还能有比这更好的小说吗？谁要说有，我肯定是第一个激烈的抗议者。但现在却迟迟积蓄不起再度翻动的兴致：想起那些无处不在而又无奇不有的戏剧性成分，我就直想退缩。我明白，那种热情已随着能够容纳、激发、呼应它的年龄而告隐退。真实性，已经成为决定我当今的阅读取舍的一个执拗的、先决性的标准。今天吸引我的注意的，是这样的一些名字：卡夫卡的《城堡》、索尔·贝娄的《赫索格》、穆齐尔《没有个性的人》等。没有激烈冲突的故事，没有大起大伏的情节，没有所谓的典型人物，没有狂喜和号哭，没有消弭了矛盾冲突的大团圆。目光所及，都是庸常平淡的生活景象，然而其中自有让人感到惊骇的东西：雾一般飘忽而迷离的心绪，无声无息却又无始无终的悲剧性，个人的孤立、渺小和猥琐，面对强大的无物之阵所感受到的压抑和茫然。它们仿佛是从墙缝里透进来的阴冷的风，并不以张扬的方式存在，但却能够确切地被感知到。生活的真相，也正是藏身在这样的一团暧昧混沌的无形之形中。读短篇，那时喜欢莫泊桑，每篇不长，却有着跌宕起伏、一波三折的故事。还有欧·亨利，那一个个匪夷所思的结尾，真好。现在则喜欢契诃夫、契佛，还有卡弗笔下那些平淡的人生片断，它们比照着身边生活的样子裁剪而成，却又探测和挖掘了某种不凡，使其中的一些隐晦和蕴涵得以明朗、显形。那些男女主人公的故事怎么那么熟悉，同样的遭遇不是也发生在你我身上吗？——永远怀着变动的热望，却永远在既有的秩序里打转。总是向往远方，而远方也总是远方。某种可能的变化的闪光最终还是被习惯的云雾遮掩，被惰性的陷阱吞没。因为惯性的强大力量，因为环境比人强。

这种随着年龄而变动、应和着生命内在节拍的阅读兴趣，虽然容易为外人所忽略，但的确是真实存在的，每个有过类似体验的读者，当会颔首认同。我想将此现象称为阅读的季节感。仿佛在一个季节中，视野中总是会有一些发育得更为葳蕤茂盛的植物，一个人在生命的不同阶段，也会把目光投向某一类特定的书。

前面谈到了不同年龄会喜欢不同内容，其实这种区别也表现为体裁、形式上的偏好。通过一种迂曲的通道，诗歌、散文、小说这些不同的文学形式，分别被赋予了各异的职责，以表达与之相谐相适的感受、心绪或者思索。年轻时喜欢读诗、小说，因为在这两种文体中，生活以浓缩和放大的面貌出现：最强烈最细腻的情感、最感人最骇人的场景、最丰富的可能性、最纯粹的质地等。这当然更能够吸引眼睛总是向天边张望的青年人，因为那里面的一切才像真正意义上的生活，而眼下陷溺其中的生活不过是一种粗糙的摹本罢了——这样的念头毫无疑问是轻狂的，问题是谁在年轻气盛、信奉"生活在别处"的时候不曾受其蛊惑？前行不远，到了另一个阶段，风景便有所不同了。"结束铅华归少作，屏除丝竹入中年"，终日为生存、责任打拼，事务繁多但缺乏戏剧性，生活忙碌却没有新鲜感，可能读散文更好。这种文体，有着生命体验的全部要素，无论描述感慨还是记录感悟，都是直抵内核、切中肯綮，同时又避开了烦琐的细节，褪去了夸张的色彩。这显然为忙碌而务实的人生阶段，提供了一种技术手段上的便利。由此继续迈步，渐行渐远，守候在前方的便是老年了。老年容易让人想到冬季木叶脱尽的树木，外在风貌上已然是删繁就简，内在神魂方面也更邻近得鱼忘筌的境界。我认识的一位耄耋老者就曾经告诉我，因为精力不济、目力衰退，不能看很多的书，但又想读点什么，就找来格言、随感录等来读，读一则，想一会儿，体味其间深湛的况味。这一篇篇少则几十字、多亦不过几百字的短小文字，却实在具有充足的弹性和深广的空间，其中的某一句话，若引申开去，添加人物和事件，可能演绎出一出悲欢离合的人生戏剧，其丰富性足以铺陈出一部长篇小说，因为它本来就是来自于对许多次这样的生命历程的归纳总结。我想，这也应该是老年人基本不读小说的原因：经历几十度寒暑春秋，阅尽悲欢离合云诡波谲，早已经直接抵达形而上，还有什么必要再多看一段他人的故事呢？"太阳底下无新事"，所有貌似不同的故事都是遵循着相同的人性法则，沿着某一条必然性的轨道前行的，或疾或徐。即便一位老人偶或会翻阅叙事性作品，那往往也不是小说，而是历史或纪实。不是为了了解，而是旨在印证。

在不同的生命季节里，阅读的视野会有扩张和收敛的区别。这一点具体体现在读书的数量和范围上。年轻时，生命充溢着扩张感，喜欢泛读博览，从数量中获得快感。那时节，也具备实现这一目标的相应的客观条件：事务少，时间丰富，为什么不让自己纵身一跃，投入书籍之海呢？单单是想到去浩瀚的书海击水，就足以带来良好的自我感觉。同时，年轻时也容易受舆论和时尚支配，上了排行榜的畅销书，会急切地找来一读。即便别人说不值得读，也不信，偏要自己判断。人到中年，则谨慎得多，更愿意参考别人的建议决定取舍，众人都说值得读，再找来看，以免浪费本来就已经捉襟见肘、左支右绌的时间。步入老境，又偏向另一极端，别人说值得看，也轻易不肯跟随，只相信自己的判断，只愿意反复读某几种自己认可的书，因此数量上的急速缩减便是一个自然的结果。用数十年的经验、见识和心力，道道筛选下来的少数书籍，当然更值得信赖。当目光收缩聚拢到很小的范围时，每每意味着打量是细致和深邃的。日前去邻居家，见其年近八旬的老父亲正在读《东坡乐府》，手边还有一本被翻开的《稼轩长短句》。邻居讲，这两本书，老人已经交替着读了一个多月了。老人的心境不好揣度，但又不妨揣度。是怀想曾经有过的"把吴钩看了、栏杆拍遍"的当年豪情，还是感慨"老来情味减，对别酒，怯流年"的晚岁心境？或许，某个时辰，萦回胸间的还有对已经故去的老伴的追想，"十年生死两茫茫，不思量，自难忘"？

"年年岁岁花相似，岁岁年年人不同。"物换星移，境随心变，同样的一本书，前后隔了多少年再来读，会有不同的体会。一部《堂·吉诃德》，少年看了开怀大笑，中年读来若有所思，老了再来读，却泪流满面。这样的书像一座藏有若干间密室的古堡，开启各个房门的钥匙是不同的年龄数字。一部书倘若具备这样的品性，就不复是那种只在短暂时间内生长的应季作物，而成为一棵贯穿悠长岁月的大树，沐雨栉风，与时间对抗。这往往是那些书籍中的杰作的共同特性。相应地，对它的阅读也就像一次需要心力和体力支撑的长途跋涉，当然是要跨越具体的、有限的时间界标的。

大多数的好书是具有普遍意义的，是喂养一切人的面包和水。但当一个人有了某种特殊的遭逢，心境思绪因而长久萦系时，他当会情有专属。有一些具有同样的质地的书籍，就会进入他的视野，有的最终将作为其生存境遇的印证之物驻留下来，化为他的精神地形图中的一个点或者一条线。在它们身上，可以凝聚和寄寓他对于生活的理解、他的悔恨和梦想、欢乐和疼痛。袁中郎描述自己读到徐文长诗文时的心情，"两人跃起，灯影下，读复叫，叫复读"，字句间雀跃而出的，正是这种深得吾心、一拍即合的知音之慨。他人的著作往往成为自己情感思想的孵化器，成为浇开胸间块垒的一杯酒。从感应、共鸣出发，他走向进一步的阐扬引申，将探索的疆域向更远处延展。谁不幸遭遇疾病的长久惨痛的蹂躏，辗转于生与死的交界，读史铁生的《我与地坛》《务虚笔记》等，必会有沉痛而剀切的感触。他从个体的残疾，憬悟到一切人类其实都在限制之中生活，残疾是生活的本质，从而获得一种超越。一帆风顺志得意满的人，对此恐怕难以理解，某个红得发紫的女影星，就在自传中写道，她乘飞机，从舷窗俯瞰地面，激情满怀地想：天下不管什么事情，只要我想做，就一定做得到！听那口气，简直是那位无所不能的上帝。如今此人已经因诈骗和偷逃税而银铛入狱，铁窗之内，不知是否还有这样的豪情。每个人都有自己的命运，如果谁的生命能够一直风帆高张，当然值得羡慕。但问题是他迟早总会遭遇颠踬，即使躲避开了一切挫折磨难，最后还有无所逃避的死亡。倘若始终不曾进入这样的思索层面，难免有一天会无所适从。

不好简单地说什么时候适合阅读什么，因为这方面的情形复杂、变数众多，难以一概而论。任何圈点排列"必读书"之类的举动都是冒险和轻率的，哪怕这样的做法出诸大师宿儒之辈。但是另一方面，却可以指出任何时候都不需要读的书，就像美女的标准因人而异，丑女却能够很容易地被指认一样。它们不过是一些杂草，暂时寄身田垄，一番摇曳后，即告凋零摇落。远的不必说，近的不急于说，说说过去了一段时间，但还留有一星残损的印象的，像上海或者北京的"宝贝"们春宫画般的自我裸露，像小资们孤芳自赏的、螺蛳壳里做道场般的轻吟浅唱，就都是这样的东西。

把电影当书看

　　做某件事情久了，就会形成一种特别的习惯。理发师看人从头看起，修鞋匠看人自下而上。画家眼里，世界无非线条和色彩。经济学家看来，谈恋爱、养孩子都有一个成本收益问题。所以，既然忝为爱书人，我把看电影比作读书，应该也算是事出有因吧。

　　准确地说，是看电影的 DVD。数码技术的发达，碟片供应的充足，使得一个人可以轻而易举地装备起自己的电影艺术库藏。一台影碟机、一沓碟片，能够让你随时踏进一个酣畅的梦境，就像在零碎的时间翻开一册书一样。碟片本身也像一册书。揿动视频按钮，首先跳入眼帘的正片播放、分段选播、字幕设置、音效选择等菜单内容，多像是书前的目录。而那些导演意图、演员介绍、评论音轨等包含在"花絮"里的丰富内容，又仿佛是书的正文后面的注解。借助于高科技的神力，DVD 画面远比当年的录像带、

VCD 都清晰得多，则令人想到当今用纸及印制都十分考究的新书。其交互功能的强大，也彻底改变了以往电影线性播放的特点，使得你可以从间断的地方重新续上，或者挑出某一节反复观赏，像不像在书页中夹一片书签？书签就是手中的遥控器。

但我更想说的，还是书的内容部分。买椟还珠可并非我的本意。

不同的电影让人想到不同的书籍。数量最多的当然是通俗类读物，警匪、言情、恐怖，像报亭里的报纸杂志，像小报上的连载，时时都在眼前晃着，想不看都不能，不说也罢。那就说说其他的。宫崎骏是一连串东瀛的童话，温馨、纯粹、奇妙。《龙猫》是天才想象力产下的宁馨儿，美好得让人想流泪！神奇的大树、澄澈的月光、天真的女童、充满灵性的动物，画面中藏着自然和人性里最好的东西。相比它的单纯，《阿拉伯的劳伦斯》应该近于一部气势恢宏的史诗了。主人公建立独立统一的阿拉伯国家的梦想，在多年的努力后终于破灭，他郁郁而终，令人感慨。《尤利西斯的凝视》让人想到一个地中海的神话。影片中美籍希腊裔导演的巴尔干诸国之旅，是为了寻找几部失传的电影胶片，实际上也是一次心灵的回归之旅。影片中先后出现的三位女性，阿族的旅伴、塞族的寡妇、萨拉热窝电影档案管理人的女儿，都令人想到希腊神话里，英雄尤利西斯返乡记中的三位保护女神。在凝视中，他看到巴尔干动乱的历史和现实，流血和死亡从来不曾离开过这块多难的土地。《飞越疯人院》则是一篇出色的寓言，可谓是对当代法国思想家福柯的"疯癫—文明""规训—惩罚"理论的形象解说：一个人试图反抗某种既定的秩序，每每就会受到以堂皇的理由为借口实施的惩戒，甚至被清除，哪怕这种秩序是多么荒诞。巧妙的讽喻，直指真实存在的困境。到了流亡海外的苏联导演塔尔科夫斯基那里，影像获得了诗篇的特质。《乡愁》，一首自亚平宁半岛遥望俄罗斯大地的诗。凝滞的长镜头、油画般的画面场景效果、浓雾笼罩下的田园、贯穿始终的汩汩水声、疯子在罗马广场的演讲、诗人手持蜡烛穿越水池的仪式，都是一连串密集的象征。塔氏被公誉为"电影诗人"，用摄影机延续了蒲宁、纳博科夫、布罗茨基用文字对故国故乡所做的怅惘回望。读他的作品需要心智、感受和足够的耐心。它们像是一杯苦涩的茶，只有澄心静虑，才能品出悠长的滋味。

《甘地传》当然是声光版的圣雄传记，严格地写实，讲述一位伟人的生平，和一片大陆的命运。《阿甘正传》呢？则是借传记之名行虚拟之实，用超现实的方式讲述现实，二十世纪中后期美国的现实，一个人可能具有的生命的现实。《疾走罗拉》体现了后现代文本时空架构的某种特性：时间逆行，镜头不断地回返到当初，主人公面临三种可能、三种结局、三种人生的样式。眼下魔幻电影如火如荼，《指环王》《哈利·波特》系列连创票房纪录，但那种冲击力更多是拜技术和形式所赐，说到真正的魔幻精神，则非《黑暗中的舞者》莫属。对令人窒息的苦难命运的恐惧和逃避，获得拯救的期盼，经由另类的歌舞组合，表达得激情澎湃，直把人看得热血沸腾。《罗塞塔》却像是一部秉承"零度写作"原则的纪实文学，冷静客观，不掺带拍摄者个人的主观感情。摄影机同步跟进，晃动的镜头、快速的拼接，把主人公十八岁女孩急促的步履和沉重的呼吸，径直送到你的眼前耳畔，传递出底层人生苦涩的原味。阿莫尔多瓦的西班牙风情，则是另一个极端，赋予影片最充分的戏剧性，让人想到曾经一度流行的跨文体写作。广告、拉丁音乐和舞蹈、嵌入的电影片断、同性恋、变性人、软色情、离奇的情节、难以置信的巧合，共同编织了一出出爱与死亡的激情故事，炽烈如同那些大红大黄的色彩。围绕着《鲜活的肉体》，上演了多少《捆着我绑着我》式的悲喜剧，打造出了多少《神经濒于崩溃的女人》。

博尔赫斯说过这样有气魄的话：世界历史就是一本书。电影在世界之内，自然也是书的一部分，一页、一段或者一行。童年、青年、中年、老年。童话、诗歌、小说、散文。不同体裁的书被用作喻体，比况生命的不同阶段，对此我们已经耳熟能详。电影是用镜头的篇页连缀拼接的人生之书，时间是其中的第一主角，所以塔尔科夫斯基用"雕刻时光"来表达自己的电影艺术观。两个小时里，说尽平生。一页之掀，倏忽数年。《阳光灿烂的日子》《牯岭街少年杀人事件》《教室别恋》，是关于少年关于成长的回忆录，至少也是片断。青涩的时光、忧伤的青春、挟带着暴力和性的觉醒的爱情。成长的标志是创痛，经由一次次的心灵结痂而实现，同时以交付出梦想和激情作为代价。章回小说喜欢说"且听下回分解"，电影里的下回，便是魔法的一次次施展：刚刚红颜照眼，转瞬韶华不再，谁能阻拦？王家卫执导的《花样年华》中，张曼玉饰演的女主角风情万种，却在淅沥的雨声中，在确凿的背叛和模糊的期待中，渐渐老去，不得不老去，真是此情何堪，夫复何言！同为香港导演的许鞍华，先后有《女人四十》《男人四十》问世，生命中场的诸般滋味中，最浓一味是苦涩。四十岁的感慨哪儿都有，跨越文化宗教种族国度，大陆这边是《一声叹息》，大洋那边是《美国丽人》。再向前走一程，《施密特先生》正在不远处等着。老了，退休了，等着有地方接纳他去发挥余热，等着女儿有耐心接受他的关心，却都等不到，只好给一个偶然认识的非洲男孩写信，借以排遣内心无穷的寂寥，和不堪忍受的生存之"轻"。不妨将这样一份惶惑尴尬，和西塞罗《论老年》的长篇论述比照着看，才好说拼接完整了一幅老龄的全息图像。看这样一些电影，谁说不是在回望和前瞻自己的足迹车辙？酒杯举起时，浇泼的不正是自己胸中郁积的块垒？

　　大道多歧，具体的、个人的命运又何尝不是如此？人生道路毕竟万千条，许多从无交汇的可能，因此不妨看一看别人的生活、别处的风景，以扩大自己的经验世界。仿笛卡尔"我思故我在"，不妨说"我观故我知"。最方便因而最常用的方式，是把不同题材的影片当作窗口，透过它来张望或是窥伺那一片片经常是殊异的风景。这就好像谁想了解某个领域的情况，通常会到图书馆中，通过分类卡片查询检索。但说《七宗罪》是惊悚小说，《野战排》《全金属外壳》是战争小说，《地铁》《猜火车》《发条橙》是犯罪和沉沦小说，显然是同义重复，说了等于没说，需要更进一步的解读，找出深藏在故事皱褶、情节肌理中的人性的歌哭——而这只有通过读书般的投入、沉浸、吟味才能得到，而不能听任影像画面在眼前一掠而过，毫无用心。因此，说看电影仿佛读书，毕竟不仅仅是在修辞学的意义上。

　　用这样的方式来观看，你就会发现可归入监狱题材的影片《肖申克的救赎》，实在是一部最好的励志读物。非人的铁窗生涯，将多少人的意气梦想消磨殆尽，将多少人变得浑浑噩噩，但蒙冤入狱的主人公，面对把牢底坐穿的无望，却从不自暴自弃。数年中，他每天都坚持向有关社会机构发出一沓求助信，不屈不挠，终于得到了大量的捐助，将原来简陋的图书馆扩充得有模有样，还辅导不识字的狱友自学文化，并通过考试取得了资格证书。他的每一天都过得充满意义、富有尊严。最为震撼人心的一幕，是他在面对狱方的残酷黑暗而彻底绝望后，通过凭借信念、毅力和缜密在二十年间偷偷挖掘的一条秘密通道，逃出监狱，逃向自由。影片告诉观众，一个人在绝境中可以怎样做。其内在精神，让人联想到德国心理学家弗兰克的《活出意义来》，一部源自亲身体验的人本主义心理学名著。二战期间，弗兰克曾被关押在奥斯维辛集中营中，他观察到，即使在这样恐怖的地方，毒气室和焚尸炉随时可能攫取人的生命，人的外在的行动自由被剥夺殆尽，但仍然具有内在的精神自由，那就是可以选择以尊严的态度，面对和承受苦难。这也正是海明威的小说《老人与海》中表达的主题：一个人，你可以把他打败，却无法把他打倒。战场就在人的内心，敌人就是怯懦、放弃、屈服，以及一切自我挫败的念头。

　　有些书在所呈现的面貌之后，有更丰厚的意味，就像塞万提斯的《堂·吉诃德》，游侠小说外表之下遮掩不了其发掘人性的努力。同样，一些电影在类别的标签下，也有更开阔的解读空间。如果不悉心品读，就会把丰富的对象单薄化了。斯皮尔伯格拍摄于二十年前的《E.T.》，仅仅是关于外星人的科幻电影？小男孩和被遗弃在地球上的外星人纯真的友情，一页美丽的童心和人性，令人对高科技的前景充满信心。但到了后来，在库布利克的《飞向二十一世纪》，技术的阴影已经被充分地渲染了。希区柯克的《鸟群》，结尾群鸟袭击人，在恐怖惊悚的画面后面，有另外的一些什么。不可测知的灾难？危机四伏的生存？令人悬想不尽。

就个人趣味而言，相对黄钟大吕般的宏大作品，我尤其喜欢那些具有隽永的风味，令人想到一篇散文、一首诗歌的影片。好有一比：烈酒不适宜频频把盏，但清茶却可以时时啜饮。这类影片的故事情节不多也不曲折，省出的空间留给了心绪的酝酿、氛围的布设。温馨是它们的基调，扪摸灵魂最柔软的部位。像陈英雄的《青木瓜飘香》，就是一位侨居巴黎的游子对于记忆中故国的深情回眸。二十世纪五十年代初的越南，战争前宁静的河内，一个温暖的亚热带的梦境。溶溶月，矞矞风。虫鸣唧唧，琴声泠泠。澄澈的眸子、润泽的肌肤、清晨微明中的凉爽、黄昏晕染弥漫的灯光，剖开木瓜，排列整齐的种子像晶莹剔透的珍珠。像席慕蓉还是林海音？林海音《城南旧事》的结尾，在老北京南城胡同长大的小英子，跟着父母去了海峡对面的岛上。在知了声声鸣着夏天的漫长暑假里，她会不会也像五年级男孩子冬冬一样，到长着遮天蔽地的老榕树的乡下度假？到底同宗同祖，《冬冬的假期》还有《童年往事》，在台湾侯孝贤的笔端，流淌出一样的清新情韵——摄影机也是导演手里的笔，在各人手中会写下不同风格的文章。这样的作品，应该类似唐诗中的绝句？唐诗香清溢远，不唯氤氲中土，还播及四邻；袅袅余音，不但飘荡在往日农业社会湛蓝的天空，即使在今天的通都大邑的高楼深巷之间，也随时能够捡拾到它溅落的串串韵脚。韩国的《八月照相馆》，一对青年男女欲说还休的爱情，有关生命和死亡的不朽主题。惆怅隐忍，平静从容，现代化的都市生活，古典东方的美学韵味。不过倒也不必过分强调文化的区别，灵魂有着相同的构造，关键要看拨动心弦的是一只什么样的手。看候麦的《四季爱情故事》，法兰西的精致、细腻与妩媚是他的，画面的光和影是毕沙罗西斯莱的，音乐是克莱斯勒的，如醉如痴是我的。

多数电影自书改编而来，书是电影的生身之母。然而这个家族最不讲究长幼排序先来后到，常常是备尝劬劳的母亲默默无闻，等到儿子大红大紫衣锦还乡，人们才想起他也是父母生养的。所以小说先要登上屏幕才能更好地登上书架，所以那么多小说家争着给张艺谋打工。这是声光时代的游戏规则，你可以不服气，但奈何不得。看电影仿佛是读小说的缩写本，与一两个小时的时间相匹配的空间中，勉强放进去了故事梗概，却不容易容下心绪幽微、情感烟云、字词风采，而后面种种，却正是构成作品魅力的关键因素，就好比美人之为美人，除了身高、体重、"三围"等"硬指标"外，更多的还是要凭借憨笑丰肌、顾盼生姿、嘘气若兰。托翁的《战争与和平》里，安德烈亲王在奥斯特利兹战役中身负重伤躺在地上，仰望无垠的蓝天，对于生和死、短暂和永恒，生发出大段感悟，电影画面无能为力。纳博科夫的畸恋小说《洛丽塔》历经挫折被搬上了银幕，却未获预想中的成功。除了触犯了当时电影不得表现乱伦主题的禁忌，我想更深层的原因，还在于它是一种冒险的转换。纳氏之成名，除了题材独特，其独步天下的文字魔力，筑成了另外的半壁江山。那些自嘲、反讽、双关语等，联袂而来翩然而去，触摸探勘的，正是人性纵深处最幽暗暧昧的部分，对此电影语言如何表达和再现？而舍弃了这些，尽管演员演技不错，到底只能止步于一个畸情故事。就好比飞燕不复擅舞、虞姬不复能歌，虽然姿色依旧，还能说是本来的她吗？

我自然也明白，指望如花少女兼有耄耋老者的识见，要求攀岩高手同时又是游泳健将，既不讲道理，又没有可能。电影之所以能够那么久地雄踞艺术前台，那么无远弗届那么老少咸宜，公正地讲，倒也自有自己的利器高招。一些东西隐匿之处，另外一些东西凸显。画面、音响给人生动逼真的现场感，更让人能够随时进入和沉浸，所以好莱坞被称为"梦工厂"，也是名副其实或者说实至名归。这样一想，就应该能够比较释然了。至于文字转化为画面而造成的语言魅力的耗损流失，就权当是读了唐诗宋词的白话今译吧。归总了看，能否说不赔不赚？说不好，不好说，因此，不说好。就个人而言，我认为使遗憾最小化的方式，是既读书又看电影，吃着碗里的看着锅里的，鱼与熊掌都争取得到，尽量求得对审美资源的充分发掘，获得最大化的审美体验。个人的体会，恐怕只对个人才适合吧。

有多少关于读书的书？我无法回答，料想别人也一样。哪一部是最好的关于电影的电影？我想大家推荐的会差不多。文章最后，当然不能不谈一谈朱塞佩·托纳多雷的《天堂电影院》，电影爱好者的《圣经》——谁最先想到这个比喻的？应该以电影的名义奖赏他。它被称为电影中的电影，仿佛博尔赫斯被称为作家中的作家、《圣经》被称为书中之书一样。故事背景是二十世纪五十年代初，意大利西西里岛上的小镇，那里人人热爱电影，放映机的光束投射进每一颗灵魂，少年在电影中梦想憧憬，成人在电影中悲欣交集。那些为电影而陶醉的场面，那个泪花闪闪、把每句台词都一字不漏地背诵到底的观众，那段被银幕上下的光和影浸润的、刻骨铭心的爱情，都在讲述着关于美、关于爱、关于生活的种种。那是电影的黄金时代，走进电影院，就是走进了天堂的一角。这种情境我们也曾经十分熟悉，二十世纪七十年代，我们的少年时光，有多少个夜晚，是在故乡小城设施简陋的影院，甚至是在村镇的露天放映场上度过的，成为那些贫穷单调的日子里的一缕温馨记忆。这些美好记忆，足以让我们重新捡拾回对于电影的信仰。把电影进行到底！在镜头变换、光影明灭中，安放我们的梦想，检视我们的人生，直到剧终。

在母语的屋檐下

一

少年时代的伙伴自大洋彼岸归来探亲，多年未见了，把盏竟夜长谈。他二十世纪八十年代中期自复旦本科毕业后即赴美，近三十年过去，英语的流利程度不在母语之下。我们聊到故乡种种情形，特别谈到了家乡方言，并长时间固定在此一话题上。兴之所至，后来两人干脆用家乡话谈起来。毕竟如今说方言的时候不多，聊天中对个别语词一时感到生疏迟疑时，我就改用普通话，而对方更是习惯性地时常冒出一两句英语。

当时倘若有外人在场，一定会觉得这个情景颇为怪异。

故乡在冀东南平原，方言中有很多生动传神的地方。譬如表示时间的词汇，中午叫作"晌午"，上午便是"头晌"，下午就成了"过晌"，傍晚则叫作"擦黑"。表示动作的，滑行叫"出溜"，整理叫"拾掇"。"我去某某家扒个头"，说的是不会待上很久，很快就离开，仿佛只是到人家门口探一下头。对某件事情感到不舒服是"腻味""硌应"，说一个人莽撞是"毛躁"，不爽快是"磨叽"，不靠谱是"不着调"，讲话夸大其词或不得要领是"瞎扯扯""胡咧咧"，办事没头绪是"着三不着两"。还有一些读音，难以找到对应的字词，暂且不谈。

本来以为这么多年不使用，很多方言都已忘记，不料却在此时鲜明地复活了。恍惚中，甚至忆起了听到这些话时的具体情境，眼前浮现出了说话人的模样。这个词，最早是听已经故去几十年的奶奶说的，那句话，出自耄耋之年的姑姑之口，那个说法，来自村子里一个倔强的孤身老头。

友人感慨：真过瘾，今天晚上说的家乡话比过去多少年加在一起都多。

因为这个话题，很自然地联想到了很久之前的一个场合。一个短期的培训班上，来自不同省份的学员，在一次联欢活动中，分别用各自家乡的方言，描述某个动作、情感、状态。吴越方言的温软柔媚、东北方言的幽默亲和、陕西方言的古雅朴拙、湖北方言的硬朗霸气、巴蜀方言的豁达谐谑……观众兼表演者们乐得前仰后合，笑声一波波响起。

这真是一次难得的体验。语言通常是作为思维的工具，描绘具体的对象、客体，比如人物、事件、风景，也表达对世界、对生活的观念和看法，而本身却很少作为被打量被分析的目标。但一当语言成为目标时，你就会发现，原来它就蕴藏了那样丰富的美，那样奇异的魅力。

就仿佛人的一双眼睛，通常是用来发现外界万物之美的。但当它本身成为艺术描绘的对象时，也成就了众多名作。达·芬奇的《蒙娜丽莎》，罗中立的《父亲》，其非凡的魅力、深刻的内涵，离不开对眼睛的出色描绘。前者，神秘的笑容里，似乎有几分隐约的揶揄、几分暧昧的期许，指向的是怎样的人生谜语？后者，被岁月风霜严酷地雕刻过的脸膛上，凄楚和迷茫的眼神后面，又藏着什么样的卑微的恳求？

光线照射之处，事物明亮而生动。

语言，就是那一道道投射向生活的光束，有着繁复摇曳的色谱和波长。

二

对语言的命名，也如同语言本身一般丰富多彩。

法国哲学家萨特，曾将语言比作"触角"和"眼镜"。凭借着它，我们触摸事物，观察生活，和存在建立起真切而坚实的关系。世界在语言中显现，就仿佛白日在晨曦中降临，就仿佛风暴在云朵中积聚，就仿佛一滴墨汁在宣纸上慢慢地洇开，化为了一只蝌蚪、一片花瓣、一粒石子。

语言当然首先是为了表达和交流，但在这种工具性质的功能之上，更是别有一种自足的、丰富的、博大而精微的美。

深入感受并准确地欣赏这种美，是需要条件的。在一种语言中浸润得深入长久，才有资格进入它的内部，感知它的种种微妙和玄奥，那些羽毛上的光色一样的波动，青瓷上的釉彩一般的韵味。

而几乎只有母语，我们从牙牙学语时就亲吻的语言，才应允我们做到这一点。

关于母语，英文里的一个说法，最有情感温度，也最能准确地贴近本质：mother tongue。直译就是"妈妈的舌头"。从妈妈舌头上发出的声音，是生命降临时听到的最初的声音，浸润着爱的声音。多么深邃动人的诗意！在母语的呼唤、吟唱和诵读中，我们张开眼睛，看到万物，理解生活，认识生命。

诗作为浓缩提炼过的语言，是语言的极致。它可以作为标尺，衡量一个人对一种语言熟悉和理解的程度。"眼看他起高楼，眼看他宴宾客，眼看他楼塌了"，说的是世事沧桑，人生无常。"而今识尽愁滋味，欲说还休。欲说还休，却道天凉好个秋"，说的是心绪流转，昔日迢遥。没有历史文化为之打底，没有人生经历作为铺垫，就难以深入地感受和理解其间的沉痛和哀伤、无奈和迷茫。它们宜于意会，难以言传。

对于母语的异乡人，他时常会在哪里遇到一道屏障。认识一个法国人，汉语说得流利，一直自我感觉良好，但有一次却意识到了自己的匮乏。那是听一场相声，逗哏的一方调侃捧哏者，说他的妻子的名字叫作"潘金莲"。他无法明白，一个名字为什么引来了一片笑声。他倒是听说过中国古代有一部文学名作《金瓶梅》，但没有读过。

流传的手机短信段子，所谓外国人的汉语六级考试题，让人忍俊不禁：成为大龄未婚女的原因，"开始喜欢一个人，后来喜欢一个人"。前后有什么区别？不管这是不是杜撰，确实，前后完全相同的字句中，意思却大不相同。而发现这种歧义，从句读、节奏中获得细致入微的理解，需要的是文化的潜移默化的熏陶。

这些精微细腻的地方，无法准确地转换到另一种语言中。所以作家张承志很多年前就宣称"美文不可译"。

显然，这一类的隔膜已经不仅仅限于语言本身了，而是属于文化的间隔和分野。

每一种语言都连接着一种文化，通向一种共同的记忆。文化有着自己的基因，被封存在作为载体和符号的特有的语言中。仿佛《一千零一夜》的故事中，阿里巴巴的山洞里，藏着稀世的珍宝。

三

"芝麻开门吧！"咒语念起，山洞石门訇然敞开，堆积的珠宝浮光跃彩。

但洞察和把握一种语言的奥秘，不需要咒语。时间是最重要的条件。在一种语言中沉浸得足够久了，自然就会了解其精妙。有如窖藏老酒，被时光层层堆叠，然后醇香。瓜熟蒂落，风生水起，到了一定的时候，语言中的神秘和魅惑，次第显影。音调的升降平仄中，笔画的横竖撇捺里，有花朵摇曳的姿态，水波被风吹拂出的纹路，阳光下明媚的笑容，暗夜里隐忍的啜泣。

对绝大多数人来说，这只能是母语。只有母语，才有这样的魅力和魄力、承担和覆盖。孩童时的咿呀声里有它，临终前的喃喃声中也有它。日升月落，春秋代序；昼夜不舍的流水，亘古沉默的荒野；鹰隼呼啸着射向天空，羊群蠕动成地上的云团；一颗从眼角滑落的泪珠有怎样的哀怨，一声自喉咙迸发的呐喊有怎样的愤懑。一切，都被母语捕捉和绾结、表达和诉说。

当然，在这种几乎是天赋的能力之上，要更好地理解语言的妙处，更要有一颗热爱的心。要像屠格涅夫对待母语俄语那样深情款款——"在疑惑不安的日子里，在痛苦的思念着我的祖国的命运的日子里，给我鼓舞和支持的，只有你啊，伟大的，有力的，真实的，自由的俄罗斯语言！"每种语言都有自己的美。它的质朴或深奥、明亮或幽暗、灵动或凝重，折射着这种语言所负载的文化的特质。在语言中安身立命的作家，无疑对这种美有着最敏锐的感知。

有了这样的情感，一定会被显克维支的《灯塔看守人》深深打动。一位年逾七旬的波兰老人，流浪异乡四十多年后，在南美巴拿马的一个孤岛上，找到一份看守灯塔的工作，生活得以安顿，余生有望平稳。但有一天，他收到了在纽约的波兰侨会寄来的一册波兰大诗人密茨凯维奇的诗篇。相违已久的祖国的语言令他激动和沉醉，乡愁如同海面上的波涛汹涌来袭。那一夜，他竟然第一次忘记了按时点亮灯塔，碰巧有一艘船不幸失事，他因而被解职。他重新漂泊，随身携带的只有那本诗集。他并没有过分沮丧，因为有了这册诗集。诗集唤醒他的怀念，也给了他慰藉。

只有这样，时时怀着一种热爱、虔敬和信仰，才会真切确凿地感受到母语的美和力量。

灭绝一个民族，必须要从剥夺它的语言开始。因为语言连接维系的，是这个民族的历史与记忆。而守护语言，也就是捍卫一个民族的尊严，传递一种文化的基因。历史上犹太人曾备受歧视和排斥，颠沛流离长达数十个世纪，只因为顽强地保留了自己的语言和文化，才有了一脉薪火相继的坚韧延续。仿佛古诗中的离离原上草，野火烧不尽，只缘疮痍满目焦土无边之下，生命的根系依然葳蕤。

风靡一时的美国长篇历史小说《根》，也描绘了捍卫母语的悲壮。小说中，被从西非大陆劫掠贩卖到新大陆的主人公，在南方种植园中牛马般辛苦劳作的黑人奴隶，一次次逃亡都被捉回，宁肯被打得皮开肉绽，也不愿接受白人农场主给他起的名字，而坚持拥有自己种族的语言的名字——"昆塔"。这个名字背后，晃动着他的非洲祖先们黝黑的面孔，和祖国冈比亚的河流上荡漾的晨雾——独木舟划破了静谧，惊醒了两岸森林里的野猪和狒狒，树冠间百鸟鸣啭，苍鹭一排排飞掠过宽阔的河面。

不能不说的是，我骄傲于自己的母语汉语的强大的生命力。五千年的漫长历史，灾祸连绵，兵燹不绝，而一个个方块汉字，就是一块块砖石，当它们排列衔接时，便仿佛垒砌了一个广阔而坚固的壁垒，牢牢守卫了一种古老的文化，庇护了一代代呼吸沐浴着它的气息的亿兆的灵魂，也让一拨拨的异族入侵者，最终在它的深厚博大面前，俯首归顺，心甘情愿。

但更多的民族，却不幸成了反面的印证。先之以语言灭绝，继之以文化湮没，终之以民族消亡。马克思曾经指出，语言是一个民族中最稳定的因素。作为文化的载体和组成部分，一个民族的语言一旦消失，整个民族也就难以摆脱被灭亡的命运。澳洲土著、美洲印第安人，曾经是两个大陆的长久的主人。随着欧洲殖民者的到来，短短一个世纪间，被大肆剿灭的不仅是他们的肉体，还有他们的文化。各自有数以百计的语言湮没无存，不复传承。当年他们雄健驰骋的身影，只能通过缥缈的传说和依稀的遗迹，通过今天少量的保留地中零星的记载，加以想象性的再现。

那些土著人的后裔，肤色相貌和祖先并无二致，一张口却说出流利的英语。英语已然成为他们的母语。肉身携带了种族的生物基因，但文化的缺失却让他们成了无根的人。

这样的人，行走在人群中，面目模糊，身份暧昧，仿佛一道飘忽的影子。

四

童年在农村度过。记事不久的年龄，有一年夏天，大人在睡午觉，我独自走出屋门到外面玩，追着一只蹦蹦跳跳的兔子，不小心走远了，一直走进村外一片茂密的树林中，迷路了，害怕得大哭。但四周没有人听到，我只好在林子里乱走。过了好久，终于从树干的缝隙间，望见了村头一户人家的屋檐。

一颗悬空的心倏地落地了。

对于长期漂泊在外的人，母语熟悉的音调，带给他的正应该是这样的一种返归家园之感。一个汉语的子民，寄居他乡，母语便是故乡的方言土语，置身异国，母语便是方块的中文汉字。这或许有违定义的严谨，却是连接了内心的真实。"官秩加身应谬得，乡音到耳是真归"（明·高启《归吴至枫桥》），故乡的语言，母语的最为具体直观的形式，甚至关联到了存在的确凿感。

语言阻隔的尴尬，在特定的环境中，会演化成为一种切肤的痛感。在纽约皇后区法拉盛（Flushing）的路边小公园里，一位来探亲的福建老人，看着脚下的鸽子在蹦跳觅食，神态落寞。他感慨梁园虽好，语言不通，想去曼哈顿看看，只能等在华尔街上班的儿子抽出时间。他还算不错的，毕竟这里有不少处境相似的华人，彼此间可以用母语交谈。而我的一位邻居，去国三月，寂寞即迅速地升级为难忍的焦灼。他退休后到美国中部的一个小城的女儿家小住。方圆数里的数十住户中，只有他们一家华人。没有人可与之交谈，看不懂电视，归去来兮的念头，从时时来袭，到挥之不去。蓝天白云、树木苍翠、清新的空气、深沉的静谧，一切都是那么符合他的期待。但仅仅因为语言，这一切都大打折扣。

一种通常被视作天经地义的状态，此刻，却成为构成幸福的关键因素。

这样的遭遇，常常不期然而然地通向那种罕见的时刻、启示的时刻、获得神谕的时刻。一个人和母语的关系，在那一刻获得了深刻而准确的揭橥：因为时时相与，反而熟视无睹。就像对于一尾悠然游弋的鱼儿，水的环抱和裹挟是自然而然的，不需要去意识和诘问的。但当因某种缘故离开了那个环境，就会感受到置身盛夏沙漠中般的窒息。被拘禁于全然陌生的语言中，一个人也仿佛涸辙之鲋，最渴望母语的濡沫。那亲切的音节声调，是一股直透心底的清凉水流。

今天这个时代，全球化笼天下为一体，交流便捷，信息通畅，但语言反而更加凸显了强势与弱势的差异。英语、德语、法语、日语……商业往来、贸易开展、国际事务，它们是不可或缺的媒介。乃至职位招聘、职称评审，也常常需要跨过它们的门槛。语言霸权的背后，折射的是曾经的荣耀或者当下的实力。但对于绝大多数母语是其他语言的人，它们永远只是工具。他无法深入感知它的温度质地、它的取譬设喻、它的言外之旨、它的正话反说或者明扬暗抑。这一切，一个人只能从母语中获得。哪一句话会使心跳骤然加快，什么样的诉说能让泪水涟涟流淌？答案深藏在和母语的契约里。

就这一点而言，世界毋庸置疑地公平。每一种语言的子民们，在自己母语的河流中，泅渡、游憩、俯仰、沉醉、吟咏，创造出灿烂的文化，并经由翻译传播，成为说着不同语言的人们共同的精神财富。以诗歌为证，《鲁拜集》中波斯大诗人伽亚谟及时行乐的咏叹，和《古诗十九首》里汉代中国人对生命短暂的感喟，贯穿了相通的哲学追问；中世纪的意大利，彼特拉克对心上人劳拉的十四行诗倾诉，和晚唐洛阳城里，李商隐写给不知名恋人的无题七律，或者隽永清新，或者宛转迷离，各有一种入骨的缠绵。让不同的语言彼此尊重，在交流中使各自的美质得到彰显和分享。

但所有这些，并不妨碍这一点——热爱母语，热爱来自母亲的舌尖上的声音，应该被视为是一个人的职责，他的伦理的基点。他可以走向天高地阔，但母语是他的出发地，是他不断向前伸延的生命坐标轴线上，那一处不变的原点。

爱我们的母语吧。像珍爱恋人一样呵护它，像珍惜钻石一样擦亮它，让它更好地诉说我们的悲欢，表达我们的向往。

就像我的一位诗人朋友所写的那样——

> 在母语的屋檐下，
> 我们诞生和成长，爱恋和梦想。
> 在母语的荫庇中，
> 我们的生命绵延，幸福闪亮。

身边的人们

同事

对一位职场人来说，一生中相与度过最长时光者，除了家人，恐怕就是同事了。

一周有五天，自早至晚，和同事在一起。办公桌彼此相连，文具报纸侵占对方地盘，呼吸相互交融，进屋出门时注意避让躲闪。这是一个特定的空间，室内的豪华或者简陋、安静或者喧嚣，窗外的花开花谢、春雨秋风，被其中的人们共同感知。

诸种人伦关系里，亲人间时时牵挂，朋友间心心相印，而成了同事的人们，却注定了要在或长或短的一段时间内，相守相望。有些人甚至一生做同事，在同一个屋檐下度过数十年。佛家讲究缘分，有"五百年修得同船渡"之喻，那么，这种漫长的厮守，细想起来，自应有着深厚的因果关联。世相纷繁流转，人生存的方式也有多种多样，但一旦做了同事，生命却在共同的时间与空间中展开和流逝，为同一桩工作而分工合作，感受共同的上司的宽厚随和或者刻薄乖戾，仔细想来，岂不是颇有意味？

但遗憾的是，大概不少人并不认为这种缘分值得珍惜，否则也不该有那么多鸡零狗碎的龃龉和争斗了。佛家有八苦义之说，其中的"怨憎会"，在现代社会形态中，相当程度上应该是发生在同事之间。对于普通人来讲就更是如此，因为生活、交往的范围有限，同事便成为他的社会人际关系的重要构成，他的欢欣或者忧烦的一个主要来源。

如果细心审视单位、公司等小天地中的人际关系，其间种种心思机巧，不乏波谲云诡，诸如合纵连横、围魏救赵、远交近攻等更多运用于国家之间的交往谋略，在此似乎也很能够获得印证。麻雀虽小，五脏俱全，单位也是社会的一个缩影，具体而微地折射出并阐释着人世间的游戏规则。利益的蛋糕总是嫌小，不敷分享也无法分享，晋职、增薪、出国，好事任谁都惦记，但偿愿的毕竟只有少数。再加上天性各异，好恶有别，共事中难免产生出种种的间隙。办公室政治成为社会学研究的一个分支，颇有道理，公司单位处世术之类的文章书籍也就应运而生。同事相处的艺术是要把握好尺度，分寸的拿捏是需要经验和智慧的。一个刚刚工作的年轻人，或者按现在的说法是"新鲜人"，往往会吃一些苦头。他胸中无城府，眼前多明朗，对人笑脸相迎倾心诉说，却未料到自己无意中已经得罪了与此人有过节的人。对不少人来说，成长的代价，是要在这个相对封闭的空间里支付的。

使人际关系以同事的面貌呈现的那类地方，天然地排斥诗性，是冷冰冰的现实主义的地盘。旅途上、聚会中，许多临时性、一过性的场合经常萌生的那些浪漫的悸动和遐思，在办公室里是难以找到的。恋情是浪漫情感的一种极致，但办公室的恋情和别处相比却打了不少的折扣：一是彼此间缺少足够的陌生之感，二是在同事的眼光下，要按照现实主义的原则来行事。也正是因为这些因素的制约，我们经常会看到某些情感的幼苗和碎片，某些欲言又止，某些含糊朦胧，总之是一种不清晰、未完成的状态。男女之情是生命的自然本能，异性同事之间当然同样可以萌生，只是相对于别处，此处土壤更为瘠薄，不适宜进一步生长。这种情形下，不少朦胧的恋情转换成了明确的好感，然后随着时间的流逝而又渐渐褪色。

要想了解一个人的优长和局限，知晓真实的人性，同事也是最好的观察对象和解剖标本。

萍水相逢的邂逅场合，人有时容易对某个异性一见钟情。姣好的容颜、悦耳的声音、迷人的姿态……会有那么多的地方让人怦然心动、坠入情网。陌生造成了神秘，而神秘则放大了好奇心。最初映入感官的只不过是吉光片羽，但想象力却匄匄燃烧起来，要把这个美的片段慷慨地放大，一直笼罩了对象的整体。这种经常是盲目的激情，很难滋生在同事之间。因为朝夕相处，近距离接触，优缺点一览无遗，便扯去了那层浪漫想象的轻纱。一个走到哪里都能吸引眼球的美女同事，我们知道她的做事拖沓、她的粗粗拉拉、她的虚荣心和小心眼等，知道那张漂亮面孔后面的诸多不够完美之处。我们仍然可以欣赏和喜爱她，但那是一种平视的目光，心静如水。虽然面对别的陌生女人、别人的同事，我们依然会神魂颠倒，不恰当地把对方安放到梦的高度。这也许是上帝为人性所设置的密码吧，他饶有兴味地观赏着人因为自己的局限而屡屡制造出的一个个悲喜剧，品尝到一种游戏般的惬意。

当然，上面从男女间情感的角度端详，只是因为这是一个更容易感受的方面。同事关系提供的东西其实要丰富得多。让人寒心的东西当然有，但我们且挑些好的来说吧。一些打动人的事情，因为发生在同事身上，不需要为了某种目的而人为地拔高，也更让人相信美和善的力量、存在的普遍性，以及朴实无华的方式。那位坐在角落里的沉默寡言的中年人，多少年中耐心伺候瘫痪在床的岳母，从不流露一句怨言，亲生儿子也未必做得到；那个性格不够通融随和的人，却默默地资助了一个贫困山区的儿童，一直到把那个人送进大学。这些都展现了生命的丰富性和矛盾性，让人眺望和思索人性的可能的边界。

存在的种种局限，生命受到自然力操控的本相，也最能够从同事身上体现出来。

譬如时光的杀伤力。一位同事，我们看着他，从二十岁出头的意气风发的青年，一步步走到了哀乐交织的中年，疲惫开始爬上了面容，衰弱开始拖住了脚步。除了他的妻子，只有我们才说得清，哪一年起他的鬓角开始长出白发，哪一年起他的肚腩发面团一样膨胀起来。当年他是多么的生龙活虎呵，打起扑克来可以一夜不睡，但如今他却一定要在午后去打个瞌睡了。因为自恋，也因为某种浅薄盲目的乐观，一个人有时会像鸵鸟一样不敢、不肯承认发生在自己身上的变化，但有同事在旁边做自己的镜子，他会变得清醒些，会减少这种错觉。从他的日渐衰老，我们也看到了行进中的自己的模样，以及无法摆脱的共同的自然生命前景。幻灭之情会真实地产生，氤氲开来。

这一面镜子，不仅映照了外貌的变化，也能折射出属于内里的一些东西。我们面前展开了某位同事的生命的脉络。那些体现在言行中的性格弱点，眼高手低、瞻前顾后、虎头蛇尾、抱怨太多而自检太少等，在他的生命路途上，是怎样集腋成裘般地积累起来，拖住了他向前迈进的脚步。而从同一间屋子里的另一个人身上，我们却能看到，从内心发出的力量是那样真实，笑容明朗，目光热切，一件件工作都能够安排得妥帖，一个个困难都悄然地化为乌有，似乎一切都能够化为享受。因此当某个令人羡慕的奖赏降临到他的头上时，所有人都认为极其自然。

启示因为来自身边，更能够对我们的精神产生实际的影响。

同学

嘀嘀的声音响起，手机接到了同学聚会的信息。哪一天，几点钟，在什么地方。愉快的情绪从内心滋生，期待开始进入倒计时。

相信接到通知的多数人，感受会和我一样。同学间的交往，总是带给人一种恬适的感情。置身这种场合时的轻松、愉快，和那类功利性的聚会完全不同。原本彼此陌生的人们，怀揣了某个目的而临时凑在一起，费尽心思地想着下一句话该怎样说，最要害的企图何时亮出，面对满桌的珍馐却食不知味。而非目的性却是同学关系的最本质的特点，与其他种种应酬往来划出了鲜明的边界。即使在举世信奉实利的今天，在走出校园十几年、二十多年后，绝大多数情况下，这一特点仍然鲜亮如初。

想想看，生命中最年轻的时光，属于诗的浪漫属于梦的多彩的时光，和社会规则不曾发生纠葛的时光，他们和我一起度过，我们构成了一个"命运共同体"：在一个共同的空间内，一段共度的时间里，一起成长，一起梦想，一起犯傻，也许彼此冒犯，但互相不以为忤。这样的时光不可复现。此情可待成追忆，只是当时已惘然——这种感慨并非仅仅适宜于描摹朦胧的恋情。

对同学的感情，其实很大程度上是对生命中的那段最美好时光的怀恋，只是未必意识到而已。同学是那一种生活的人格化存在，负载了那段日子里的记忆。每人的个性都不同，其前其后的生命轨迹也不一样，但因为这份缘分，拥有了共同的校园和师长，生命中有些内容彼此重合。如果把每个人的一生想象成由若干个区域构成的话，那么在几十个生命中，有一块田亩中生长着一样的佳木修竹，树影倒映在同一片湖水里。因为这种重叠和交集，一些东西彼此融入渗透。我的那些忧伤或者欢喜，他们也有份。

最深厚的友谊、能够延续一生的交情，往往正建立在同学之间。这很自然也容易理解。数年的过从中，彼此间的了解深入透彻，又值最渴求真实友谊的年龄，心灵更临近赤子的率真状态，利益的考虑尚未侵入，因此不用委曲求全，不必违心说话做事，亲近谁疏远谁，凭的是彼此的心仪和敬重，声气相投。

告别校园小天地，走上社会大舞台，人生道路开始分岔，每个人的旅程从此指向不同的方向，一路展开殊异的风景。多数人之间交往慢慢地淡了，联系渐渐稀疏了，甚至多年间彼此不知消息。即便长期保持联系的，也往往一年半载才通个音讯。这也很正常，生活的圈子不再交集，每个人在社会上要尽责任，在家庭中要尽义务，生活状态和当年在校时大为不同，没有时常过从的充分理由了。

不过这些都没有关系，并不妨碍在数百上千个共同度过的日子中形成的情谊。只要重新见面，一切仿佛如昨。那些熟悉的笑容、声音、姿态，似乎一点儿没有变样，中间数年、十几年甚至数十年的时间距离，也仿佛并不存在。往昔重现。在同学聚会的场合，一些当年的趣闻轶事会被翻出来，激起一片笑声。曾经的场景片断也在脑海中浮现，感受到当年的某种氛围。尤其是那段时光中与爱情有关的种种，往往会被更多地提起，成为最好的调侃话题。光阴流转，当年要死要活的当事人也都超脱了，曾经的伤痕早被时间抚平，自嘲的口吻中，混合了对青春的怀恋，以时光飞逝做背景，当年的青涩都平添了几分动人。

每次聚会，并没有预设的话题，风起云行，忽东忽西，充满了随意性。在这个场合谈论些什么并不重要，主要是借由谈话聊天营造出的那种气氛，让人放松和惬意。彼此扶持关怀，那一份人间的友爱，也往往在同学中最能够体现出来。回想大学同班同学的多次聚会，除了入学二十年、毕业二十年这类可以说是事出有因，大多并没有特定理由，往往是某个外地同学来京，或者国外的哪位回国探亲，谁一出面张罗就凑一起了。但有两次目的明确，一次是为一位同学捐款，他的女儿患癌症住院治疗，花费不菲，一次是商量如何援助一个不幸早逝的同学的孩子。那样的场合让人感觉温暖，不论是施予者还是受助者。

江山易改，本性难移，聚会颇能够印证此点。大抵当年调皮的仍旧活泼，当年内向的依然寡言。最戏谑的笑声，仍然发自当年的几张嘴巴，同样还是那一两个人，操控和调节着聚会的气氛和节奏。不过也不乏曾经羞涩的一变而为放任、一贯口无遮拦的多了些字斟句酌，相对于本人这该是变异了。这后一种情形里面，体现的就该是时间的力量了。把今昔联系起来看，有助于深入了解人生的玄奥，它们涉及了因和果、命和运、偶然和必然、时势的力量和个人的努力。一脉相承，合情合理，固然可以寻得到清晰的内在逻辑脉络，那些吊诡反常之处，其实也自有其演变的蛛丝马迹、草蛇灰线。

许多年过去，不同的境遇，拉开了彼此之间的距离。每个人要扮演命运派给自己的那一个角色，在人海中载浮载沉，社会的位置不同，人生的画面也不同，甚至是大异。一些人扶摇直上，一些人曳尾涂中。那些富了或者贵了，身居要津或者腰缠万贯的，按照社会上的游戏规则，在正式的场合要摆摆架子做做指示，这也很自然。但在同学面前，他不好意思用那样的姿态。倘若某个人真的就这样做了，会被同学讥讽，实在是自取其辱。社会上的规则是一回事，但同学之间的交往过从中，毕竟有着自己的标准和尺度。其实，那些别人眼中的社会栋梁和显达人士，每天的一言一行都要顾及与自己的身份相符，时时处处受到掣肘，也未必没有换个环境轻松自然一下，体会一回本真状态的念头。这类的场合并不很多，同学相聚便是其一。

同学数载，怎样说都是一场缘分。但因为性格志趣不同，有些人彼此不认为有交往的必要，冷淡疏远，甚者毕业分手后就失却音讯，自此相忘于人世，仿佛生命中从来不曾存在过这样的一页。这颇让人感慨。但还有比这更为不堪的，往往和不正常的时代政治生态有关。或者迫于强大压力出于自保之念，或者是内心某种幽暗的成分借机发酵，于是从私下的告密信小报告，到公开场合的揭发攻讦，甚至是毕业分离多年后面对来访的调查人员所做的证词云云，都让人感到内心恐惧冰冷。这样的情况，在近数十年的历史上就不幸反复地出现过，伴随着一次又一次的运动。

同乡

"君家何处住，妾住在横塘。停船暂借问，或恐是同乡。"

两个青年男女，在同一条江上讨营生，摆渡或者给人运送货物，小舟时常擦舷而过，但是不曾说过话。日子流淌，彼此间萌发了一缕好感，就想搭上话。按今天的话，就是"碰磁"吧。如果两人谈得来，下一步感情再升温也无妨。不过这最初的话该说些什么呢？颇费些思量。要显得自然、双方都不会感到尴尬才好。

有了，就问问对方和自己是不是同乡吧。

这首短诗，是唐代崔颢的绝句《长干曲》。可见，同乡天然地具有一种情感黏合剂的效果。

这种让人相互贴近的同乡之情所从何来，凭借的是什么？

首先该是源自一种共同的生活环境。生长在同一个地方，气候干燥或湿润、寒冷或炎热，目光望出去，是高山峻岭或者平川无垠，饮食口味偏重辛辣或甜腻，这些都是时时会作用于感知的。作为同乡，这些背景因素必然给彼此的生活增加了许多共性。比这更为明显和直接的，是那个区域内的许多人都曾经参与或者了解的一段生活，彼此都认识的人、都知晓的事件、都闻知的社会关系。如果不拘围于时下，向历史回溯，家乡的历史和名胜，更具有一种强烈的标志性和凝聚力。这一些经历和记忆是共同拥有的，具有某种人际圈子的特性，经常是不足与外人道的。

同乡的感受，是和彼此间的距离成正比例的。距离越近，感受也就越深。在同一个县里长大，比起同属一个市的但分属不同县的，显然拥有更多的共同话题。但同时，标准也是伸缩变动的。大抵离开故乡越远，故乡人的范围就变得越大。在省城，老乡的边际往往就是县境的分界，到了首都，来自同一个市里的会被视为乡亲；等到脚步走出国门，尤其是来到那些华人稀少的国家，遇见的每一个国人都让他感到亲近。"客舍并州已十霜，归心日夜忆咸阳。无端更渡桑乾水，却望并州是故乡。"唐代诗人刘皂的这首《旅次朔方》，描绘的正是类似的心境。客居并州，时时怀恋故乡咸阳，等到来到了更北更远的地方，连时时想离去的并州，都变得像自己的故乡一样亲切了。

古典诗文中，有不少是描绘对故乡的深情的。秋风刮起，张翰怀念故乡吴中的莼菜羹和鲈鱼脍，遂辞职返乡。"胡马依北风，越鸟巢南枝"，动物尚且如此，何况是感情丰富的人？年轻时可以离乡背井外出打拼，谋求功名利禄，等到渐入老境，便会格外惦念生养自己的那一片热土，故国乔木，时时入梦，乡愁连绵，不绝如缕。这些，也是同乡之情赖以生长的土壤。

这种意识，似乎外国人没有，即便有也该是极为淡薄。推究起来当是与社会形态的不同有关。中国是有数千年历史的农业化社会，安土重迁，流动性弱，绝大多数的人，一辈子都生息歌哭于故乡这一个地方，自然会看重眷念这片土地。而在其他处于不断变动、迁徙中的社会，这种感情就要大打折扣了。譬如对生活在被称为"车轮上的国家"的美国人而言，要让他们深入理解上述那些旧诗词中的幽微深沉，即便不是鸡同鸭说，至少也是颇有难度。

有关同乡的意识，大抵是随着年龄的变化而有所不同的。

年轻时，尤其是到外地求学时，最容易萌发乡愁。离开生活了多年的家乡，告别父母的荫庇，来到陌生环境，难免会产生种种不适。同学来自四面八方，同处一室，却是南腔北调，生活习惯也多有不同，这时身旁倘若有一两位同乡，彼此间会很自然地产生亲近感。所以几乎每所高校都有同乡会，尤其对那些新近入学者很有吸引力，甚至可以说，它的主要功能就是给新学子提供一份家乡的慰藉。同乡相聚，操着家乡方言聊天，吃着哪个人带来的故乡特产，小点心或者瓜子、果脯之类，唇齿间缭绕着自小就熟悉的味道，可以有效地缓解新来乍到的不适之感。这一点还可以得到反证：进入高年级后，就很少甚至不再参加同乡会的活动了。等到毕业后进入社会，正式登上人生的舞台，日日在红尘间打拼，诸种功利考虑把灵魂空间挤占得逼仄，乡情会逐渐变得稀薄，而且更多和现实利益纠结在一起。不过到了晚境，喧嚣退去，生命状态回归沉静，又会更多地怀念家乡，同乡之情也容易重新被唤起。我的好几位长辈亲属都是这样，大半辈子生活在京城，和家乡少有联系，退休了，却时常念叨着想回去看看，同居一城多年没有联系的同乡，也开始走动了。

同乡之情会附带着产生一些结果。大学里，每年新生入学，都会有高年级的老乡前来看望，关心是当然的，但也经常有人会挟带了一些私心，看看家乡来的妹妹是不是适合成为花前月下的伴侣，的确也有不少成功的。这就是同乡关系产生出的红利了。生活和工作中，同乡之间也会有更多一些的关照提携，这也是人之常情，自古而然。我曾经看到过一个地市级城市的在京同乡会的会刊，只有薄薄的几页，主要内容就是在京同乡们的单位、地址和电话，封面最上方印着三行醒目的红字："相互提携，共同进步，回报家乡"。二十多年前，我参加工作的头几年，单位在北京菜市口附近，明清两代和民国时期，那里是各地会馆密集的地方，有两年的夏天，晚饭后到天黑前一段颇长的时间里，我骑着自行车，在周围方圆几公里范围内的小胡同里信马由缰地闲逛，随处能看到当年的各地会馆旧址，虽然大都变成了大杂院，但建筑格局基本上还完整，不少会馆的名称还依稀可辨。湖广会馆、渭南会馆、新会会馆、台州会馆……遥想在漫长的岁月里，在万方辐辏的京师之地，这些会馆负责了来自家乡的乡绅、官僚的过往居停，特别是成为大量的应试举子的食宿之所。有多少故事在其中发生，多少人的命运变化与它有关。历史悠久数量繁多的会馆，已然成为古都文化的一个重要部分了。

一个地方如果历史上出过彪炳史册的名人，会成为当地的一块金字招牌。不久前刚从湖北秭归旅行回来，与同事们说到该地，多数人并不很清楚，但一说起那里是屈原故里和曾经的昭君故里，人们的表情随即不同了，表现出了浓厚的兴趣。人杰地灵，地因人彰。其实，喜欢去一个地方旅行，无非是两样因素，风景或者人文之胜，而后者，往往牵连了一位或多位历史名人的行踪遗迹。外乡人尚且如此，名人家乡后人对先贤所产生的敬爱仰慕之意，在外人面前表现出的强烈自豪感，就不难理解了。"钱塘苏小是乡亲"，清代大诗人钱谦益曾经为南朝歌妓苏小小写下这样的诗句。故乡历史上一位绝代美姬尚且能够使一千多年后的大诗人感到自豪，那些道德高洁、有功于民族社稷的名人先贤，其精神更是能够对后世乡人产生潜移默化的影响。如果把这作为一个课题来研究，应该能够有切实的收获的。

他们生活的时代，距今天已有数百年甚至上千年之遥。岁月阻隔，人事代谢，古今如梦。但如果他们凭借其不朽的道德文章而长存史册，他们的英名不时地会在后人脑海中萦绕，让他们时常沉浸并缅怀他们的思想、情感和事功，那么，岂不是比每天晃动在身边的芸芸众生的身影，更具有一种本质上的生命的真实性？

返乡记

一

计划了很久，终于，在三月底的一天，开始付诸行动了——开车带上父母，回河北老家。说到三月，容易联想到暮春三月杂花生树、群莺乱飞之类的形容，但那是南方。这里的视野中仍然还只有浅浅的绿色，早晚风吹过来，仍然裹带着料峭的寒意，毛衣还不敢脱下。

父母搬来京城已经满八年了，以往每次回老家，多是坐长途客车。坐我的车回去还是第一次，方便了很多，尤其是父亲有个习惯，一出门就觉得憋尿，忍不住想上厕所，哪怕出门前一点水也没有喝。很明显的心理作用，但就是无法摆脱。因为这种顾虑，他怕坐长途车，这些年来比母亲少回去好几次。这回省事了，不过也许是因为卸掉了心理负担，他倒是一点事情都没有了。

从永定河大桥下了京开高速北京段，就进入了固安，河北省的地界。虽然自此以下不是高速公路，但也很好开，轻轻松松地就上了一百迈。第一站是任丘华北油田小姨家，要接上她一同回去，给姥爷姥姥上坟，清明节快到了。不到两个小时就到了小姨家，一家人都站在门口等着。姨父的母亲，我一直叫大奶奶，二十来岁就守寡，把独生儿子抚养大，如今快八十了，不过和差不多二十年前最后一次见面时相比，变化并不算大。表妹也带了孩子，从婆家赶过来照了个面。上次见她时，她刚刚高中毕业，考上了东北的一所警校，我在北京火车站提前买好票等着，在附近饭馆请她吃了一顿饭，然后把她送上火车。她毕业回到油田当了一名民警，然后成家，养孩子，如今她的孩子都读初中了。不知不觉就过去了这么多年，想不感慨都难。表弟那时还穿开裆裤，如今也早就到了该成家的年龄。最近谈了一个，处得还不错，女孩提出要来家里看看，就定在今天下午。小姨说："计划赶不上变化，未来的儿媳妇我怎么也得瞅一眼，把把关，不跟你们一块儿走了，过后我坐长途车回去吧。"

二十世纪八十年代，是华北油田，可能也是整个石油行业的黄金期。那时候，小姨家数得上是亲戚们眼中的富人了，吃的用的，都比我们要高一个档次。姨父为人豪爽大方，尽自己所能给了老家的亲戚们不少经济上的支持。但如今却风光不再，油田早就被采掘枯竭了，收入大幅度减少，住的地方也很逼仄，和当年比没有什么改善。但他几十年的老习惯没有变，仍然是喜好交往，每天烟酒不离口，虽然烟被换成了几块钱一包的，酒也是很便宜的酒。没多少事干了，和一帮朋友打麻将的时间更长了，屋子里总是烟雾缭绕。父亲是节俭惯了的人，一直对姨父的大手大脚颇不以为然，多次说过他这么多年喝掉抽掉的那些钱，都够买一处大房子了。要是节俭点，会计划些，哪会像今天这样住得紧紧巴巴的。母亲也赞同，但有时候嫌父亲说得多了，也会抢白两句："人家哪像你那么封闭，跟谁也不交往，一辈子抠抠索索，舍不得吃舍不得穿的。"看来性格、生活方式不同，沟通起来真不容易。

我们吃过小姨和表妹上午就做好的一桌饭菜，便又动身。接下来的路更好走了，不久就到了河间市。此地历史久远，古代曾为河间国，宋朝设河间府，明清两朝是通往南方各地的"御路"，俗称京南第一府，极为繁华兴旺，但如今却只是冀中平原上的一个普通县级市。驴肉火烧是这里的名产，因此满眼都是卖驴肉火烧的店铺招牌。但我不免有些疑惑：驴是耕地拉车都用得着的生产工具，谁舍得杀，哪有那么多？成了人口中菜的，要么是老死的，要么是病死的，或者是挂羊头卖狗肉也未可知。当然，这只是个人的想法，不曾求证过，或许真有专门食用的所谓菜驴？爱书人的迂腐气不觉又发作了，我忽然想到，驴子以其温顺的性格、乖巧的形象，在西方文学作品中向来是正面角色。大诗人希梅内斯、史蒂文森等，都以充满爱怜的口吻，咏之诵之，他们倘若来到这里，看到满街的招牌，会做何想？

然后是献县、阜城，车开得更快了。当年路可远没有这样宽阔平坦，坐长途车回家，差不多要六七个小时。如今有了自己的车，三个多小时就到了，且一路很舒服。当年那些旅途辛苦，夏天的炎热、冬天的寒冷、颠簸和拥挤，都仿佛变得不真实了。如今回家变得这么容易，看来今后要多回几次，即便仅仅是为了父母。父母随着岁数越来越大，近年来更多更经常地念叨老家里的人和事，毕竟那里是他们生活了大半辈子的地方，叶落归根，老马恋栈，这一点也是基于人性的奥秘吧。一路上，父母都很兴奋的样子，话也多，觉得没有跑出多远，就看到了前方地平线上浮出了古塔的轮廓，那正是县城的标志。

当晚就住在父亲当年的一个同事家，这是早就说好了的。多年来两家人走动频繁，父母搬来京城后也一直保持电话联系。这是一个新起的小区，当年这里是西南城墙外边的一片庄稼地，地势洼，一下雨就变成了水塘。这位伯伯是县城机关官员中的文化人，爱读书，擅书法，温文儒雅，大姨更是热心肠。孙女也争气，考上了北大，很快又被香港中文大学录取，提供全额奖学金。我们一直聊天到很晚。

二

第二天在旁边一家饭馆吃早餐，油条、豆浆、鸡蛋、咸菜，熟悉的家乡味道。饭后到银行办工资易地提取的手续，到社保机构提出近两年的医疗保险费用等，都是来之前筹划好要办的事。开着车，所以办得较快。县城比当年大多了，新添了好几条很宽的马路，新起了不少五层六层的楼房。原来熟悉的几条老街都还在，但显得短了很多、窄了很多，两边保留下来的少数老房子，看上去也那么低矮、破旧、寒碜。父母目睹了它们多年中逐渐的变化，搬来京城后差不多每年也都回去一趟，感觉不明显，但自己离上次回去已经有八年了，感受自然要强烈得多。办事情时，碰到好几个人，要么曾经是当小学教师的母亲的学生，要么是当年县委家属院里的孩子。县城小社会，低头不见抬头见，当年中学的同班同学，有的彼此变成了妹夫妻兄的关系，有的又成了连襟，娶了同一家的姐妹。社会学家要是研究一番县城人际关系网络的话，肯定会很有趣。

经过一条污水沟时，恍然意识到这应该是原来城墙东边的那条小河。现在是春天，没有感觉到什么，但看那个黑乎乎的程度，估计到了夏天老远就得捂鼻子。上小学乃至上中学时，这条小河都是我的天堂。那时没有别的娱乐，夏天跳到水里就是最开心的享受了，现在还恍惚记得每次赶往河边时那种欢喜雀跃的心境。当年水很清很干净，渴了可以捧起来喝。河两岸绿树成荫、芦苇密布。有个要好的同学，父亲是转业的老军人，最大的嗜好就是钓鱼，每天花很长时间坐在河边。他家里也总是有鱼吃，虽然多数个头不大，超不过半斤。他的母亲是广西人，做菜的味道很不一样，好几次被留在他家吃饭，觉得极好吃。但二十来年过去，如今小河却变成臭水沟了，两边原来的庄稼地也盖上了房子。县城里和当年的自己岁数仿佛的孩子，想都不能想我们那时候曾经体验的快乐，只能玩玩花样繁多的电脑游戏了。

中午，父亲原来工作的单位请吃饭，多一半是新的面孔。有几个当年的叔叔阿姨，也早都退休了，得到消息临时赶来的。有的差不多二十来年没见面了，但一点儿也不觉得声音笑貌陌生。不知不觉，如今我也是他们当年的岁数了。这样一想，人生短暂的感慨就陡然变得浓烈了。有一位我一直叫铁成大叔的，是骑车从七八公里外的一个村子赶过来的。我记得，当年他生活十分艰难窘迫，脸上总是愁容不展。家在农村，有好几个孩子，妻子又有病，晚上下班后他经常骑车回去干农活。他有一个比我小一两岁的女儿，有时会带到办公室来，也瘦弱得不成样子，黄黄的头发，一看就是营养不良。他当年干瘦得竹竿一样，如今却发胖了，仿佛变了一个人，但言谈举止中仍然是那种谨小慎微的模样。分手时，他对父亲讲，以后再回来时一定要提前通知他，他一定赶过来，老伙计见一面不容易。两个人眼眶都有些湿润。

饭桌上，大家有一搭无一搭地聊天。这个部门是信访办，说起下个月该轮到谁去北京，把上访的人接回来。现在干信访的常挨骂，想想真冤。访民反映的情况，该汇报的都汇报了，有关部门拖着不给解决，信访又能怎样？说到县里有实权的部门的领导们一般不来这个饭馆，都去二十多公里外的德州吃饭，一是那里档次高，二是可能也不愿意给人看到吧。说起县委大院里另一个部门的谁谁，老伴去世后想续弦，儿女死活不同意，他执意做了，如今得了重病，儿女都不来看一眼。然后免不了感叹几句。

离餐馆不远处，一条街道的内侧，就是原来的家，一个小院，三间平房，从搬来到离开，差不多住了二十年。当年父亲专门回来一趟，几万元卖了出去，如今听说涨了几倍了。买主把房子拆了，将地基垫高，在其上重新盖了两层的楼房，开了一家商店。这条三百来米长的街如今变得非常热闹了，两边起了不少小店铺。少不了要看看几家临街的老邻居，坐上一刻钟，说说各自的健康、子女们的近况等。每次回家，都会听到有老熟人、老同事故去，这次也不例外，又让父母欷歔一番。从一个邻居家出门时，远处走过来一个熟人，邻居悄悄说，前些天他被查出了大肠癌，家里一直瞒着他，说是痔疮。

又绕到家属院东边的舍利塔前看看。这是本县的名胜，建于佛教兴盛的北魏年代，在全省也很有名，被列为"河北四大古迹"之一。当年还有千佛阁、无梁殿两处附属建筑，"文革"时被县里中学的红卫兵"破四旧"拆毁了，当时还死了一个人，是脚被生锈的铁钉扎了得了破伤风。前几年无梁殿被按原貌重建，塔周边也被整修成了一个很像样子的广场了。广场东边，新建了一座佛堂，正在做法事，香火缭绕，梵乐阵阵，煞是兴旺。母亲在门口探头，意外地发现当年的一位老姊妹、在小学教书的同事也在里面，穿着式样宽松的灰色居士服。她走出来跟母亲高兴地聊了半天，说还有几个当年的同事，也是这里的常客了。我还记得，她当年操着让我们听来发笑的普通话腔调念课文，教我们做共产主义事业接班人。听她讲，城西边的天主教堂里人更多。

因时间匆忙，本来未打算和县城里当年的同学们联系，但在街上碰到了一个女同学。女同学一家四个姐妹，个个漂亮如花，当年曾引起县城里多少人的遐思绮想。记得小学三四年级时，晚上和小组的几个同学到她家去，在一张桌子上写作业，头挨头，心中曾浮现出最初的朦胧甜蜜的情绪。如今她完全是政府机关一位干练的科级干部了，听说下一步有可能出任某个更高的职位。她对我事先未告诉她颇有微词，不由分说，当时就拨打手机通知了几个同学，说好晚上请我吃饭。见了面，那些多年未见的老同学，神态、声音、动作，都不觉得有什么变化，恍惚回到了二十多年前。也是话题散漫，东一句西一句的，如当年同学时的趣事逸闻等，但更多是对于高层内幕的一些打探，许多传言荒诞不经，但看得出很多人信以为真。这也正常，谁让这些总是被遮掩在幕后呢？那就难免让人猜测。在座的同学多数都是在县里各个部门级别相当、有点权力的了，那些混得不济的基本上也不在他们日常交往范围中了，我问起两位同学的情况，都说不清楚，好久未联系了。

说起他们天天都要应酬、喝酒，脂肪肝了也得喝，对上面的要恭敬，对下面的要显出领导的样子。也烦，但都是这样，不能不参加，得罪谁也不好。要建和谐社会了，但首先要和领导和谐好，和关系单位和谐好。吃到一半，一个同学匆匆离开，说请老同学原谅，还得赶另外一个饭局，早就答应人家了。

和这么多老同学聚，二十多年来是第一次。因为高兴，不用人劝，自己就喝了不少，头晕乎乎的，筷子接连掉到地上，说话也不利落了，倒是大家阻止我再喝下去。我被送回所住的宾馆房间，一沾枕头就昏昏睡去了。

三

第三天的早餐是在县城西门旁的一家早点店吃的。这个地方，我听父母念叨过多少次了，搬走前的多年中他们经常来这里吃饭。不大的门脸，前面是铺面，摆了四张长条桌子，后面是厨房。不少人只能站着吃。五十来岁的主人和善谦卑，让人想到旧电影中那些信奉和气生财的掌柜，见到多日不见的父母，满脸堆笑地问好。母亲说生意这么红火，把店面扩大点吧。掌柜笑笑说倒是有这想法，可小本生意没有积攒下那么多钱啊。

早餐后即出发去衡水，本地十几个县的行政首府所在地。小时候觉得这里是很远、很大的一个地方，记得第一次走在它的街上时，体验到了一种羡慕和自卑相混合的情绪。没想到如今开车一个小时就到了，和我在北京每天上班路上一个单程花的时间差不多。年龄增加的过程，也就是世界缩小的过程。到市公安局办了有关申请护照的手续，然后到指定的照相馆照了相，妹妹在国外，一直想让他们出去看看。然后去看望当年在县城的一家老邻居。多少还有些亲戚关系，按辈分我叫他们姑父姑姑，前几年搬来这里跟儿子住。问了彼此身体情况、儿女情况后，话题移到了当前形势上。姑父长期在法院工作，闲聊了当地几个近期的案件。姑姑多年前就得了半身不遂，说话含糊，样子显得有些傻乎乎的。但告别时，却分明流下大滴的眼泪。大概心里在想，今后是不是还能见面就难说了。

出了门，又去二舅家。十几年不来，周边环境完全变化了。

舅舅一家人已经等在楼下了。舅舅性格忠厚平和，平时话很少，退休前在电台做技术工作，舅母也是温婉贤淑。不大的三居室，东西不多，被收拾得极为齐整。阳光照着清洁寂静的屋子，有一种知足常乐的氛围，那是一种属于小民的安宁平淡的幸福。两个孩子性格也像父母，内向文静。大表弟在省城读的中专，被分配到市里对口的部门当了公务员。小表弟毕业于北京的一所名牌大学，如今在北京有很好的工作。

去旁边的饭馆里吃了饭，带上舅舅，开了一个小时车，又回到县城西边七八公里远的姥姥家。说来也巧，姨也刚刚下长途车进门。小时候，我前后在姥姥家住过不少时间。十几岁时，读浩然小说入迷，梦想着将来也当一名写农村生活的作家，内心中把这里当成了自己的根据地。我和大舅、小舅都有十多年未见面了，因此脑海中保留的还是当年的模样，觉得他们肯定会变老一些，但没有料到老得那样多、那样明显，见面时的第一眼，给了我内心一种颇强烈的撞击。大舅脸部不停地抽搐，据说是得了面部神经麻痹之类的毛病。他当年当过乡中学的老师、校长，后来被调到乡里当了党委秘书，也退休多年了。他当年很有抱负，如今言谈话语里却只剩下牢骚了。大表弟在公路边开了个商店，生意还好。小表弟当年在北京部队机关大院里给首长开车，大字也写得不错，都以为他会转成志愿兵留下来，结果被别人给顶替了，说起来，表弟直后悔礼送少了。如今他在乡政府开车，爱人在乡里中学教书，想调到城里，正在托关系找门路，但听说难度也极大。

相形之下小舅光景最差。小舅人长得土气，小名就叫"小丑"，但心地极其善良，热心助人，在村子里有很好的口碑。记得好多年前的一个冬天，姨父送给他一件簇新的油田工人的棉衣，当时可是非常珍贵的，但他穿了没几天，看到村子里一个光棍汉没有棉袄穿，当场脱下来给他。我小时候泡在姥姥家，在小舅身边的时间最长，因为调皮，经常气得他够呛，但他最多也就举起手吓唬一下，从来没有落下来过。如今庄稼人上了岁数，能够依靠的只有孩子，可惜，两个儿子都不争气，没有继承他的吃苦耐劳的秉性，地里的活不爱干，又没有本事干别的。如今小舅给一家村子里人开的乡办企业看大门，也是人家念他的好，让他挣几百元钱的零花钱，这点钱有时还要补贴儿子。说起来，都让他厉害点，家长的架势该端还得端，这时候小舅只是憨厚地笑笑，说认命了。

母亲一家兄弟姐妹，坐在一起喝茶、抽烟、闲聊。忽然有谁说了一句："好多年没有聚齐过了！"然后一起回忆，上一次这么齐全是姥姥过世后不久的那个春节，至今已经有三十年了。我也清晰地回忆起来，我当时正生痄腮，也就是流行性腮腺炎，疼得要命，母亲按照别人介绍的偏方，将仙人掌弄碎捣成糊糊，抹在腮上，冷冰冰的难受。那几天什么也不想吃，除夕晚上，经再三劝说才夹了一个饺子吃，不料是豆腐馅的——几百个饺子里只有一个是豆腐馅的，寓意"有福"，我当时明白了什么是苦笑：原来得痄腮是有福呵！此刻他们回忆着当年的种种情形，颇有感慨。过后我有些后悔，为什么没有把这个场面拍下来。人生匆促，聚少离多，这样的时候肯定是难得的。

晚上，我和父亲睡在表弟临近马路的商店里。我半夜起来，去外面小解，看满天繁星，明亮皎洁。旁边村子里的狗，高一声低一声地吠着。这样的情景也多年没有闻见了。

四

第四天，在姥姥家吃过早饭，又开车去二十多公里外的一个村子。这是我的老家，填表时在出生地一栏里要填写的地方。其实我从出生起，就跟着当小学教师的母亲，前后住过几个村庄，后来又搬到县城，在老家村子里待的时间，加起来也没有几天。如今县里各个村庄贫富不均，那些搞得不错的地方，或者土地条件好，或者靠近公路可以做些买卖，或者有"能人"带头弄个工厂企业把乡亲们带动起来，这里却是哪一样都不沾，所以多少年都不成，一直破败，附近村子的闺女都不愿意嫁过来。别的村子再穷，进村的路起码是柏油路了，这里却仍然是一条坑洼不平的土路，飞土扬尘，和我二十多年前来时的样子似乎没有什么不同。

阳光明亮地照射着，让人眯了眼睛，春天的风也大，顺着过道刮过来，扬起满地的尘土，像是黄乎乎的烟雾。父亲沿着老宅所在的那一条巷子，挨家登门打招呼。按血缘讲，住在这条巷子里的是最为亲近的。父亲至少也十几年没有来过了，但哪里是谁家都说得基本不错，也证明没有太多变化。不过好多家的老人已经不在了，年轻些的多不认识，往往是父亲费半天口舌自我介绍，对方才明白过来，于是有叫叔的，有叫大爷的，还有叫爷爷的，又让父亲不由得感叹。

小姑嫁到了旁边的一个村子，说是两个村子，实际上只隔了一个水坑，多年前就完全干涸了，坑底变成了道路，车辙遍布。小姑几年前就高血压半身不遂了，只能维持最基本的治疗，每天吃一片降压药。表弟和嫁到本村的表姐，还有嫁到外村的表妹，都在门口迎候。他们岁数和我前后差不了几岁，但看上去比实际年龄苍老得多。姑父说家里就那几亩地，女人家弄弄就够了。村子里没有厂子，要想挣点活泛钱只能出去打工。老家有个风气，女孩子都不兴出去，既不当保姆，也不当餐馆服务员，个别出去的也是到亲戚家帮着做家务，照料老人和孕产妇等。男的多数是去石家庄、天津或者北京的建筑工地上做农民工，一年下来弄好了能挣个万儿八千块钱，不济的话就难说了。表弟十八岁的儿子现今就在天津当瓦工。

自己在媒体工作，也编发过一些赞美新农村的稿子，但在这里似乎难以感到那种喜庆的气氛。当然生活是比过去改善了，一般不再为吃穿犯愁，但种种操心忧虑总是影子一样伴随，随时可能出现让日子重新变得艰难的事情，让人难以彻底地放宽心——像家里有人生病、孩子考上大学交学费等。说起让下一代好好念书，将来考大学出去，改变自己的身份和命运，他们也并不以为然，还张口就举出例子来：旁边的一家，闺女考上了省城的一所高校，四年下来花了家里不少钱，但毕业快两年了，到如今也找不到工作。女孩心理都有问题了，整天把自己关在家里不出门。

村子里有一半以上的初中生都辍学了，帮着家长干农活，或学着做点小生意。

父亲让表弟带着，来到了一处麦田，当年奶奶就葬在这一带。我恍惚记得出殡时的情形，吹唢呐、放鞭炮、穿一身素净的白色孝服、将一个瓦盆举起来摔碎等。那时我七八岁。麦苗还不够高，只是淡淡的一抹绿色，风扬起尘土一缕缕飘过来。坟早就被平了，只能知道大致的方位。父亲跪在地上，朝着那个方向，嘴里念念有词："娘，你儿子、你媳妇、你孙子，今天来看你了！"然后磕了三个头，我则鞠了三个躬。仪式是一种感情的寄托，给祖母上一次坟，是父亲念叨多次的心愿，今天算是终于实现了，我看到父亲脸上挂着欣慰的神情。

然后又开车七八公里，到了二姑家。二姑快八十岁了，身体还算健壮。姑父多年前去世了，她跟着二表姐过，上门女婿很能干，又十分孝敬。二姑反复说了几次："我虽然没有儿子，女婿比好多当儿子的还知道孝顺我呢，你说我有福吧？后院他三叔家，有仨儿子又怎么样？老了，生病了，谁都不管，住放柴火的耳房里，吃剩饭，冬天也不给生炉子，脚指头都冻下来了。"在县城里时，我就听一个在民政局工作的同学讲到过类似的事情。同学是文学爱好者，说农村如今可不是当年沈从文笔下的样子了，道德沦丧并不比城里少。

大手大脚的表姐，一直在旁边忙着做饭。肉是到旁边乡镇市场上现割的，一半瘦肉一半肥膘，炖好后装在大碗里，油汪汪的。真空包装的德州扒鸡是别人送的，一直舍不得吃。还有自己家腌制的萝卜缨子、茄泥、芹菜梗，样样味道都让我想到了多年前，那种感受，和小玛德琳点心的味道让普鲁斯特恍惚回到童年时光，该是没有什么两样。味觉最能够唤起记忆，这是被科学研究证明了的。

姑姑得知我的女儿十四岁了，读初三了，便念叨说过几年也该找婆家了，家里还有些好棉花瓤子，趁着眼神还行，先给絮几床被褥，算是姑奶奶的一份心意。她当然无从知道，孩子眼下正是多梦时节，小脑瓜里三天两头有新想法，前几天还嚷嚷着想考SAT，到美国读大学。我忽然联想到了如今颇时髦的后现代主义理论，对它我始终是一知半解不得要领，但此刻在华北平原的一个农家小院里，却对其中一个主要的观点，就是同一空间中不同时间的并存，似乎有所理解了。我和姑姑所生活的世界，虽然只有几个小时的车程，但从外观到内里，却是多么的不同，中间仿佛隔了一个世纪。

午饭后，稍稍打个盹儿，就驶上了返回北京的国道。

车飞驰着，很快就将故乡甩在了后面。我想，随着重新回到前方那个巨大的城市，随着进入那里的生活和工作，这几天所经历、所感受的一切，很快就会被忘却，变得像影子一样虚幻。

周　围

依照通常情形，一个人对于周边环境的了解，大概以脚步所能抵达的距离为边界。从他工作或居住的地方出发，向东向西向南向北，各两公里左右，基本上便是他的活动区域的上限了。在此范围内，他常常会有故土般的熟稔，超出这个圈子，就可能感到陌生。有远足爱好的人对此或许不以为然，但这应该符合大多数人的情况。

这已经是一片不小的区域了。在辽阔的乡间不算什么，可能就是一大片农田，最多也无非是道路、村庄、池塘、树林、打谷场的组合，基本构成是简单明了的。但在城市，这十多平方公里的区域中，街巷纵横，院落错杂，数不清的单位、部门藏身其间，大小商场、酒店宾馆星罗棋布，数十万居民生息繁衍，日升月落的循环之中，歌哭悲喜的交替之间，有着怎样的丰富、浩瀚和神秘？仅仅是想一想，就会感到微微的晕眩。

一个人行走在这样一大片区域中，与周边物事日夕会面、目交神接，他会受到什么触动，会想些什么？探究起来，岂不也是一件很有兴味的事情？

我大学毕业后被分配到这家报社，二十年了，一直没有变动，只是在内部换过几个部门。报社地盘不大，由四座建于不同时期的楼房围成一个长方形。站在院子里，感觉像置身于一个放大了的天井中。我在后楼六层一个朝南的房间住了五年，当年那一层都是集体宿舍。房间的窗口下面，正对着一条南北方向的小马路，两旁对称分布着几排四层高的居民楼，年头很久了，红砖墙面早已经褪色，灰黑色的脊形屋顶上，屋瓦黯淡斑驳，像盖了厚厚一层苔藓。

出报社后门，顺着这条马路步行几分钟，就到达一条东西方向的街道。街南边，是中央芭蕾舞团的院子。漫步在这一带街巷中，时常会看到面容姣好身材挺拔的女孩子，多数就是从这里走出来的。举手投足、言谈謦笑，都有一种特有的姿态和气质，让人想到春天里一株繁花照眼的小树。这一带多是普通市民住宅、小工厂和小商铺，街巷胡同都很灰暗破败，因此她们的存在仿佛另类，透露出的是另外一个世界的气息。看到几个这样的女孩子迎面走来，优雅美丽、笑容灿烂，立刻觉得眼前都被照亮了，感觉到生活的美好可人，心中油然跃动一种欢欣鼓舞的情绪。

如今，这幕情景依然可以见到，视野中的女孩子们依然是那样明丽动人，但我清楚，练功房里，面对那一面巨大的镜子刻苦训练的婷婷身影，该已经换过了多少拨了。二十年前，十多年前，曾经在这些胡同走过的、引发过我的绮思的少女们，如今都在哪里，拥有怎样的一种人生？她们献身的是一种残酷的职业，典型的青春饭，淘汰率极高，没有几个人能够把红舞鞋长久地穿下去。时光洗漉下，什么可能都会发生。除了少数的幸运儿，大多数人可能会在各地的群艺馆、少年宫一类地方，担任教师或艺术指导。甚至可能完全脱离专业，到图书馆或资料室担任保管员，我就曾经数次在成排的书架、蒙尘的文件柜之间，看到过她们。烧得很热的暖气让人困乏倦怠，天花板上，荧光灯镇流器轻微的嗡嗡声放大了寂静。这种地方都很清闲，足以让她们细致地回忆往日如花的年华，在脑海中重温足尖上的梦想。某个外边单位的人来办事，可能会对她多看上两眼，产生一些好奇的猜测。这实在也是正常的。美本来就是稀缺的，再经过职业的训练，其印痕更是难以完全湮灭，如同一首曲子奏毕，余音仍旧袅袅。

因为某种机缘，她们多年后回到这个院子，或者仅仅是自旁边走过，从那些美丽的身影上望到自己的过去，那一刻她会想到什么？你会说无非是韶华易逝之类的感慨，陈旧得很。这是事实，然而对于当事人的感受而言，这样的口气未免过于轻率了。说到底，有关生命的一切，感触、思索、事件、遭遇、生老病死，又有什么不是屡屡重复的？人生不过是一代代的循环，无穷无尽，"太阳底下无新事"。不过，对于每一个人，生命都是唯一的，那个过程连同其中的滋味，都要从头经历和品尝，因此那些放在历史和人群的背景上看会显得陈腐的所思所感，一旦落实到具体个体身上，都生动、鲜活和强烈，具有真切的质感，像刀子划过玻璃，火焰炙痛手指。

再往南不远，就是有名的陶然亭公园了。在二十世纪初文人们的笔下，这里是一个荒凉萧瑟的所在，贫寒的文士们在此把盏赏菊，努力为晦暗的生存涂抹一点诗意的亮色。那几年上夜班，白天睡醒后无事，常常拿本书走到里面，找一排临水的长椅坐下，消磨大半日。那时候游园的人要少得多，远不像如今这样，热闹得像一处集市。上班时分，更是清静落寞。目光掠过湖水一直望到对岸，心情也缥缈无依。湖水中间的小岛上，有高君宇、石评梅墓，朴素的墓碑上镌刻着"生如春花之绚烂，死如秋叶之静美"。这是泰戈尔的诗句，用来比喻这对情侣短促而闪亮的生命正为贴切。在当时，我还只能够对前面一句感到亲近和共鸣。死亡，尚是一个陌生的、和自己无关的话题，遥远如在天边。

出了公园大门，再向南边走一站地，就是车流密集的南二环路了。当年这条路还未修，所在之处只是护城河南边的一条土路，很狭窄，坑洼不平。印象里，当时河面比现在要宽不少，两边是很缓的土岸，透出舒展、坦荡、亲和，而不是像现在这样，被裁直取平，河堤用水泥砌成直上直下的，让人产生一种异己之感。曾经在夏天的大雨后，看到河里的水汹涌地流淌，形成大大小小的漩涡。那时两岸有高大粗壮的树木，柳树枝斜伸进水里，掀起一圈圈的涟漪。骑车走在下面，能够听到蝉声，时作时歇，充满天然的趣味。虽然是在城市，但总有几分郊野的感觉。如今回想起来，恍若隔世。南岸不远处，是永定门火车站和长途汽车站。

那里的气氛，是城市和农村的混合。回河北老家，要来这里坐车。记得新婚不久回家探亲，回来时因为火车晚点，半夜才到，末班公交车已经收车了，那时也没有什么出租车，只好大包小包拎回单位，寒冷的冬夜，竟出了一身毛毛汗。

我要稍微跑点题，把骑车闲逛也算进来。那些日子，特别是夏天，在单位食堂吃过晚饭，距上夜班还有好长一段时间，天色明亮，在近处散步已经腻烦，有时便蹬上自行车，借助车轮把视野延伸到脚步不及的地方。这一带都是平民区，从街巷的名字上，就能够猜测到最初在此居住的人们的职业营生：白纸坊、枣林街、樱桃街、菜户营、玉泉营……不外乎种植、手艺、小商业、简单作坊，但透过岁月的阻隔来看，便散发出一种散淡的诗意，连接着一个属于农业时代的、平民的、安宁的生活的梦。有一次，经过半步桥监狱外的胡同，头顶上方就是高大坚实的围墙，铁丝网、岗楼和荷枪的士兵，里面是一种我的想象力抵达不了的生活。也曾多次走过牛街清真寺的大门，看到头戴白帽的人们从里面做完礼拜出来。我仔细辨识那些面孔，试图寻找出这一族群中因融合了不同民族血液而呈现出的些微痕迹，同时用当时了解到的一点相关知识，比如青海、甘肃、宁夏的"花儿"民歌，一星半点的伊斯兰教的常识，从小听到的家乡一带的抗日英雄马本斋的故事，填补脑海中关于这个民族的大块空白。那时节，在一切领域，正是空白才最能够吸引我。总之，那几年，心态仍然是大学读书时的延续，热切、好奇、憧憬，梦想着自己也不甚清楚的什么。

那时精力充沛，夜班结束时，总是在一两点钟了，仍然毫无倦意，总想找点什么事情做。记得有一天，几个同样年轻的同事，骑车一口气赶到卢沟桥，为了欣赏所谓"燕京八景"之一的卢沟晓月。更多的时间，是随兴所至地读书、听听音乐，听任一些漫无际涯的想法，升起又飘散。从宿舍的窗口向外望去，四边的楼群已经融入夜色，显现出黑黢黢的轮廓，只有零星的房间亮着灯。寂静中，能够听到永定门火车站沉闷的汽笛声。

窗外，旧楼房的屋顶斑驳残破。倘若是个雨夜，更显得寂寥凄清。那时，读到了波德莱尔的《巴黎的忧郁》。诗人曾将目光投向了一个个窗口，"在这黑暗的或是光亮的洞穴里，生命在延长，生命在梦想，生命在受苦"。读到这样的句子，觉得有无穷的意味，心底泛起隐约的激动。它让人想到生活的丰富复杂，想到某种真实存在却难以清晰描述、深不可测的玄奥，它们是和诱惑、秘密，甚至还有某种罪过缠绕在一起的。如今回想起来，这种感触中，有多少是出自对诗句的准确理解，又有多少实际上没有关系，更多地来源于"为赋新诗强说愁"的青春综合征呢？但即便是后者，也是特定的年龄的产物，属于整个人生的奢侈阶段，当时浑然不觉，当有所意识时，往往已是事后。

那时，有两年的时间，我热衷于做一件事情，就是描绘对夏天的感受，记满了一个笔记本。这是四季中我最喜爱的一个季节。我记录下有关这个季节的许多，晴天和雨天各自的风景，清晨、正午、黄昏和深夜的种种画面。有许多地方，我的探测达到了工笔画般的精细，比如皮肤黏涩的触觉、风中树叶的闪光，比如响晴的日子和云彩淡薄的时辰，光与影呈现哪些变化，比如在烈日暴晒下，槐树和柳树的不同气味。我的感官耐心细致地触摸了季节的全部，从六月初到八月末，从少女的清新到少妇的丰润。

前不久整理旧物，发现笔记本还在，翻开来，恍如隔世。这是我做过的事情吗？当然。当年在我心中，这是一件那么重要的事情，我曾经为那些不能领受这些季节的魅力的人深感惋惜，他们没有意识到自己错失了多么宝贵的东西。说来也巧，重读时也是个夏日，倍感亲切，甚至产生了重新体验一番的冲动，但想法刚刚浮现，马上想到下午还要带孩子上课。于是这个念头轻易地被打消了，丝毫不觉得遗憾。

这时我明白，我的精神离开当年已经有多么远了。

记忆里，南边，总是系连着青春的余韵。那些凉爽的清晨、寂静的午后、喧嚣的黄昏，回想起来总是闪动着愉快的光亮。造成幸福的一切条件都具备了：充裕的时间、悠闲的心境、没有琐事扰攘，爱情尚在憧憬中，没有成为现实后带来的失望感。确切地说，那是一种具体内容不详的惬意，由于模糊反感到一种宽阔丰富的满足。幸福说到底不正是这样一种状态吗？可以条分缕析清晰描述的，往往只是短暂的、一过性的快乐。

尽管记忆可以打捞，但感受的程度，已经不复能够和当时的敏锐细腻相比了。像一颗存放过久干瘪了的水果，像一部被缩写成故事简介的长篇小说，像从远处遥望一片树林，虽然同样是连绵茂盛，但那种青翠欲滴的气息呢？缀在叶片上的亮晶晶的露珠呢？从树叶的缝隙间筛漏下来的阳光呢？枝头小鸟欢快的啼叫呢？

　　按顺时针方向，接下来该说说西边了。依然按照次序，由南往北。

　　从报社后门出去，走到南头丁字形路口，向西略偏南一点，便是一条叫作南横东街的老街，它向西一直通到回民聚居的牛街。这条街上第一个南北方向的胡同，叫作粉房琉璃街。多年中，它都是附近我最喜欢的一条胡同，住集体宿舍那几年，隔三岔五地从中穿行，成家后搬走了，也时常在工作日的中午休息时间，去走上一趟。胡同不宽，但颇长，两边各有一排老槐树，掩映着一个个门洞。初夏时，会垂下来许多俗称"吊死鬼"的绿色小肉虫，在肉眼难辨的游丝上悬浮晃荡，常常是蹭着你的脸时才被发现，冷不防被吓一跳。阳光好的时候，会透过很繁茂的树冠，筛落一地细碎的影子。秋冬两季，落叶满地随风窸窣，屋顶残缺的瓦垅间，衰草摇曳。这里住的清一色都是普通百姓，砖墙木门，院落房屋破旧颓败，但那些围坐在门口边吃炸酱面边聊天的人们的脸上，自有一种惬意满足，让人不由得对俭朴生活的从容和温馨，生出一种羡慕。

　　走到胡同北口，对着的就是横贯东西的两广大街。街道拓宽前，两边都是店铺，兴旺热闹远过于如今。此地名字为骡马市，想必是当年进行牲畜交易的地方。往西边走一站地，就是名声很大的菜市口，清代刑部处决犯人的地方，谭嗣同等戊戌六君子就是在此慷慨就义的。当年这里也是一个丁字路口，一座过街天桥连接起了四周，东北边是以黄金制品出名的、有"京城黄金第一家"之称的菜百商场，西北边是有着四百年历史的老字号鹤年堂药店。路南，桥东侧是电影院，桥西侧是一家新华书店，在好几年时间内，我是这两家的常客。

每个城市都有自己的生态圈，古今同调，只是内容不同。据记载，清末民初，北京城内城南垣的几个城门中，宣武门一带进出的是学子，前门一带则多是官员。这和当今东三环 CBD 商务区多是公司白领，南三环一带服装商家云集一样，都是功能划分的结果。想象一番在那时的城楼门洞里走过的这两个群体的样子，也是很有趣味的事：一边是乘轿的官员，被搜刮来的百姓脂膏喂养得脑满肠肥，根据品级不同，衙役仆人的排场肯定也会不同；一边是徒步的学子，随身带着简单的行囊，家境好的，顶多也就雇一头驴子驮载书袋，多数恐怕都是形貌清瘦，但由于怀揣着一腔的热望，脚步有力，目光明亮。自明代永乐年间起，全国性的大考在北京举行，各地学子云集京城，食宿成了问题。一些在朝中做官的人，便邀请同籍的官员、富商、士绅等合力集资，设立了供同乡举子食宿的会馆。由于宣武门菜市口一带离科考场所贡院较近，就成了各省在京兴建会馆最为集中的地方。鲁迅先生寄寓数年的绍兴会馆就在这一带，林海音《城南旧事》中的故事，也是发生在福州会馆附近，作家在这里度过了童年。福州馆胡同犹在，当年天真活泼的小英子，已经老成慈祥的祖母，在海峡彼岸的岛上，在椰风蕉雨中。

这些会馆多数并不豪华，却坚实牢固，透着内在的庄重尊严。我从旁边走过，想象在几百年的漫长岁月中的一代代学子，怎样抱着对成就功名的憧憬，从四面八方赶赴京城，下赌注一样，把命运寄托在一次考试上。由此作为出发点，又衍生、牵连出了一个个故事。那些农业时代，从大历史的角度看，固然不乏动荡，但对被封闭在某个具体地方的个人来说，更多体验的恐怕还是沉闷、单调和凝滞，因此书生赶考及相关的一切，和芸芸众生最普遍的人生形式相比，便成为一个变数，一个充满可能性的领域，一个潜藏的命运转捩点，这些戏剧性因素，恰恰正是最适合戏曲小说的。于是我们看到了王宝钏十年苦守寒窑望夫还，看到了秦香莲哭诉绝情郎、包公怒斩陈世美。当然，也有可笑又复可怜的，像吴敬梓笔下的迂腐的酸儒群像。故事的最后，总是通往某种道德训诫。

暂且按下道德评判不谈，那是另外的题目了。就我而言，这一带使我觉得亲近、亲切，是因为一条贯穿了数百年之久的线索，让我有一种同声相应、惺惺相惜的感触。作为一个外省的平民子弟，我也是一种名叫"高考"的当代科举制度的受惠者，在众多羡慕目光的护送下，从贫瘠闭塞的冀东南平原一隅来到京城，在高等学府书香浓郁的校园里接受良好教育，并因此得以拥有一份小康生活，成为众多同龄人中的幸运者。几百年间，许多是变化的，像考试内容，像服务的理念和目标。但以考试成绩为汰选依据的基本原则却不曾变化，除了在"文革"那样极端荒唐的短暂岁月。在一个门阀传统深厚的社会，这样一种一视同仁的机制堪称异数，但却给所有人，特别是那些家世贫寒卑微的子弟，一个难得的梦想成真的机会。

不过，如果将生活作为一个整体来打量，更能给人强烈印象的，毕竟还是变动，无处不在的变动。它们是兀自闯入眼帘的，躲避不开。如今，在写这篇文章时，我走过多少次的粉房琉璃街尚在，但胡同东边的房屋已经被拆光，变成了一个名为"陶然北岸"的房地产项目的一部分，已经有几幢楼房拔地而起。胡同西边的那些平房，一副孤雁失侣茕茕孑立的样子，它们早晚也将变成对面的模样。这条胡同会留下来，成为楼群中间的一条道路，仿佛高耸的山峦之间的一道峡谷，但再不会是那条二十年中印下我无数履痕的胡同了。这条胡同的韵味，会随着冬日眯缝着眼睛倚着墙根晒太阳的老人，随着北口卖烙饼的吆喝声和飘散的烙饼香味，一同消失，了无痕迹。

这只是一个缩影。周围方圆好几平方公里的一大片区域，都在经历这样的蜕变。几年前，两广大街扩建，打通菜市口南路，路南边许多会馆及名人遗址连同它们寄身其间的大片平房、胡同等，都被拆毁，如今只能追忆和凭吊了。路北边，同样是大变样。当年几十条弯曲狭窄的胡同有如迷宫，我骑车上下班时，隔三岔五选一条未走过的胡同穿行，体会山重水复柳暗花明的感受。如今，取而代之的是一片高楼林立的居民小区和购物中心，旁边一个更大型的商城也在建造中。规划更为雄心勃勃：一条南北方向的大街两边，将汇聚多家著名的国际大通讯社、报社、电台、电视台，形成一条"国际传媒大道"。命名的热情，不过是这个时代的种种冲动中的一个微小的表现。目前这些尚是蓝图，但不需多久就会成为实体。在除旧布新方面，人们已经积累起丰富的经验，速度效率令人惊讶。

从胡同出来，就看见米黄色的报社大楼了。对面的前门饭店，建于二十世纪五十年代，曾经是京城屈指可数的高档宾馆，但和近年来众多新建宾馆相比，则未免逊色不少，仿佛迟暮的美人，面对众多青春靓丽的新面孔。我第一次到里面，是参加工作的第一个秋天，报社组织看根据路遥的同名中篇小说改编的电影《人生》。好多年头，报社一年一度的迎新茶话会，都在这里举办。饭店西侧宽阔的人行道上，二十世纪九十年代中期的好几个年头里，成了热闹的摊贩市场，卖廉价服装。紧靠着饭店的外墙，有名的"小肠陈"曾经在露天里支摊，我有时和同事去吃卤煮火烧，看着旁边一口大锅里盛满了肺头、肥肠、豆腐、切成小块的面饼，在酱紫色的浓汤中上下翻滚，热气腾腾。对面是技术交流馆，最不名实相符，先后卖过百货、家具等，如今成了一家便利超市。

如果街市仿佛一条河流，作为其堤岸的建筑都在发生变化，那么河床中涌动的水流呢，也就是构成生活的具体内容，自然更是随时更新了。泛泛而谈未免不着边际，就说时尚的更迭，可以明确辨识的，在这么多年中，不知有过多少次，经历了几番轮回？再缩小范围，只说穿着，记得曾经时兴裙裤，裤筒宽松得像面粉口袋，单位几个年轻女孩子，高矮胖瘦的一齐装扮好在门前走动，感觉颇怪异。还一度流行黄裙子，满街都是晃眼的明黄色，甚至还有一出话剧的名字就与此有关。仿佛是好久以前的事了，但其实，不难掐算出具体的年头。马可·奥勒留，古罗马帝国的皇帝，著名的斯多葛派哲学家，曾经这样写道："时间好像一条由发生的各种事件构成的河流，而且是一条湍急的河流，因为刚刚看见了一个事物，它就被带走了，而另一个事物又来代替它，而这个也将被带走。"

　　当然，所有这些，都只能去记忆的深层探寻了。悄然流逝的时光是一层层淤泥，覆盖了曾经发生的一切，那一切也和此时在眼前闪动的事物一样，充满了鲜活的声息。想到这些，会有一种情绪在心底氤氲。人的本性中有着期望事物恒定不变的倾向，所以地老天荒、海枯石烂一类登峰造极的比喻，被用来赞美在感情序列中位居前列的两性情爱，这或许正是源自潜意识里对于韶华难再、生命易逝的忧惧？

　　随着城市改造步伐的加快，媒体上对于古都美学风貌行将消失的忧虑很多，但改变或消失的，何止审美韵味一种，而是涉及人生的诸多况味。存在决定意识。人心中一定有些东西，是和环境密切相关的，其面貌和质地都受到它们的制约，仿佛某些植物，只能生长在特定的水土中。对比两种不同的生活图景，是一件饶有兴味的事情。一种是在雨水敲打屋瓦的声音和鸟儿的鸣啭中醒来，院子里石榴树的影子映在新裱糊过的窗纸上，胡同里小贩叫卖的声调舒缓悠长；看茶杯里茉莉花片舒展出袅袅香气，时间的步伐迈动得太迟缓。另一种，是在闹铃声中努力睁开眼，被车潮人流裹挟着，赶赴钢筋水泥丛林中的某个小小的格子里，在此起彼伏的电话铃声中，在总也写不完的公文报表中，不觉中一天匆匆而过，更深夜阑，旁边电子游戏厅中枪炮的轰鸣声却通宵达旦。这种种不同的背景下衍生出的情感、想法、遭遇、故事，当然会有所不同。譬如爱情。在前一种情形下，萌发和生长都可能缓慢、羞怯，欲说还休，却自有一种入骨的深浓情味，有对抗时光的执拗和坚固。而在后者，也许会远为炽热迅疾、奔放明快，但由于浸润了时代的风习，却容易潜伏种种变数，痴迷和淡漠都在朝夕之间，如同街头上飞快更替的外景。

每一代人的生活，用哲人的眼光看，从大处看，无非都是生老病死，基本内容都是一样的，但换成常人的目光，从细部看，更多的还是不同。仿佛同样几个音符、同样的几种颜色，却可以创作出风格迥异的音乐美术作品。关键是看你在无休无止的时间大潮中，位于哪一道波浪上。

在我写这篇文章的日子，单位的各个部门都正在忙着收拾，准备告别这座使用了三十九年的办公楼，搬迁到几公里外的新址。今后，没有特别的情况，我不会再返回这里。于是，对于我来说，它就会变得仿佛不存在一样。"存在即是被感知。"这曾经被贴上唯心主义的标签受到批驳，但想一想，何尝不是如此。如果不曾感觉过，我怎么能够肯定它存在过？或者换一种说法，即使它存在过，但因为和我没有关系，那么，和压根儿没有存在过又有什么本质的不同？我并不是在念拗口令。

再瞥最后一眼吧，今后这座建筑中几百个房间里的生活、回忆和梦想、欢乐和伤痛，只属于进出这座大楼的人们，而和我无关。

一直向北走，十几分钟后，就到了遐迩闻名的琉璃厂古文化街，书籍字画汇聚之地，也是一个多世纪以来，文人雅士们最喜欢流连的地方。

对同一个地方，不同人的感受常常会是很不一样的。在你是断肠之处，在他却是销魂之所。在你值得反复品咂回味，在他却可能是急于摆脱的梦魇。因为充塞流布其间的生命体验各不相同。就琉璃厂来说，旧文人们笔下每每流荡着怀旧的怅惘，也许与文字多写于暮年有关。但在我的记忆中，这个地方总是和热闹喧嚣、生机勃勃，和丰盈的梦想，和生命中明媚的一面，紧紧联系在一起的。

这是一段长长的无形的链条。链条上的第一个环扣，系在二十世纪八十年代初期的日子上。我还在读大学时，就和它结下了缘，曾多次从校园所在的海淀镇，坐 332 路到动物园，再换乘15 路过来，买古籍图书。当时的梦想，是成为一名古典文学研究家。参加工作后，近水楼台，来得就更多了。这里的那些书店，海王村、邃雅阁、中华书局和商务印书馆的门市部，没有一家不曾留下我的足迹。每年秋季的古籍书市，我更是一连多少天，穿行流连于分布在海王村公园上下二层的许多家书店书摊之间，被初秋热力尚存的阳光晒出一头汗。藏书中的相当部分，是多年间在这一带搜罗的。

然而慢慢地，我去得少了。现在，大约有两年之久了，我甚至不曾再迈进过其中的一家书店。是因为家里书多得无处存放，还是阅读的兴致衰减了？两者都有吧。想到当年购书、藏书、读书的热情，恍如隔世。那时，一周不逛一次书店，就似乎有种负罪感。当年梦想拥有足够多的书，后来有了。又渴望拥有一间单独的书房，安置这些书，这一点终于也实现了，五个大书柜一字排开，占据了整整一面墙，顶天立地。"坐拥书城"的条件具备了，但兴味却不复是那么浓厚了。

　　这总还算是在行走在同一条道路上，虽然按当初的眼光看，心情已经涣散，步伐已经杂乱。改弦易辙的也大有人在。一个朋友，当年聚书的兴致远过于我，得用痴迷狂热一类字眼来形容。好几个年头的琉璃厂古籍书市，他都从远在西北郊的单位赶来，一大早就守候在书市门前，为的是第一拨进去，淘到好书。因为买得太多，自行车装不下，便运到我宿舍里存放，床铺下都快堆满了。后来多年不曾联系，再见面已是十几年后，应邀到其远郊的连体别墅度周末。上下两层，附带不小的花园。房间就有六个，自然也有书房，书也不算少，大部分是管理经营之类商务书，外表很是堂皇。当年他狂热搜集的学术文化书还是有一些，但从位于书柜里层的位置，从摆放得横平竖直的整齐样子，看得出几乎不曾被翻动过，如今它们的职责只是陪衬。在一帮在文化圈中讨生活的朋友面前，主人也许很在意自己曾经的角色，表白说只要抽得出时间，他还是时常重读过去的书。但我听出了言不由衷。书籍也和有生命的东西一样，是否被亲近，亲近到什么地步，是有痕迹的。

　　人生中，这样的情形还有多少？曾经占据生命中心位置的内容，慢慢地退出，慢慢地淡出视野。当然，同时也会有什么从远处围拢过来，拉到眼前。生命就是在这样的一近一远的过程中，改换着模样。由于是渐变，当事人自己往往也不甚明晰，只有将其放置在较长的时间背景中，才会看得清楚。

　　后梦叠上了前梦，新梦覆盖了旧梦。其间的纠结、错杂、失望、得意、悔恨、庆幸等，谁能说清？哪一种更好？始终如一的梦想，还是不断变化的追求？求新逐变是人性中的天然倾向，并没有什么让人一条道走到底的充足理由。但另一方面，在短暂的一生中，如果没有一个贯彻始终的秉持的话，目光就更易于游移，生命的飘忽感也就难以得到抵御。

这条南北向的街道东边，就是前门外大街、大栅栏商业区及周边胡同群，因为被列入了历史文化保护区，得以较完整地保存了原本的面貌。这里，巷陌纵横，院落错杂，鳞次栉比的店铺，摩肩接踵的人群，永远是拥挤嘈杂，张扬着商业活动的无限活力。我对这些没有兴趣，吸引我的是那些旧房屋宅院，曾经被时光的沙尘反复覆盖过多少次，如今显得灰头土脸。在旧建筑被大片地拆毁的今天，我希望它们最终能够完整地被保留下来。这里面，有和众多专家们相同的价值观，即保存旧城审美风貌，但还有一条属于个人的隐秘理由：只有依托于那些黯淡破败的旧建筑，我才能够寻找出过去的影子，才能够想象那些曾经发生或者可能发生的故事。沉湎于不切实际的梦境，对于我来说，始终是一种难以摆脱的癖好。

那些幽深曲折的胡同，迷宫一样，让我不止一次地迷失。有一年单位分房，有一间就位于这里，曾陪同一位同事来看过。从一个光线昏暗的门洞里进去，沿着黑黢黢的、有些地方的扶手已经朽烂的木楼梯，上到二楼，周围是回字形的一圈环廊，围着许多个一模一样的房间，看下面仿佛天井。当时只觉得格局甚为奇特，后来才知道，原来附近就是闻名的八大胡同，这里曾经是其中的一处娼寮。同事在这里住了一年余，我曾开玩笑地问他，睡在这样的屋子里，深夜的梦境中怕要有脂粉味道飘过吧？

从这里的任何一个胡同走到东边，来到前门外大街上，都会望见正阳门城楼箭楼。二十世纪前叶的几十年间，乘火车进京，出前门火车站，第一眼望见的就是那巍峨雄浑的形体。从湘西乡下来京城闯生活的十八岁的沈从文，一睹之下，胸中顿生豪情："啊！北京，我要来征服你了！"让人想到巴尔扎克笔下，闯荡巴黎的外省青年拉斯第涅。其实，类似的故事可谓随处可见，并没有什么新意。这是属于年轻的梦想，具有最广阔的普遍性。胜利者当然有理由用自豪的语气回忆和夸耀，或者被后人当作传奇一样地叙说。但我想说的是，相信每个人其实也都曾有过不同内容的梦想。不过是没有实现，缺乏言说的资本，于是只好无语。谁会在乎一个籍籍无名者的诉说呢？赢者通吃的商业法则，原本根植于人性中的可以谅解的势利根性。

明白了这点，也就不必再顾虑什么，不妨推而广之，猜测一番那些当年曾经在这片迷宫式的区域内生活的、和少年沈从文同时代的各色人等，都会有什么样的梦境？既然生活的本质便是梦想。

不难想见，那会是一部梦想的百科辞典，是层层叠叠的梦想的金字塔，有着不同的形态和色彩。在胡同中拉着客人串街走巷的车夫的梦，该和老舍笔下的骆驼祥子一样，是拥有一辆属于自己的黄包车。那位站在寒风中迎候客人的店铺伙计的梦，该是有朝一日自己做掌柜，开一家小小的绸布店、鞋帽店。某一条烟花巷里的备受蹂躏、强颜装欢的风尘女子，梦想的是一日从良，寻一个老实厚道的男人过完下半生，只是不知还能否生育下一儿半女？强横霸道的军阀、老谋深算的政客，筹划着如何扩充势力，如何浑水摸鱼。革命党人也曾出入这里的歌楼酒馆，结交三教九流，放浪形骸的表现，既出自于不羁的天性，更是一种巧妙的掩护，图谋推翻清廷，实行共和。总之，这里混合了善良和奸邪、谦卑和野心、家长里短和社稷传奇、光明磊落和鬼蜮伎俩，汪洋浩瀚，深不可测。

这一带，因其毗邻皇宫的特殊位置，而成为一处公共记忆的富矿。脚步的每一次迈动所溅起的尘埃中，都可能会含有几星历史的尘屑。清宫秘闻、优伶传说、老字号商铺的历史、义和拳起事和八国联军炮轰正阳门城楼、蔡锷将军和小凤仙的英雄美人传奇……既有信史也有野史，被匆匆流淌而过的时间潮水裹挟，混淆为一体，真伪莫辨，成为后世的历史学家和平头百姓争执不休的一个个悬案，为原本已经十分繁复曲折的历史迷宫，添建了一条条新的疑径。

公共记忆的力量十分强大，每每会挤占和遮蔽个人记忆，但对大多数人来说，真正对个人生命产生意义的，还是后者。仅仅是由于这些属于私人的记忆，生命才具有特别的滋味，人和生活才建立了一种深切的关联。我曾在马来半岛高大苗壮的热带树木下，喝着一种略带苦涩味道的饮料，听一位耄耋老人话旧。他在紧邻前门的一条胡同里度过童年，成年后远赴南洋，再未回去过。当回忆的潮水漫过幼时的一大片街巷时，他脑海中浮现出的，是卖酸梅汤和冰糖葫芦的街头小贩，是春节逛庙会时拿在手上哔哔转动的风车，是看过的木偶戏和皮影戏，是把小小陀螺抽得飞快旋转半天不停的快乐场面。我记得那一副写满了眷念的表情，和语气中浓浓的怅惘。

就说我自己，多年来在这个地方穿行了不知多少次，但真正留下记忆的只有两次。一次是当年上大学时，母亲自家乡来看我，带我在箭楼东南方向的一家服装店里，买了一件毛线衣。我不会忘记母亲看我试穿时，那种慈爱的目光。等到问过了价钱，母亲一时有些犹豫，虽然远谈不上贵，但当时家里很贫困，花一块钱都要算计。但最终母亲不顾我的反对，掏钱买下。那是深秋，旁边的一家卖食品的小铺子里，飘散出糖炒栗子的香味。另一次和一场没有结局的爱情故事有关，背景之一便是这里的纵横交织的胡同。一个冬夜，骑着自行车在炉灰渣、冬储大白菜垛之间的狭窄通道中小心穿行，感受着后座上惬意的重量，姑娘的胳膊羞涩地、若即若离地箍在我的腰上，至今想来都感到一缕温暖。车轮不小心辗上一片结冰的路面，连人带车摔倒了，一时手足无措，却只听到姑娘娇嗔的笑声。

胡同纵横，庭院深深。在阔大的背景中，在旋生旋灭的千万种场景中，这两个画面，只能算上一个极端微小的细节。但它们是属于我的，是我灵魂中的小小芒刺，使我有一种幸福的疼痛。

从这里面的任何一条胡同向东走，都会走到南北方向的前门外大街上。

站在胡同口，左望，是巍峨的箭楼，向右边走，不出一千米，以一个十字路口为界，南边就是永定门内大街。这条大街未必人人都清楚，但要说起天桥地区，不知道的人大概寥寥无几。这一带，也正是报社的东边。今天，天桥仍然是老北京神话的一个构成部分，吸引了许多爱好民俗的寻梦者前来踏访，但估计多半会失望的。任何事物都寄寓于特定的空间和时间中，那些传说中的天桥把式的奇技绝活，已经属于湮灭的过去，时过境迁，即使想象力再为发达，也难以再现当时的生动逼真。倒是街巷的痕迹更为持久牢固，经得起时光的咬啮。这里是平民，更准确说是贫民的聚居区，穿行在那些破旧逼仄的胡同里，不难想象当年生活的贫寒困窘。

这一带，名气最大的是天坛公园，前后去过不少次，在凉意森森的古松古柏下徘徊，围绕着圜丘上的回音壁转圈，想象时间的浩渺，感到自己在一点点地缩小，几乎像一粒树底下到处都能捡到的松子。隔着一条大街相望的先农坛，在很长的时间中都荒凉岑寂，让我想到史铁生笔下的地坛公园——当然是二十世纪七八十年代时的模样。如今，以拓宽南中轴路为契机，道路两边的变化十分惊人。分隔两个公园的平房、商亭、市场、临时建筑等都被彻底拆除，取而代之的是一个巨大的园林，广植树木花卉，与新建的永定门城楼相呼应，让人鲜明地感受到了复兴的气象。

但一个人的头脑毕竟不是旅游手册，不是大公司名录。对于某个具体的地方，他的记忆会选择什么，却并非仅仅来自于对象的知名度，而更多是取决于它对他的生活的影响程度。对我来说，只要脑海中那一架探测雷达转向东边这一片区域，首先显露在荧光屏上的，是两个医院的形象。

二十年前，到天坛医院求医的患者不会比今天少。这所医院以脑外科手术而闻名。当年，被一片居民楼包围着的医院大门显得十分寒碜，生着煤炉的候诊室里热量微弱，穿了厚厚的棉衣仍旧不停地抖瑟。一位故乡的亲戚的儿子，聪明伶俐的七岁孩子，得了一种叫作颅咽管瘤的恶性肿瘤，来这里动手术。这种病发病率极低，据说几十万人中才会发生一例。手术前后，孩子的父母在我的集体宿舍里住了一个月。和母亲无奈的隐忍相比，父亲显然更难以认可和面对这个现实，灵魂被剧烈的痛苦撕扯着，一刻不停。我上完夜班已经后半夜了，回到宿舍，他还未睡，靠窗口枯坐着，一动不动，像一座雕像，烟头的暗红色一闪一闪的，不时会发出被压抑的叹息声。这种罕见的病魔为什么会轮到我儿子？我前辈子造了什么孽，要遭到这样的报应？在百思不解之后，一个县城里的孔武干练的警察，彻底的无神论者，也开始怀疑冥冥中或许藏着什么神秘异己的力量。为了排遣痛苦，他时时向一个笔记本上写些东西，有一次我翻开来看，除了呼天抢地般的痛苦哀号外，还写满了种种猜测，都是从一些蛛丝马迹中找寻和分析。比如，孩子发病前一年的冬天，鸡半夜打鸣，应该想到这是不祥之兆，但为什么没有注意？刚犯病时，孩子喊头痛喊了半个多月，为什么只当是伤风感冒，拿了一些药吃，而没做进一步的检查？似乎那样做了，孩子就不会有今天的情况。这样的念头分明是谵妄的，但在特定的心境作用下，却仿佛潜藏了种种可能性。

痛苦传递到握笔的手上，笔迹也被扭曲得潦草变形，充满了悔恨，似乎自责越深，心情也更好受一些。这种亲子之爱的强烈和非理性令我惊骇。

手术应该说是较成功的，但据医生讲，复发的可能性非常高。因为肿瘤的位置在脑干部位，不能全部切除，但只要留下一点，癌组织就有可能再次生长、繁殖、增大。在当时的医疗条件下，只能如此，别无选择。我们都想，孩子已经受了太多的苦，今后来眷顾他的该是那很小比例的幸运了。其后好几年，孩子没有任何病痛的感觉，那次回老家，看到他长高长胖了不少，脸蛋红扑扑的，也更聪明了，每次考试都是全年级前几名。我们以为总算逃过了一劫——然而这个希望又一次被粉碎。病魔再次伸出魔爪，肿瘤重新长大，疼痛更为剧烈。第二次手术，孩子未能走下手术床。由于失去爱子的巨大创痛，这位父亲在其后的岁月中，陷入忧伤抑郁，几种致命的病魔也乘虚而入。几年前，正当半百盛年，他便撒手离开人世。我敢肯定，在弥留之时，他一定听到了冥冥之中爱子的召唤。

多年后，我又一次目睹了悲剧的重演。一个大学同学的女儿得了骨癌，忍受了几年化疗、放疗的痛苦，最后仍然不治，如花的生命在十三岁的花季凋零了。灾难降临时，当然不分男女老幼，"黄泉路上无老少"。但发生在孩子身上，发生在生命之初，总是更显现出残酷和邪恶，让人难以面对。

夺命恶魔的面孔是多样的。不可预料的疾病之外，还有突如其来的灾难。报社一位职工的女儿，在旁边的一所中学上学，一次放学时刚走出校门来到街上，从旁边驶过的一辆卡车撞倒了一根电线杆，不偏不倚地砸在她身上，她当场死亡。这种事故发生的概率极其微小，然而只要有一桩，就足以判定其无限邪恶的根性，因为它对应的是一个鲜活的生命。

当然，绝大多数人不会遭遇这样的噩梦。然而，侥幸躲过了猝然的断裂，谁又能避开缓慢的凌迟？这一种感触，又是同另一座医院相联系的。

友谊医院是单位的合同医院，出大门向东走上十来分钟就能够到达。每个年度的体检都在这里进行，单位医疗室解决不了的病痛，也都要到这里就诊。苏式风格的建筑，印证着一段两个相邻大国友善交好的历史。这所医院的太平间，在医院大院的西边，那里有一个侧门，面对着一条南北方向的马路。这条街离报社更近，我散步时经常走过，因此经常能看到护工把死者抬出侧门，在身着丧服的亲属的簇拥下，抬上灵车。见得多了，感觉便麻痹了，似乎彼此毫不相干。

这种意识当然是荒谬的。英国诗人邓恩写道："每个人的死亡也都是我的死亡，丧钟也是为你而鸣的。"万事万物，都被一道无形的纽带连接着，虽然未必意识到。诗人的话如今已经被现代科学印证——混沌学理论认为，大洋此岸一只蝴蝶轻轻扇动翅膀，有可能在几千公里外的彼岸引发一场风暴。但另一方面，这种淡漠、无动于衷，也许自有其深层的理由。除了探究天地人生之谜的哲人，大部分常人毕竟不需要对每件事情都寻根问底。也许，这正是生命被赋予的一种必要机制，使人能够慢慢地认识、习惯并且适应于那些攫取生命的异己力量。过度的敏感、过多的思虑，只会带来伤害，慢慢累积起来的重量，会像铅坠一样羁绊灵魂、戕害生命的活力。生存已经充满忧伤，为什么还要预支生命结尾时的悲哀呢？

就我来到报社的二十年间，新人旧人，不知换了几拨。报社不同于机关，不必坐班，内部各个部门也都是各把一摊，相互间不需要过多联系，因此虽然出入于同一座大楼，许多人彼此并不认识，认识的也多属点头之交，这样一来，谁调走了，谁的生活发生了变故，别人都说不清。好多次，听人议论起某个名字，脑海里浮现出一个面孔，这才猛然意识到，已经有多年不见此人了，甚至更糟，得知已经与这个人阴阳暌违了。

我所在的部门的一位老领导，曾经告诉过我英语中两种对死亡的委婉说法，分别叫作"加入大多数"和"成为分母"。的确，与逝者相比，活着的人，尽管以亿计数，也永远只是少数。随着时光的流逝，分子不断变为分母，分母越来越大，仿佛一座巨型金字塔的不断在增宽的底座。这是一切生命最后的归宿。也许只有在这个目标上，才真正谈得上万众一心、步调一致。

瞩目和思考这个过程时，死亡的含义便不知不觉中被转换了，由肉体的消失变为躯体功能的衰减。死亡不但是结果，更是一个随时随地的过程。从出生那一刻起，人就在走向死亡。这样想，心情会变得坦然和平静：既然始终与它携手同行，不曾须臾分离，又何必要为最后的那一次拥抱而忧心忡忡呢？那无非是一种更夸张、更具有仪式感的动作。

目光还是回到身边吧。人群中，难享天年的毕竟只是少数，绝大多数的人还是会循着一条正常的轨道，慢慢老去，在不知不觉中变化着自己生命的季节。令人想到一棵树上的叶子，由碧绿变为枯黄，由润泽变为枯涩，曾经光洁的叶片，渐渐布满了细碎的斑点和小孔。在单位每月报销药费的固定日子里，总能在楼道里看到许多离退休职工，他们互相打招呼，询问彼此的健康，交换种种有关身体不适的抱怨。二十年前我刚进报社的时候，这其中的许多人还年富力强、精神矍铄，是本部门的骨干，如今垂垂老矣。原本文弱儒雅的，显得更加飘然绝尘，即便那些性格硬朗锋芒毕露的，眉宇之间那一缕好斗的神态，不知何时起也被温和蔼然替代。那样一种姿态，更多地属于彼岸，让人想到的不是某个具体事件、具体日子，而是隶属于永恒的范畴。

按正常的生命流程，不罹患绝症，不遭遇无妄之灾，再过二十年，我也将是这个排队等待报销药费的队伍中的一员。而那时，也会有年轻人，迈着轻盈的步子从旁边走过，仿佛是二十年前的自己。此时的我，恰好行走于人生旅途的中间，位于一个最好的观测点，前瞻后顾，来路和去处都分明清晰。仿佛一出永远不会闭幕的戏剧，一代代人老去，退场，隐没，而同时许多人也正在出生，走近，登台，充当主角。这幕大戏，又可分作无穷的单本剧，场景林林总总，内容繁复错综，角色如恒河沙数，同时上演，彼此交错，但却共有一个剧名：人生。

歌手朴树的成名曲《生如夏花》中，反复回旋的是这样几句歌词——

我是这耀眼的瞬间

是划过天边的刹那火焰

我为你来看我不顾一切

我将熄灭永不能再回来

太平间门口的斜对面，隔街相望的，是一家餐馆。显然是为了辟邪，餐馆门口摆放了两个石狮子。坐在餐馆里，隔着玻璃，那边的动静会望得清清楚楚。许多事情，要借助对比才能够认识得更清晰。敏感的古代波斯诗人，在纵情狂欢的时候，用人的头骨做成的杯子盛酒，通过凸显人生如寄的短暂，来使得享乐的滋味更为醇厚浓烈。也许由于医学的发展攻克了许多曾经致命的疾病，由于寿命的普遍延长，我们没有那样的敏感，生死不再是日夜缠绕的问题。但在一些特殊的时间和场合，譬如此时此地，也能像电光石火般闪亮一下，生命的脆弱、生活的意义，霎时间都会涌到心头。

蒙田说过："思考死亡是为了更好地生活。"这位异代异域的智者，在这句话中，却揭示了一个不受时空阻隔的道理。

那么，何妨从容把盏。酒入脏腑，该会有一些东西，被逗惹出来，仿佛在显影液的浸泡下，胶片上的内容渐次呈现。酒液是五谷的精华，这些感触，则是对生活发酵和蒸馏后的提取物，是高纯度的、最为本质的东西。

和整个城市相比，我的步履所至的周边范围，只是很小的一部分，一处微不足道的局部，一个可以忽略不计的细节。两者之间，像一盆水和一座水库？一棵树和一片林子？

但它们却是这个巨大整体的有机部分，能够透露出这座古老而充满活力的城市的总体精神气韵，它的魅力和缺陷、荣誉和羞辱，它让人迷醉或尴尬的内在特质。仿佛物质构成层面上的原子，尽管是最微小、最基本的单位，但已经包含了此种物质的全部最根本的内容。

作为高智能的生物，人似乎无所不能。偌大的地球硬是被弄成了一个村子，越海跨洋如同到邻居家串门，去外层空间和其他星球也不再是痴心妄想。也许不需要太久，旅行社之间就会为到月球观光度假展开竞争，就像今天在火车站出口处招徕生意的旅店的人。但我仍然要说，对绝大多数人来讲，其生命的展开、人生体验的获得，是发生在周围的一个有限空间里的。不管将来科学会发展到怎样难以想象的地步，只要空间的物质属性依然，这一点也不应该改变。一个有心人，会通过对周围有限的地方的凝视，洞悉存在的一切秘密，得到人生的全部感悟。这里展现了这样的一种关系：咫尺如同天涯；须弥纳于芥子。

或者，不妨换成英国诗人布莱克的那一段著名的表达：

在一颗沙粒上看到一个世界

在一朵鲜花中望见一片天空

在你的掌心中把握无限

在一个钟点里收藏永恒